英格兰流年

「字码头」读库·辽宁舰

◎高海涛 著

大连出版社
DALIAN PUBLISHING HOUSE

高海涛

国家一级作家、二级教授，辽宁省优秀专家。毕业于东北师范大学、美国南伊利诺伊大学。曾任大学英语教师、辽宁省作协创研部主任、辽宁文学院院长，现任辽宁省作协副主席、《当代作家评论》杂志主编。主要从事文学理论批评、散文写作、诗歌翻译，发表、出版有《寻找马克思主义批评家》《马克思主义与后现代批评家》《后现代批评的美国学派》《当代东北作家论》《北方船——我喜爱的英文诗》等论文、编著和译著。中国作协会员，辽宁大学文学院、沈阳师范大学文学院、外国语学院、东北大学外国语学院研究生导师。第八、九届茅盾文学奖评委。

目录

YINGGELAN LIUNIAN

世界正梦见它自己

——译诗代序

美国女诗人卡洛琳·莱特（Carolyne Wright）的这首诗，原载《衣阿华评论》（The Iowa Review）杂志并被选入《美国最佳诗歌》（The Best American Poetry）2009年卷。莱特出生于华盛顿，毕业于西雅图大学，并在希拉库斯大学获得英语和创意写作的硕士及博士学位。她曾和伊丽莎白·毕肖普同期进修于华盛顿大学的作家论坛。莱特出版过多部诗集，现居西雅图，任教于某作家工作室。

《世界正梦见它自己》是一首堪称“梦笔生花”的佳作。我看了第一遍就喜欢，译过来之后更加喜欢。据作者自述，在即将进入新千年的某一天早晨，她梦见自己在金色的午后阳光中走过大草原，同时恍然有一句诗响在耳畔：“这是世界做给它自己的梦。”醒来后，她知道这是威廉·斯达福特的诗句，但却想不起确切的出处。后来经查证是出自斯达福特的《天职》一诗。当时她把这句诗写在纸上，许多别的句子就接踵而来：“意象纷呈，有乌云暴雨、高天长风、地平线、山脉的蓝色侧影、地势倾斜的干旱平原和我的故乡华盛顿州的西北内陆高原。还有许多童年意象，1962年哥伦布纪念日落在西雅图的那场雨、我母亲及我母亲的母亲身穿四十年代的印花衣服所拍摄的老照片，还有对于我父亲的记忆，他拿着胶皮水管在给前院的草坪浇水等等。”

一连几个月，莱特都在试图把这些看似随意的意象组成一首诗，直到她写出了这句“那个夏天我们十几岁/整晚在小镇上游荡”，一种特殊的模式显现出来，那就是以年代来引领诗中的情感运行。时间的空间化在这里显示了意义，它推动全诗的发展，叙事者和她的姐姐一个年代接一个年代地漫游，走过童年的小镇和草原，也走过二十世纪的历史。

我喜欢这首诗，那种空间化的时间感、个人化的史诗感在我心中引起了特殊的回响，并久久挥之不去。作为译者，似乎诗中所描述的一切已变成了内在于我的本源性风景。甚至可以说，包括“天职”的概念，也包括整首诗的情感、格调、节奏和韵律，在某种意义上，都可作为我和中国“50后”同时代人的精神象征。所以，当这本散文集出版之际，我愿意把这首译诗放在前面，权充为序——

不愿让我们走，那西边的天空
正收集雷电云，它其实并非特别

需要我们。那个夏天我们十几岁，
整晚在小镇上游荡，像夏安族人。

我们是姐妹俩，住在大草原的边上，
我喜欢在书页间做梦，鼠尾草色的，

而你是这样的女孩，总担心自己活不过
二十几岁。我们都赤着脚，穿着轻款的

三十年代的夏装。那是母亲的年代，
她的美好时光，她坚信自己在任何地方

都能活下去。她的同时代人必将
赢得战争，并将勇敢地跨入四十年代。

我们散步的路上，一辆三轮车正从
车棚里慢慢滑出，却没有任何车主，

父亲们正忙于给草坪浇水，街上
还没有绿树。我们走过最后的房子，

并走出了五十年代。俄勒冈的遗迹
在我们脚下伸展，像大地在梦见

田野被无数的犁铧翻耕，然后又被
萨卡加维亚的眼泪浇灌，而父亲们

那时在想什么呢？他们扔下胶皮
水管，并毫不在意我们这些女孩

消失在六十年代。我们整夜整夜
游荡，并用我们纯真的裙子避开

强热带风暴，以便让所有关于
七十年代的天气预报应验成真，

并让与印第安人关于内陆草原
的最终协议自动生效，在那些

楼群拔地而起之前。我们继续走，
但不知母亲去了何方，你的肺部

充满了夏天的骤雨，而我的眼睛
在没有折光的冰川湖前变得模糊，

豪华轿车从小镇中心的乡村酒馆
出发，打算把我们的祖父母远远地

送到他们的八十年代，而母亲
正在她新修过的厨房里，用无绳电话

悄声提及我们的名字。但是还没等
走完九十年代，你们俩都离我而去。

母亲的呼吸浅浅的，但她的心却
依然健壮，一路前行，直到飘上天际，

而你带着你最后的思绪，差不多已经
走到了新千年的边儿上，正是在那里，

向西倾斜的天空，可能早已预告了
我们此生的天职：在广阔的田野上，

我们看到遗迹在辉煌的背影中变深，
并梦见我们前面那所有年代的故事。

高海涛
2015年8月

第一辑

三月的乡村已开始备耕种地了。就连春归的燕子，也是急匆匆的，好像燕子是骑着小白马飞回来的。

英格兰流年

在朋友寄给我的英文书中，有一本淡绿色封面的小开本书特别地吸引了我，书名 The English Year，可译为《英格兰流年》，英国 Summersdale 公司 2012 年出版。啊英格兰，这个遥远而美丽的地方，总让我有一种壮志未酬的感觉，说来惭愧，虽然我学过英语，教过英语，却至今没有去过英格兰。

年轻时曾去过美国，后来去过欧洲大陆和俄罗斯，可最想去的地方还是英格兰。莎士比亚的英格兰，勃朗特三姊妹的英格兰，雪莱说过“冬天到了，春天还会远吗”的英格兰；读诗歌于其中，读小说于其中，可以从《远大前程》中回望的英格兰；戴安娜的英格兰，伊丽莎白的英格兰，“寂静就像欧菲利亚，通宵为我们歌唱”的英格兰；快乐王子的英格兰，抒情歌谣的英格兰；工业革命的英格兰，蒸汽机车的英格兰；英超联赛的英格兰，贝克汉姆的英格兰；多草坪的英格兰，多城堡的英格兰，多傲慢与偏见的英格兰；徐志摩当年《再别康桥》时不带走一片云彩的英格兰……

一个人对自己从未到过的地方，也会怀有乡愁吗？这是批评家阿吉特（James Agate）的疑问。我觉得会，对于我，英格兰就是这样的地方。正是这种特殊的乡愁，让我对这本小书无法释卷。书不但小，封面上的彩色木刻也让人心动，一半是宁静的田园，一半是朴素的童话，似乎在着意凸显某种老英国的格调。我点燃了平素收藏的一枚烟斗，一边吸烟斗一边看书，觉得这种老派的方式，或许和这本小书的格调更相适宜，而且，我仿佛到了昔日的英格兰，并在那里流连忘返。

小书还有个副题——穿越四季的文学之旅，其实何止四季，而是一年十二个月，每个月的每一天都有一段话，摘自英国不同时代作家或诗人的日记和信札，读起来就像一本文学的历法书。编者 Peter Buckingham 先生是个退休的图书馆员，目前隐居在英格兰格劳斯特郡乡间，陪伴他的仅有一位夫人和两只猎犬。总之他是个闲人，是闲人才会编这本闲书。但闲书有闲书的价值，正如编者在序言中说的，这里有“夏天的激情欢愉，秋天的缤纷绚丽，冬天的神奇静美，春天的轮转生机，表达了人们对岁月流转及其所呈现的非凡情境的惊羡和从中感到的乐趣”。

说得好，惊羡与乐趣，其实我们看书和写作，往往也是为了惊羡与乐趣。但我首先感到惊羡的，是他为什么先从夏天说起——夏天、秋天、冬天、春天，颠覆了

"春夏秋冬"的惯常次序。这让我想到，中国人有时也不说春夏秋冬，而喜欢说春秋冬夏。据说这是因为中国最早的历法，从先秦开始，一年只有春天和秋天两个季节，所以有个历史阶段就叫"春秋"，而后来随着人们对季节感受的日趋丰富，历法中才又增添了冬天和夏天，春秋冬夏就是这么来的。英国人的历法文化究竟有过怎样的变迁，我们不知道，但如果他们普遍喜欢先说夏天，想必也一定有某种古老的道理。至少这说明英国人对夏天有特殊的偏爱，也说明英格兰的夏天美丽宜人。

于是就先翻到夏天，看看八月有什么记录。随便读到这样一段，作者是 Samuel Taylor Coleridge，时间是 1800 年 8 月 24 日——

> 星期天傍晚，偕萨拉和哈特利步行到莱奇格去，太阳垂落时伴随着雾蒙蒙的光柱，光柱倾斜于落日：一道璀璨的米色之光。沃拉峭壁是绛红色的，德文特沃特湖则是深紫伴着灰蓝，特伦特峭壁，又是一片褐红。而天上的云朵，却华美如焰火……当我们转身返程的时候，看到彩云像巨椽一样在移动，如火如烟，升腾着，弯曲着，渐成拱形，而且飞快。是从怎样的上帝的烟囱里，它如此生出？

这段话描述的景象美轮美奂，我相信那是十八世纪最美的黄昏之一。Coleridge 就是《古舟子咏》（又译《老水手之歌》）的作者柯尔律治，著名的湖畔派诗人之一。这段话说的显然也正是湖畔景色，落日辉煌，霞飞云卷，特别是那道“璀璨的米色之光”，让我不禁想起童年故乡的天色——多熟悉啊，那故乡西山的晚霞，有时像一地玉米，有时像荞麦开花，有时则像金黄的水稻。在饥荒岁月乡村孩子的眼中，天空更像是悬在头上的另一种田野。辽西因为干旱，一般是不种水稻的。记得上小学二年级的时候，有篇课文叫《我是金黄的水稻》，好像只有四句话，却在我心中轰然作响，散发着说不尽的美感。晚上回家，吃的是红薯，睡觉之前，我突然泪如雨下，坐在窗台上，哭着要求母亲同意我改名字。母亲说，那你要叫个啥名呢？我大声说，金黄的水稻，我要叫金黄的水稻！母亲笑了，几个姐姐们更是把头蒙在被子里笑得不行。她们后来说，我当时满脸泪痕、义愤填膺，就那样偎在窗台上睡了，可能在梦里私自更换了名字。

“我看见夏天的男孩在毁灭 / 使金色的地区荒芜 / 没有粮仓安置丰收 / 土地冰冻在酷热里”——这是英国诗人迪伦·托马斯的诗句，我喜欢。还有美国作家福克纳的小说《八月之光》，我也喜欢。实际上，那种据说象征着“人类昔日荣耀”的光，在英格兰民间传说中很早就有。我们辽西没有类似的传说，但每到八月，特别是中下旬，当处暑雨激荡过白狼河之后，记忆中总会有那么几天，老家的天气会突然变得令人感动而忧伤。山坡上，洼地里，阵阵清风翩若惊鸿，飘若游龙，仿佛吹拂的不是风，而是一种十分纯粹的光泽。这时候父亲坐在家门口的老榆树下，听着菜园里蝈蝈的叫声，会用《诗经》般的语调说："七月在野，八月在户，十月蟋蟀，入我床下。"父亲是以农历说话的，七月就是八月，八月就是九月。他从来不说公历的月份，不是他不知道，而似乎是不屑于。

"人者，无非是其气候经验的总合而已"，福克纳曾如是说。对此英国人肯定是最认可的。据说两个英国人见面，第一句话总要先说到天气——你看这天气怎么样？——嗨，真是个好天儿，不是吗？——天要下雨了，你瞧这风。——下午说会有雾。——还记得那年的大雪吗？伦敦大雪。——没关系，艾略特先生说过：冬天使我们温暖。——我还是更喜欢霜。——知道那首歌吗，《夏天的忧伤无可医治》？等等。所有这些，英文里有个词叫 conversation-starters，即谈话的"话头儿"。英国人都特别爱用这样的"话头儿"，他们每个人都像天气预报员，也有点儿像躬耕南亩的农夫，见面就举头望天，谈风论雨。即便在一个人写日记或给远方的朋友写信的时候，天气也是自然流淌的主题。

所以我面前的这本小书，一年三百六十五天，共收入三百六十五段话，其中绝大多数都和天气有关。英格兰四季流年，流动的主要是天气。

当然也不仅是天气，还有日记和书信作者的内心生活，以及他们对土地与家园的爱。“都说英国人的家就是他的城堡，实际上，他的家也是故乡起伏的青山，蜿蜒的河流，农庄、田野和幽静的村落，千百年来莫不如此（引自该书序言）。”作者大都是英国十八和十九世纪的作家和诗人，其生活的时代大致相当于我国的明清时期。“那是更单纯、更平和的世纪，没有现代生活的匆忙与喧嚣，人们还可以到南部小镇去领略黎明的寂静，可以在自家的菜地上侍弄花草，并简朴地保持着忏悔节和五朔节的古老风习（同上）。”

总之，我很喜欢这本小书，包括书中那些小巧奇妙的黑白插图：一月的猫头鹰与乡间滑冰场，二月的郁金香和高原绵羊，三月的山兔、蝴蝶和军号，四月的女孩与风信子，五月的画眉鸟、蜻蜓和野菊花，六月的麦穗和豌豆，七月的海边垂钓和蚱蜢，八月的小田鼠和凤尾花，九月的胡桃树与骏马，十月的海狸和雨中猎手，十一月的花喜鹊和教堂，十二月的麻雀和风雪中的小屋。这些情趣别样的小物候图，让我对童年和往昔充满了怀念，于是索性从书中每个月选出一段话，并写下自己的回忆和生活感悟，凑成中英合璧的十二月图，附在下面。是否有趣不知道，但我想这本小书的价值，应该不仅仅是让人了解英格兰，更重要的是让人学会感恩岁月——

一月

前天夜里有一场降雪，大约三四英寸深，雪后又下了一场严霜。河面上停着不少的船，船舱白雪盈积，棱棱角角，莫不晶莹。雪后的天空湛蓝，阳光如沐。显然晴好的天气已触手可及。但远方却似有某种雾气，使河岸变得朦胧难辨，河面上的船看上去也很晦暗，摇曳不安。几艘蒸汽船犁水而过，在寥廓的霜天中吸着它们的烟斗……近四十年来，英格兰从未见过这样的霜寒！

——Nathaniel Hawthorne（1854）

一月按中国农历就是腊月。腊月的英格兰往往会下雪，这和东北及辽西是相似的。但与我们乡村腊月里的忙碌和喜庆不同，英格兰的腊月却一派宁静，忙碌的只有天气：前夜有雪，今日有霜，此外还有远方的雾。这就是英格兰的天气，即使在冬天，也给人一种繁华的感觉。特别是河面上的几艘蒸汽船，也学英国绅士那样在吸着烟斗。读到这里我不禁莞尔，因为我也正在吸烟斗。我吸烟斗的姿态很笨拙，样子一定不像英国绅士而像英国的蒸汽船。

在故乡，腊月里最大的事儿就是忙年，而对于出门在外的人，就是忙着回家。多少回“日暮苍山远”，多少家“天寒白屋贫”，多少次“柴门闻犬吠”，多少个“风雪夜归人”，然后，年就来了。年就是年，不管是雪天还是霜天，年总是那么洁白，那么红火，那么令人感动。

霜天——在我的记忆中霜天并没有雪天好看，但霜天很别致，夜里降临的霜如轻软的纱绸覆上大地草木，却并不掩没形体的细节，更觉风姿绰约。这不同于雪，雪像是给一切都盖上棉被。雪是丰美的，霜是高贵的；雪是华丽的，霜是冷艳的，总之，雪的审美和霜的审美是很不同的。冬天的早晨，父亲总是早早起床，然后回屋告诉母亲：“下雪了！”或者：“上霜了！”看得出来，这两种天气都让父亲感到振奋。但何以雪是下的，霜是上的呢？我不明白。可能在父亲的心中，雪是天上降下的花，而霜是大地涌出的花吧。

霍桑，他对于中国读者来说并不陌生，就是那位以《红字》传世的美国大作家。霍桑曾于 1853 年被任命为美国驻英国利物浦的总领事，这段话就是写于当时的日记。美国人基本上是英国人的后裔，他们到了英格兰，有点儿像我们东北人到了山东，看到什么都觉得亲切。因此霍桑俨然是以土著的口气，记下了英格兰四十年不遇的那场霜寒。

二月

清晨真是温润可爱，我要徒步走过几座小山去科尔瓦。随手从兜里掏出午餐，五六块饼干，两只苹果，还有一小瓶甜酒。兜里还有一本书和剧场用的小望远镜，也一并拿出来。走到绿巷山上，走得很热。

——Francis Kilvert（1870）

二月也就是正月。在我的记忆中正月就是串门走亲戚。之所以选择了这段话，也因为那个英格兰人像是出去走亲戚的样子。他给人的感觉是个少年，他要去的地方叫科尔瓦。科尔瓦想必是个庄园或村落，是谁住在那里呢？是他的姑妈还是姨妈？或者是他外婆一家。但也说不定是他姐姐家。小时候正月里串门，我去得最多的是姐姐家。大姐、二姐、三姐、四姐，挨家住上几天，正月也就差不多了。姐姐家都不远，最多十里二十里，可小时候却觉得老远老远了。古诗中有“千里远结婚，悠悠隔山陂”的话，应该写的是一种童年感受。看到我去了，姐姐、姐夫往往都迎出院子，甚至迎到村口。进家后忙着烧火做饭，外甥、外甥女又都围上来，叽叽喳喳，把我和炊烟一起捧上了天。

正月也是春天发动的时节，春节之后，紧接着就是立春。春天的音讯最早是梅花传递的，“沙村白雪仍含冻，江县红梅已放春”，这是杜甫的诗，江县在哪里不知道，但肯定不是在辽西，也不是在英国。我们辽西不是没有梅花，而是有很特殊的一种，被称作辽梅，不过开花较晚，正月是见不到的。英国倒确实没有梅花，但他们有报春花。报春花源于中国，十九世纪初传入英国，并迅速成为英国人最喜爱的花卉之一，所以诗人多贝尔曾写过这样的佳句：“报春花出现在高高的河堤上，像一个少女从轩楼里向外眺望。”

然而春天并不是说来就来的，虽然有报春花，但英格兰人还是坚信他们自己的谚语：除非有九朵雏菊碰你的脚，否则不要说春天已经来到。九朵雏菊，这是整个二月需要为春天准备的礼物。

我走在辽西的山道上，望着大地上一条条笔直的雪垄，我的脚下别说雏菊，就连一朵狗尾巴花都没有。远处的丘陵依旧萧瑟苍莽，几只古艳的伯劳鸟从《诗经》飞出来，到我们那里变成了有些俗丽的“胡勃喇”鸟，它们很喜庆地掠过大片的针阔混交林，好像是二月里唯一的花。

三月

我绝不会忘记前天夜里让我们惊讶不已的奇景，大气中有一抹闪闪发光的云，它酷似剑的形状，剑锋指向北方。那云的光芒有如月亮，而别处的天空则一派安宁。它出现的时候大约是夜里十一点，直到凌晨一点多才逐渐消失。整个英格兰南部都目睹了这一壮丽的景象。

——John Evelyn（1643）

三月的插图中有一把军号。

据说在希腊神话中，三月是为纪念战神而命名的，故英文里的 March（三月）也同时有出征和前进的意思。而写下上面这段话的人，他关心的显然就是出征。夜云如剑，而剑指北方，这与其说是对天气的记录，毋宁说是某种预言。查英国历史可知，十七世纪中叶的英格兰确属多事之秋，资产阶级革命如火如荼。1642 年英王对议会宣战，而后来克伦威尔又率领军队打败王师，翻来覆去，战事不已。至于作者当时站在何方立场，已无可考，也不重要，总之他可能是个预言家，并相信天气就是天意。

天气就是天意，这是一个历史悠久的说法，古今中外都有人相信。但“天意从来高难问”，信或不信，还得看世道人心。现实一点儿，我还是更喜欢另一个说法：世上有天气，人间多乐趣。

天意也好，乐趣也好，三月确实让人有一种出征感。“农人告余以春及，将有事于西畴”，什么事儿呢？“田家几日闲，耕种从此起”，三月的乡村已开始备耕种地了。就连春归的燕子，也是急匆匆的，好像燕子是骑着小白马飞回来的。

学生们也要开学上课了。记得每年三月开学，我们都要先到学校的育红山上去劳动，主要是修梯田。山上养了许多兔子，每层梯田上都有，雌兔迷离，雄兔扑朔。有兔子陪伴，给我们的劳动增添了不少乐趣。许多年后读英国作家卡洛尔的《爱丽丝漫游奇境记》，我才知道有个词叫“三月兔”（March Hare）。三月兔是可爱的，不仅特别有同情心，而且还灵性超凡，有骑士风度。

那个叫爱丽丝的女孩也叫人喜欢。

不过我更喜欢一个叫 Pippa 的女孩，这是个真实的女孩，家里很穷，所以她每天都要黎明即起，准时去丝绸作坊里干活，很少歇息。大诗人勃朗宁有一首诗，就是特地为这个女孩写的，我将其译为《碧波歌》。之所以把女孩的名字译成“碧波”，是取古诗春草碧绿，春水碧波的意思，因为诗人正是通过这个贫穷女孩春水般纯净的眼睛，写出了英格兰初春的美妙景色：“云雀展翅欲飞，蜗牛爬过荆丛；上帝端坐天堂，世界如此齐整。”

碧波，这个三月的女孩让人相信，天意和乐趣是可以融合为一的，只要你有一颗感恩的、齐整的心。

四月

> 礼拜天早晨七点离开柯尔律齐，在走往伦敦市区时心境忧郁，一路沉思默想。我穿过坦普尔巴，越过圣顿教堂，整个行程都一无所见，完全沉浸在自己的思绪中。而猛然抬头，看到我前面是林荫笔直的舰队街，那么安静，那么空旷，而且铺着淡淡的新落的雪花，看上去洁白无瑕。没有一辆运货或载客的马车驶过，十分静谧，只有喑哑无声、形影暗淡的步行者，这里那里，三点两点。
>
> ——William Wordsworth（1808）

这封书信的作者是大诗人华兹华斯，著名的湖畔派诗人领袖，十九世纪英国浪漫主义文学的先驱。但在那个距今遥远的四月清晨，谁也不知道他为什么一路上那样忧郁，直到天降瑞雪，他看见一条笔直、安静、空旷的大街，心境才豁然开朗。我记得有谁说过一句话，与这种情形相关，却一下子想不起出处。好半天才理出点儿头绪，赶紧翻书去查，就在法国作家普鲁斯特《追忆似水年华》的第三卷《盖尔芒特家那边》的第二章中："一场天气的变化足以让世界和我们自己焕然一新！"

实际上，华兹华斯眼中的伦敦舰队街，如今已很难见到了，那种安静得如同处子的街道，我觉得更像是前现代城市的一个标本。不过四月落雪的天气，在东北和辽西却并不少见。

"燕子来时新社，梨花落后清明"，四月正当清明时节，这个时节许多地方都会有雨，俗称清明雨。但在我们辽西，有时也能见到清明雪。清明雨又叫梨花雨，而清明雪却无以名之，我只闻到空气中有雀麦草的淡淡香味。我记得母亲头天晚上就蒸好了馒头，上面还用糖水点了红点儿，说这馒头就是供飨，商量我第二天陪父亲去上坟。可清明的早晨，我却说什么也不肯陪父亲去。父亲只好自己揣着馒头，拿了些黄纸，还在肩上扛了个小桌，冒着雪到西山去上坟。我在上学的路上回头张望，看雪花淡淡飘落，不一会儿父亲的背影就白了。我不肯去上坟的理由是我要去上学，而且我还是个少先队员，脖子上戴着红领巾，跟大人去上坟很不光彩。然而我那天的脚步又很迟疑，终于折了回去，沿着山道去接父亲。

"素衣莫起风尘叹，犹及清明可到家"，许多年了，每到这个时节，我都会想起那个雪天，想起父亲母亲期盼的眼神。实际上我那天并没有接到父亲，等我赶回家，母亲正扶父亲躺在炕上，说因为下雪，父亲在路上摔了一下，还让桌角把头磕破了。我泪光闪闪，却没有解释，也没有认错，只觉得鼻子里雀麦草的香味突然变得馥郁起来。

五月

> 天气又晴又暖。橡树的嫩叶出得早，有些已差不多半绿了。白桦树也新叶簇簇。田里麦苗青青，整体而言，我从未见过如此好看的麦子，远胜往年。土地还很坚硬，看不到蛞蝓之类的昆虫活动。不管怎么说，冬天既然摧毁了那么多郁金香，它也必定会消泯掉这些淘气的小东西。橡树看上去很美，大麦还正年轻，我看不出这庄稼的生长会有什么缺陷。
>
> ——William Cobbett（1823）

五月在中国的语境中，正是人间四月天。而乡村四月，诗意更浓，“绿遍山原白满川”好看，“子规声里雨如烟”更好看。也许世界上的乡村都是相似的，比如上面所引那段话，说的是英格兰乡村，但如果要转换成画面，也不难让人想起俄罗斯画家希施金那幅著名的《黑麦》——土地坚实，满眼新绿，高大而英俊的橡树，年轻而热烈的麦子，令人对生活与年景充满信心。

英国人看年景，往往是先看树，传统上是以橡树和白蜡树来作比较，如果橡树出叶比白蜡树早，这一年就会风调雨顺；反之，如果白蜡树出叶早了，那就意味着将出现夏涝。所以在英格兰乡间，往往都会有一棵橡树。这就像在我们辽西，每个村子都会有几棵榆树一样。

据说乡村意义上的英格兰是普世性的，或者说，世界上到处都有英格兰式的乡村。有一首老歌是这样唱的："只要有小路穿过乡间，你就会找到英格兰，或是在村舍前，或是在谷地边。"但是在辽西，在我那干草原一般的故乡，也能找到英格兰吗？

"遥思故园陌，桃李正酣酣"，想一想，老家真是这种酣酣的样子。除了没有橡树，我们辽西还基本上不种麦子，只有满山遍野的玉米谷子、大豆高粱，连庄稼都是酣酣的。五月的田野里还往往有一堆妇女，正在那里酣酣地"拔地"。拔地是一项很特殊的农活，也就是通常说的间苗。因为苗都很矮，人必须猫腰或蹲在地垄里去间，很需要耐力。所以这活计更适合女人做，有时也让放农忙假的学生们参加。我在地头累得直不起腰来，就在心里埋怨：上帝啊，为什么总放农忙假呢？不久前读一本洛斯金（John Ruskin）的书，这位英国十九世纪的艺术批评家有句话让我很沮丧，他说："没有欢乐的劳动是卑贱的……"不过他接着还有话："没有劳动的欢乐也是卑贱的；没有忧伤的劳动是卑贱的，没有劳动的忧伤也是卑贱的。”体会再三，心里总算释然。

六月

昨天洗海水澡，今天是海水浴。昨天的海非常安静，但今天早晨风向变了，从西往东吹，海水就变得狂暴粗野，跌跌撞撞冲进海湾，带着泡沫扑向海岸，让人心神不安。整个海湾如同有数匹白马奔腾。在尚克林，你必须得接受穿内裤洗澡的陋习，这是令人不快的。如果女士们不喜欢看见男人赤裸，那为什么不干脆躲起来呢？今天别人给了我一条内裤，但却怎么穿也不合适，狂涛巨浪把它从我身上松开，再扯下去直到我的脚踝。因这样戴着镣铐般的束缚，沉重的海浪把我拽住并摔倒，然后迅即撤退，将我赤条条地摆在尖锐的碎石滩上。我从碎石上站起来，身上血流如注，只好脱下了那件卑鄙而凶险的破布。毫无疑问，当我从海水里走出的时候，有好几个女士在一边看我。

——Francis Kilvert（1874）

英格兰有句谚语：五月洗澡死得快，六月洗澡唱起来。这里的洗澡都是指下海。我的故乡没有海，只有一条河，每到六月，我们都去河里边洗澡。那条河是季节河，如果你现在去看，可能只是细流涓涓。但在我们小时候的那些夏天，它却显得连天汹涌，苍苍莽莽，让我们充满敬畏。所以我们洗澡总要挑好天，结伴去，找风平浪静的地方下水。

英国人还说：一只燕子不是夏天。我们去洗澡的时候，头上总飞着好几只燕子，证明夏天真的是到了。可毕竟是乡村的男孩，我们都比较羞怯，到河边一下水就全身下潜，唯恐过路人看见。特别是如果有妇女经过，她就会看到水面上只有几个小脑袋，而且那脑袋也是背过去的。有个叫淘气儿的男孩，平时很淘气，但一下水洗澡就啥也不是了。有时我们都上了岸，只有他不肯上来，告诉他附近根本没有人，他也扭捏着，说虽然没有人，可天上还有燕子啊。于是我们就只好往天上扔石子，替他赶燕子。

我不怕燕子，但是我最怕见到女孩立夏。立夏是林业站站长的女儿，因为她是立夏那天生的，所以就叫了立夏。而因为有了立夏，她的两个妹妹一个弟弟，就依次被站长命名为立秋、立冬、立春。夏秋冬春，这和英国人对季节的排列倒挺一致。不过没有人意识到这一点。

一个女孩名叫立夏，在我当时的想法中，没有比这更诗意、更浪漫的了，简直是浪漫得可怕。所以每次经过林业站，我都担心会碰见立夏。而我们去河边的路上是必经过林业站的，因为河边就是青葱茂密的国有林。我时时有种预感，走着走着，会突然有个人影从树林里跑过来，站在我面前说：我就是立夏。

但事情从来没有真正发生，实际上我至今也没见过立夏的样子。她妹妹立秋是我的同学，从小学到中学都是。许多年之后我们同学聚会，立秋说她不久前去内蒙古看姐姐去了。我说，就是那个立夏吧？立秋看着我，眼神突然变得异样而迷离，就像我们小时候看那条河的眼神。

七月

> 塞西尔先生，有一天他神采飞扬地说，英格兰能出产堪与任何国家相媲美的桃子。我问他，那么桃子有什么绝美的特性呢？他回答说，桃子有让人感到凉爽和清新的品质，就像西瓜那样。想想吧，世界上的水果多么丰富，风味多么不同，但从未远行的英国人对水果的理解却如同对阳光的理解那样单纯。他认为尝到了一种水果也就品到了另一种水果，二者都同样水分充足。
>
> ——Nathaniel Hawthorne（1854）

霍桑的这段话，让我的感受比较复杂。首先我很欣赏那位塞西尔先生，不是为了他的民族自豪感，而是为了他那个朴素而绝妙的比喻：桃子像西瓜一样甜美。记得小时候，父亲也用过类似的比喻，比如他说自家种的高粱米，其实和大米一样好吃。还有一次过春节，五叔到我家来拜年，看见母亲剪的窗花，赞叹说这花儿美得简直像公社康书记写的春联。我没见过康书记写的春联是什么样子，但经五叔一说，就觉得骄傲得不行。然而这些比喻在霍桑看来，可能都不仅土气，而且单纯，显得没有见识，这不禁又让我觉得羞愧。

可桃子和西瓜真的不能相互比喻吗？后来想想，我还是为塞西尔先生深感不平。他也许是个农民，也许是个庄园主，也许是仅仅拥有几亩菜园的人。在那个小菜园里，他辛勤耕作，一边是“天上碧桃和露种”，一边是“又乘微雨去锄瓜”，所以当他向外人说起那些果实，怎么会不激情洋溢，神采飞扬呢？D.W.杰罗尔德有言：“农民的生活由大地的慷慨所喂养，苍天的微风所滋补。”确实是这样，而正因是这样，在他们心目中，水果本身就可以比喻水果，粮食本身就可以比喻粮食，正如大地本身就可以比喻大地。

霍桑是个美国人，他从新大陆来到英国。历史上，美国人早期面对英国人是自卑的，觉得还是老家的文化土层深厚，有传统、有教养，但到了十九世纪中叶之后，美国人的文化自信就上来了，开始有点儿瞧不起英国人。霍桑的这段话就是一种端倪，而在霍桑之后，美国人在欧洲的优越感则成了另一位美国作家亨利·詹姆斯小说意味深长的主题。

其实，霍桑的优越只在于见多识广，但塞西尔的精神是有传统的，并非见多识广所能替代，它的根源在于乡村的朴素，英格兰的朴素。这种朴素我们甚至能在莎士比亚戏剧中找到依据。如《理查德二世》中就有一段神采飞扬的台词："这贵胄的土地，这君王的华冠，这战神的宝座，这集权的岛丸，这福地，这圣域，这英格兰！"莎翁的比喻虽雍容华贵，但我觉得和桃子像西瓜一样甜美并无二致，和父亲与五叔的修辞学也相去不远。然欤否欤，质诸读者。

八月

> 晚餐后大雷雨骤至。夜色变得漆黑。巨大的雷声和闪电久久不息。我吹灭了蜡烛，坐在窗前注视。闪电覆盖全岛，而雷霆很明显是滚落到大陆上，向东隆隆而去。"战栗吧，你们这些可怜的人！"
>
> ——William Allingham（1867）

八月不仅有神奇的光，值得一说的还有雨。英谚说：秋天像贼一样偷走了夏天。可怎么偷呢？那就要借助雨天。八月雨在我的老家，往往被称作秋分雨。秋分雨有的很小，像飘洒的露水，所谓“金气秋分，风清露冷”即是；有的则雷电交加，倾国倾盆，而且一般发生在傍晚，彻夜不停。苏东坡有诗云：“暗中偷负去，夜半真有力。”就在这样的夜晚，夏天像个成熟的少女，被力大无比的秋贼偷走了，连同那朵最后的玫瑰。

“夏天最后的一朵玫瑰，还在孤独地开放”——这是爱尔兰民歌还是英格兰民歌，并不重要，重要的是“所有她可爱的伴侣，都已凋谢死亡”。这是否意味着，当夏天即将离去的时候，玫瑰是英格兰大地上硕果仅存的花呢？

辽西没有玫瑰，但八月份，我们的山野地头还花事正繁，野菊花黄灿灿地开着，鸢尾花紫苏苏地开着，勿忘草蓝莹莹地开着。我受生产队指派，到东山坡上看地，庄稼都割倒了，正等着大车往回运。我喜欢看地，因为可以一边看地一边看书。《苦菜花》《迎春花》《钢铁是怎样炼成的》，是我那时最爱看的小说。记得有一幅插图，好像是冬妮娅正在和保尔告别，乌黑的发辫，蓝色的水兵飘带，让人百看不厌，浮想联翩。也许立秋的姐姐立夏就是这个样子吧，我想。后来看了《简·爱》，我又觉得立夏更像书中那个叫海伦的死去的小女孩，她的墓碑上刻着四个字："我将复活。"

有时正看着书，雨就上来了。风起云涌中，赶紧坐在拉庄稼的大车上回家。有些害怕，却没有战栗，也没有惊奇。许多年后读哲学家维特根斯坦的《笔记》，他说："如今的闪电比两千年前更常见，但没有人感到惊奇。我们必须清醒过来表示惊奇。"是啊，现在的人怎么对闪电不感到惊奇呢？可是我仍然没有惊奇，只是在这句话下面画了道横线。

九月

他们说今年此地会有大群的鸟儿飞过，也许我能猎获一些。

——Jane Austen（1796）

简·奥斯汀是十八世纪的英国女作家，主要作品有《理智与情感》《傲慢与偏见》以及《曼斯菲尔德庄园》等。据说英国央行不久前决定，将以奥斯汀的头像取代生物学家达尔文的头像，印在新版十英镑的纸币上发行。我见过女作家的头像，说她是英格兰乡村少妇绝不为过，而且是前维多利亚时代的，这样的古典女人，竟然有猎鸟的嗜好，这倒多少令我惊奇。

"鸟的迁徙是一个关于承诺的故事"，这话不知是谁说的，但我相信，鸟的故事一定牵涉着神秘的约定。据说北美有一种鸮莺，每年都会在八月二十五日夜间准时起程，列队南飞。这用我父亲的话说，就是有数的。在父亲看来，一切都是有数的，如果中秋节看不见月亮，他就会感叹：八月十五云遮月，正月十五雪打灯。好像天气比计算机还准，什么都被预先设置了似的。

辽西没有鸮莺，却有一条白狼河。“白狼河畔秋偏早”，这是纳兰性德对辽西秋天的评价，可虽然秋意来得早，要真正看到鸟的迁徙，却要等到中秋前后，也就是九月末、十月初的时候，才会有第一行大雁飞过天空。英格兰纬度也很高，物候应该和东北及辽西接近。所以奥斯汀这封写于九月一日的书信，还是用一种推测的语气在说话，大批的“过境鸟”并没有到来。

过境鸟，对于辽西来说，所有南来北往的鸟基本上都是过境鸟，上千里的辽西丘陵（也叫热东丘陵），不过是它们中转的“停机坪”。但有时也有例外情况发生。一年秋天，我们放学经过西草甸子，有两个同学捡到一只模样古怪的鸟，但我们谁都叫不出这鸟的名字。恰好在路上碰到了一个赶车的老头儿，样子很土气，却又有点儿像城里的下放干部，他把车停住，只轻轻扫了一眼，就告诉我们说那是只白鹤，别名西伯利亚鹤。——白鹤也能飞到我们这里吗？老头儿说，这是只“迷鸟”……

我一直记着这个词：迷鸟。迷鸟的本质是候鸟，只是因为某种意外，在候鸟迁徙的路上掉队或迷路了，从而变成了临时的留鸟。而那个秋天、那个老头、那只白鹤，则像是迷鸟故事的一个图解，有一种莫名的神秘和象征意味。

九月，正是“一川白露下蒹葭”的时候，我心中总有一首歌挥之不去，歌名叫《我们的田野》：我们的田野，美丽的田野；湖边的芦苇中，藏着成群的野鸭；一会儿在草原，一会儿又向森林飞去……

十月

> 在草地前方的路上，战争期间，人们会从那里看到停泊在霍斯利海湾的战舰的最高桅杆。我喜欢这样的想法：老式的英国房子，上面有样子奇特的烟囱和风标，面朝大海，而海上有船。我清晰地记得我们大家一起住在纳斯里的日子，从窗前会看到猎犬穿过草地，我父亲和简奈易先生都戴着他们的猎帽，还有他们长长的鞭子，等等。所有陈年往事，此刻都在心在目，如老照片。匆言不赘。
>
> ——Edward Fitzgerald（1839）

这段话显然是出自一封书信，表达了一个英国人对往昔的怀念，陈年往事，在心在目，某种意义上，也就是他的英国梦。现在我们都说中国梦，其实，一个民族的梦想既可以是憧憬，也可以是怀念；既可以是愿望，也可以是乡愁。如果老式的英国房子是美的，那何必追求高楼别墅？如果猎犬穿过草地是美的，又何必让驱车代替散步？

我想起在英格兰的格劳斯特郡，编选这本小书的 Peter Buckingham 先生也有两只猎犬，一只叫 Parker，一只叫 Pepys。可能对英国人来说，猎犬意味着一种传统和品位。正如在奥地利作家卡夫卡笔下，猎犬有一种王者之气："猎犬们还在院子里戏耍，但那猎物却已无法逃脱它们，尽管它正飞快地穿过一片片丛林。"

英国人喜欢猎犬，不知是否也喜欢鹰。我们辽西丘陵部分属于长白山脉，部分属于燕山山脉和努鲁尔虎山脉，山脉交会的地方，时常可以见到鹰击长空的景象。鹰击长空，鸡栖草窝，鹰有时飞得比鸡还低，那是鹰直冲下来要捕捉鸡，这后来演变为我们童年的一种游戏。

十月最好看的花是向日葵。虽然在我们辽西，没有人把它当成花，但它确实是一种花，而且被称为"花中的鹰"。1978 年 10 月，我去长春上大学，夜行列车奔驰在东北大地上，我和几个同样怀揣录取通知书的年轻人在车厢里几乎聊到通宵，有上海的，有西北的，还有两个北京的。我们要去的大学也不一样，有光机学院的，有地质学院的，还有邮电学院的，但当时我们却有那么多的共同语言，彼此没有一点儿矜持和陌生感。早晨太阳升起的时候，我们一起看窗外，远处那一片金黄色，一望无际，全都是向日葵。——你们知道吗？这时一个年轻人站起来，激动地宣告：这叫 Eagle of flowers，花中的鹰！他流利的英语，好像一瞬间真让那遍地的葵花展翅飞翔起来了。

如果说向日葵是花中的鹰，那枫树就该是树中的杜鹃吧。杜鹃啼血，片片殷红。十月是金色的，也是红色的，这种红色因为俄国十月革命和我们的国庆节，可以说包含了革命的成分，但毕竟也有一部分是来自漫山遍野的枫叶。特别在东北，枫叶是秋天最值得骄傲的景致。我有一位朋友隐居千山，每到秋天他都打个电话说，如果你枫叶红了的时候不来，那就等红叶枫（疯）了的时候来吧。这就是指十月。

十一月

担心霜冻，把所有的葡萄都收了起来。从八月的第一个星期到现在，我们都处在干爽宜人的季节，没有任何多余的雨落下，大家都很开心。

——Gilbert White（1777）

父亲说“十月蟋蟀，入我床下”，显然农历的十月已经够冷了。寒露不算冷，霜降变了天，霜降就发生在这个月份。随着英国的葡萄被收起来，中国的蟋蟀也登堂入室，开始躲在农家的屋里鸣叫了。

蟋蟀的别名叫蛐蛐，在辽西，你说蟋蟀没人知道，必须说蛐蛐。蛐蛐是象声词，形容蛐蛐的叫声，蛐蛐——蛐蛐——的。这样蛐蛐在鸣叫的同时，也是在呼唤着自己的名字。整个秋天直到初冬，蛐蛐都在呼唤着自己的名字。

但蛐蛐最怕刮风的天气，一刮风，它们就一声不响，噤若寒蝉。而辽西的风是全国有名的，特别是秋末冬初的时候，风势很大，风向也变幻不定，今天是东南风，明天是西北风，并最终让西北风压倒东南风，主导整个冬天。现在想，人和蛐蛐毕竟是不一样的，比如我，一是我从来不呼唤自己的名字，二是我从小喜欢风。辽西的风吹拂过我的童年，也吹拂着我的记忆。

那年代农村还没有玻璃窗，都是纸糊的窗户，风一吹，窗纸就发出奇特的声响，让人听着心里慌慌的，并耽于幻想。我还有个习惯，爱在窗纸上画小人儿，往往一不小心，窗纸就被戳破了，母亲一边骂，一边赶紧找纸来补上，这样补来补去，窗户就打满了补丁。有时家里来了客人，坐在炕上看窗户上的补丁，也看那些小人儿，就问是谁画的，母亲说，还有谁，我儿子呗！语气中既有无奈也有骄傲。

晚上睡不着，听着风吹窗纸的声响，就觉得我画的那些小人在同某种怪物作战，个个表现英勇，活灵活现。而早晨一觉醒来，发现漫天皆白，上霜了。

英国作家 D.H. 劳伦斯曾写过一篇叫《美国古典文学研究》的文章，他写道：“只有生活在有养育之恩的土地上，而不是背井离乡到别处流浪，人才能享有充分的自由。”对此许多人都深有体会，但我不明白的是，为什么这是美国古典文学，而不是英国古典文学，或中国古典文学研究的结果呢？

十二月

> 大雪一夜未霁……我们出来的时候，安布尔塞德看上去很惊艳，竟如同异国的村庄。远处的山峦显得轻盈而欢悦，在蓝色的天空下，又如日中天般夺目而清晰。我们听见水禽在湖边鸣叫。木星在安布尔塞德群峰上简直是灿烂辉煌，而在雷代尔河的对岸，还有一颗大星悬挂在山头一角。
>
> ——Dorothy Wordsworth（1801）

这段话告诉我们，十二月的天象很美，像一幅梦境中的画。这地方我从未到过，星辰如一团火焰，也像一串耳坠。这样的景致发生在十二月是恰如其分的。星移斗转之间，西方人的圣诞和元旦快要到了。柯尔律治有《新年》诗云：“新年宛如在荆棘丛中结出的鲜红草莓。”

但中国人并不很看重这颗草莓，他们把这颗草莓叫“阳历年”，好像是一种蔑称。在这个月份，中国人更喜欢冬至。冬至是个节气，也是个节日，冬至节。辽西人有“冬至大如年”的说法，这一天头晌要吃饺子，过晌要炖肉喝酒。晚上睡觉前，大人们会对孩子说，天短了，夜长了，早点儿睡。越这样说，孩子们就越睡不着，越睡不着，就越睡。等到天亮后醒来，才知道雪不仅下了一夜，而且是大雪一夜未霁。

辽西的雪和辽西的风是同样有名的。纳兰性德当年途经此地，曾留下著名的《塞外咏雪》词传世：“冷处偏佳，别有根芽，不是人间富贵花。”寥寥数语，说尽了辽西大雪的精神特质，越冷越好，别具风情。因为是白狼河畔，当地史志上还有一个极美的说法叫“雪落白狼”。雪落在白狼身上，白狼不仅变得更白，也显得更加高贵而冷峻。

在这样高贵而冷峻的雪天，我和树瑟哥一般都在山上，带着自制的火枪，一心想打两只“傻半斤儿”解馋。傻半斤儿就是沙鸡，因样子比较傻，体重不超过半斤而得名。而且也飞不高，下雪天打这种鸟是最佳时机。我和树瑟哥沿着雪地里的电线杆走，一边寻找目标，一边听电线杆。听电线杆是我们当年的特殊乐趣，把耳朵贴在房檩子样的线杆上，听里面的嗡嗡声，就好像有什么人给你打电话似的，就好像你也成了有资格接电话的人似的。我发誓一辈子也忘不了那样的情景：两个很傻的乡村少年，在雪地里寻找一种据说很傻的鸟，耳朵冻得通红，听一会儿电线杆，捂一会儿耳朵，直到大风骤起，纷纷扬扬，将雪粉灌进我们的衣领。

十二月，古老的冬天。不管是在中国还是在英国，十二月都意味着冬天的正式到来，但令人惊羡的是，这个季节到来的意义却不在于本身，而在于另一个季节。所以雪莱的诗句尽人皆知："如果冬天到了，春天还会远吗？"是的，不会远了，虽然"满目山河空念远"是远的，"细雨梦回鸡塞远"是远的，"日落长沙秋色远"是远的，但春天毕竟已经不远。而雪莱，这位伟大的英格兰诗人，他也可能耳朵冻得通红，却早在二百年前就从电线杆中听见了春天的消息。

故园白羽

四月羽书城

我出生的地方叫黑城子，我把它称为羽书城。因为它的地形柔曲土壤丰沃，像极了一片羽毛。从北票县城向北约百华里，你就会看到那片慈光凝碧的祥羽了。

远近闻名的黑城子大洼，南北修长，东西挺括，方圆十几里一马平川。早晨雾起东山，它就像拿出古代的“白纻”罩在身上，显得神秘、俏丽而雍容。等到雾散了，你才会领略我们的田野。大洼的地垄长，就像故乡女孩儿们那又粗又长乌黑闪亮的大辫子，春天刚开犁的时候，你顺着那一条条褐色的长垄，会看得神魂颠倒；三夏时节，满洼苍松翠柏似的庄稼，在汹涌的白云下显得肃穆，让你直想逃避；秋天摧枯拉朽的收割之后，大地裸呈，觅食的鸦阵低旋鸣叫，顽艳如巫舞；冬天可以看雪垄，那是土地的浮雕，朔风掠过，雪粉晶莹，低矮的根茬挺立如林。有时你还会看到几只喜鹊，上下翘着丽尾，春节就快要到了。

这样厚实的土地，会像羽毛吗？美国作家福克纳说，他的故乡很像是邮票——而羽毛，也就是我们中国最早的邮票。书信上插支羽毛，即为“羽书”，上面写的往往是重要的军情和政令。岑参《轮台歌奉送封大夫出师西征》的诗里说“羽书昨夜过渠黎，单于已在金山西”，可见羽书绝非轻盈物，而是动辄驱动千军万马的。所以对我的故乡，思来想去，我还是认定它是片形如羽毛，重如羽书的土地。

黑城子古称川州，白川州，记载见于《汉书》。想必古人是看到有条很白的河穿过此地，故名之。现在那条河也很白，却叫成黑城子河了。据说，黑城子出自蒙语“哈拉浩特”，也就是“黑色之城”的意思。川州原本是边地，历来蒙汉杂居，想必初到这里的蒙古人，他们准是一眼就发现，这里的草色比别处的还要绿，绿得有些发黑，于是就欣喜若狂，大喊“哈拉浩特”了。不管怎么说，反正当年的黑城子河流域，应该是农业文明与游牧文明的一处交汇地，黑杨树与白茅草同生，丘陵狼与荒原狼共舞。这片小小的、浅浅的狭长盆地，像是从蒙古草原射过来的飞鸿，也像是从燕山腹地传过来的捷报，合成千年羽书，供后人读解。地方虽小，却能让你读出“风吹草低见牛羊”的丰美，也能让你读出“黑云压城城欲摧”的气势。

城自然有过，传说始建于辽代，城墙为土筑，现虽仅存城基，却仍依稀可见那拙实的夯印。城体规模是南北东西各二华里。这四四方方的小城，就建在那狭长盆地的正中，好像谁不放心，又在羽毛上嵌入一枚邮票。羽毛形的土地，邮票状的小城，却不知何人，要把何物，寄往何方。

小城内外，包括附近的山沟乡野，人们最喜欢的是四月时光。T.S. 艾略特在他的长诗《荒原》中说：“四月是最残忍的月份”，对此我和乡亲们都深感不平。四月怎么会残忍呢？至少在我们那个地方，四月是美的，也是善的，因为荒地上不仅长着丁香，还长着各种野菜，长着柳芽儿，长着榆钱儿。几场春雨过后，女人们就鲜活了，呼儿唤女去树林采蘑菇，男人们则忙着整地开犁。白嘴鸦绕树三匝，田野上人欢马叫，生产队的麦苗正大面积返青。这成群的、鲜亮的四月，每当四月之光照亮我们的四方小城，那片土地就像马克思所讲的，不仅有莎士比亚的丰富性，也有伦勃朗的强烈色彩！

我父亲就是四月出生的，到他去世的时候，还千方百计地赶在四月。在父亲心目中，好像四月隐藏着他所有的生命秘密。父亲临终前的一件事儿，让我至今耿耿难忘。那是 1996 年的春天，在沈阳，我事先并不知道父亲的病况，可那天晚上却亲切而悲伤地梦见了他。父亲好像是从一座花园里慢慢走来，背景是巍峨的王宫，他对我说他要走了，因为夏天即将到了，而人在夏天走是不好的。醒来后我看了下表，是凌晨四点过五分，因为睡不着，就打开灯，拿起放在床头的一本书看。那本书是前天刚买的，还从未翻过，是美国作家巴塞尔姆的小说集，英文版。我随手翻开，没有任何选择，就看到这样一个题目——A Palace at Four AM，译成中文，就是《凌晨四点的王宫》！而一个小时之后，我就接到电话，说父亲已在弥留之际。那天是四月十八日，父亲九十一岁。

很长一段时间，我一直在想，那个四月凌晨的梦境，是父亲留给我的最后一封信吗？而令人不解的是，那个梦怎么会和王宫、会和英文连在一起呢？父亲是辽西丘陵的农民，他平生没见过任何王宫，更不认识什么英文。当然我在大学读的是外语系，那是难忘的八十年代。为了供我读书，父亲在七十多岁的高龄上还要做豆腐卖，他每天起早推磨，然后把做成的豆腐挑在肩上，比两桶水还沉，到矿山或集市去卖。那些年我每次放假回家，临行时从母亲手里接过的钱都是零零碎碎的，且浸润着父亲的汗渍和豆浆的水印。有时父亲走在路上，连过路人都有些不忍，就问你儿子干啥呢，父亲大概很喜欢被这样问，总是慢慢撂下挑子，等直起腰才正式回答：能干啥？就会念书，学的是英文！他把“英文”两个字咬得很准。父亲，其实你也是懂得英文的，不管它来自英格兰，还是美利坚，在我心中，都是你赋予了这两个字以最深的爱意，最大的光荣。所以父亲，既然是你的艰难支撑让我学会了英文，那么，我所学会的英文就应该有责任向我传达你的生命信息，以证明它不仅通行国际，而且也是知恩图报、聪明晓事、富有灵性的语言！我想整个事情是这样的，父亲！

至于王宫，故乡没有王宫，但却实实在在有座王府。父亲曾多次向我们说起那王府，在什么位置，种什么花草，养什么骡马。还有这样的民谣：四四方方的黑城子，住着周周正正的小王子……这民谣很像是一篇童话的开头，至今在我的记忆中散发着强烈的预言般的美感。直到上了中学，才明白小王子其实并不小，也并不周正，而是个作恶多端，十恶不赦的家伙。那当然是解放前了，小王子叫沁布多尔吉，时任土默特右旗（即今北票市辖区）旗长，兼国民党热北保安军司令。黑城子虽小，小王子却管着很大很远的地方。人家的王位据说还是乾隆爷封的呢，钟鸣鼎食，世袭罔替，传到其父老王子，又传到他，也不容易。但小王子这人太黑了，黑得连个白茬儿都没有，特别在八路军开进辽西后，他骑黑马，带黑枪，出没山野，形同土匪，表现尤为顽劣。所以小王子气数尽了，解放后他被人民政府怒不可遏地通缉、宣判并执行了枪决。据父亲说，那天老百姓们是连夜行动，手挑肩扛，奔走相告，像发水似的冲进了城内的王府，幸福的混乱一直持续到次日凌晨。

凌晨，母亲总忘不了喊我上学。我们上学必须要穿过两座小山，它们在城墙西北角约三华里处，南边的叫封山，北边的叫敖包山。两座山都比别的山绿，并大小相似，像女人的乳峰。在当地人眼中，这两座山都有点儿神圣不可侵犯的意思，封山是汉族人追先祭祖的地方，敖包山则是蒙古族人祀神祈福的地方，而且据说也是老王子的陵寝，多次有传闻要考古挖掘，却慑于陵内机关，终未实现。虽然王陵威严，却压不住生命的浪漫，所以每当十五的月亮升起，就会有哪位哥哥到山上去等他心爱的妹妹，马头琴会响起来，套马杆会竖起来。唱《敖包相会》，喝套马杆酒，多年以来，在我的故乡已渐成风俗。

还是继续说上学吧。我们的中学位于城内的东北角，在全县很有名气，样子也是四四方方的。当时是“文革”后期，我们虽戴着红袖标，其实却既不怎么上课，也不怎么造反。对我们而言，“红卫兵”不过是走进中学的代名词，就像俄罗斯小说《早年的欢乐》有时也被译作《初欢》一样，仅仅意味着一种纯正、一种忠诚、一种青涩的早熟，就像四月的杏花。黑城子的杏花多，附近的山沟乡野更多，每到四月就粉墨登场，把山川美化得不成样子。所以，杏花后来被定为北票的县花、市花，至少在我的故乡是极得人心的。中学毕业已三十多年了，有一次，我从省城回乡探亲，下车时看到一位当年的女同学，她就站在那里卖杏花，旁边还跟着一群围上来叫卖的妇女。那水灵灵的杏花让我想起了在中学的青涩岁月，正要上前打招呼，可她却扭过头跟别人说：哎，这车怎么晚点了呢？

其实我当年最喜爱的不是什么桃花、杏花，而是学校北面那片野生林。黑森森的老树林子，好像有上百年了，树种很复杂，我的同乡好友，现在美国杜克大学森林资源系任教授的邵国凡博士曾告诉我，那属于我们辽西最典型的针阔混交林。不过当时觉得挺神秘，挺可怕，像一团不知啥时候留下的黑云，兀自在那里翻滚。黑城子有了那片黑树林，就显得更黑了，可以说黑出了灵魂，黑出了气韵，黑出了许多男孩子雄心勃勃的梦。

曾有许多次，我在中午时间或放学之后，就那样一个人坐在已经颓败的北城墙上，望着远处静穆的黑树林发呆。那片树林也叫高音树林子，高音是什么人？他是最先种下这片树、拥有这片树的人吗？或者他是某个皇帝派来经管这片树的人，就像《钢铁是怎样炼成的》那本苏联小说写的，他是个林务官，是美丽的冬妮娅的父亲？现在看来很可笑，当年的我竟如此耽于幻想。终于有一天鼓起勇气，独自走进了那片黑树林。其实里面并不黑，而是疏朗明亮的，树木都高大、挺拔而沉稳，也有丛生的灌木。走到林边，是黑城子河，那是我们全公社的母亲河，正当雨季，水流渐旺，白亮亮地奔东南而去，我知道她将汇入牤牛河，牤牛河将汇入大凌河，大凌河汇入大海，而这和人生的境况是相似的。

随着年龄的增长，故乡已越来越远，回乡的次数也越来越少了，但在心中，故乡那片羽书还是百读不厌的。前年因为到北票办事儿，又顺便回了趟黑城子。同学相见，自然要说同学的事儿，比如镇上中学的校长去世了，他是我当年最要好的同学。还有那位卖杏花的女同学，听说因丈夫下岗，日子过得挺艰难。当然，也有人混得不错。站在初冬的大洼上，我试图重新找回四月的光芒和气息，却毫无灵感。几天后坐在汽车上，挥别大洼，挥别小城，才觉得那小城更像一枚邮票，那洼地更像一支羽毛了。而俄罗斯叶赛宁的诗句也随之恰当地涌上心头：“我们的田野，在自己的忧伤中变得更加好看了！”

丽达与龙鸟

小时候，上一趟北票县城可是件大事儿，那就像每个孩子的成人礼仪。孩子们一起玩，急了就相互质问：你没上过北票咋的？第一次上北票是在上中学时，学校组织的，是去参观那里矿区的什么展览。但令我们动心的并不在参观本身，而是它很像一次真正的“串联”或“拉练”，从黑城子到北票，来回近二百华里，学校要求我们全都步行，而且要当天往返。那是个晴朗的日子，我们凌晨出发，踏月返回，一路上打着红旗，高歌迅跑，引得沿路百姓好生羡慕。记得那天晚上回到家，进门就先拿起水瓢，喝了半瓢冷水，然后把同学路上送我的一个麻梨递给了母亲，母亲问说哪儿来的，我大大咧咧地回答：还有哪儿？“票上”买的呗！确实，从到过县城的那天起，我自己就觉得长大了。

我们那里把北票也叫“票上”，就像上海人把他们的城市也叫“海上”一样，所以有本杂志叫《海上文坛》，还有本小说叫《海上花列传》。我们票上没多少花，是个矿区，但出的煤却可以跟花相比，都是优质的无烟煤，要不日本人怎么看中了这个地方呢。北票的采矿史可以追溯到清光绪年间，民国以后，北票的矿业更初具规模，声名远播。这可以举个例子，地质学家丁文江，是“五四”时期的大学者，曾在上世纪二十年代出任过北票煤矿公司的总经理。丁文江，字在君，江苏泰兴人，曾负笈日本，又转学英伦，是中国现代地质学的奠基人，并在1923年的“科玄论战”中，成为科学派的代表人物。关于他到北票任职的情由，胡适在《丁文江传》中有过记述：1921年，由于京奉铁路局经营的北票煤矿“没有成绩”，而改为官商合办的煤矿公司。丁文江因曾在那里进行过矿产调查，受聘担任公司总经理。而在他任职不到五年内，北票煤矿就变成一个“很有成绩的新式煤矿公司”了，云云。这样一位在现代中国影响卓著的人物，我想在北票县城，至少在矿区，是应该有座纪念碑的，但是没有。去年回乡，有朋友赠我一部新出的《北票市志》，印刷精美，装帧考究，从历史沿革到现实政绩，工商百业，远近名人，均搜罗囊括其中，但从头翻到尾，却还是不见这位丁文江先生的大名，这就未免是一种缺憾了。关于丁文江的人品与学识，他的挚友、曾任国民政府行政院长的地质学家翁文灏先生写过许多诗来缅怀，现摘录一首，以寄乡梓："一代真才一世师，典型留与后人知。出山洁似在山日，论学诚如论政时。理独存真求直道，人无余憾读遗辞。赤心热力终身事，此态于今谁得之！"

当然，北票人也并非不懂得尊重前贤，比如清代那位杰出作家、被称为"蒙古族曹雪芹"的尹湛纳希，在北票可谓无人不晓。早在十多年前，当地政府就为他竖起了大理石雕像，并竖在县城的中心，俨然一方人文的标志。随便问过路的，只要稍有文化，也知道那老头儿和曹雪芹有瓜葛，而雪芹不是芹菜，不是雪里蕻，人家是大文化人，大到全中国、全世界都佩服。我曾在北票街上碰见一位同乡，谈话间我问他知不知道那座雕像是谁，他把手一摆，以毋庸置疑的口气说：曹雪芹，写《红楼梦》的！我当时想，在北票人中，还是我们黑城子人最有气魄，要说就说大的，没工夫跟你往细了掰扯。

尹湛纳希出生在北票下府乡，那里当年有个"忠信府"，实际上是蒙古贵族地主的庄园。那地方我先后去过三次，村落并不大，却显得古旧。据说尹湛纳希的父亲是成吉思汗的第二十七代嫡孙，忠信王府的协理台吉。但当年的王府及台吉府，如今早已化为非物质遗产，只能到这位“塞外雪芹”的遗作《一层楼》《泣红亭》里去找了。好在村口总算还有座惠宁寺，可以凭吊，你或许想问问那株亭亭古柏，是否曾见过那位台吉家排行第七、被称作“七哥儿”的男孩在此攀援？每次到忠信府村，我都像在搜寻某些空气，若有若无的，想体察“七哥儿”当年在这里著书时的心境。同曹雪芹相比，我们的“七哥儿”大概更不容易，他不是出生在六朝古都金陵，也没有流落到皇城巍峨的北京，而就在这古旧荒疏的乡野，某个遥远的清晨或黄昏，他仿佛天意般地读到了《红楼梦》，从此开始了他的写作。这里既是他的“江宁织造府”，也是他的“京郊黄叶村”。在家道中落之后，他用瘦削的肩膀担起了文化使命，用憨直如枣棍、精悍如马鞭的蒙古文字，搭起了边地风格的“一层楼”，乡野况味的“泣红亭”。可以说，尹湛纳希是把《红楼梦》本土化了，边地化了，乡野化了，从而使地处大漠南缘、自古蒙汉杂居的北票人，能从这位“七哥儿”那些尘封的书里找到他们所有情感的历史，并在外乡人面前显得体面、精神而高贵。

比如《一层楼》中有个女孩就叫炉梅，这名字会让你想到，北票人对煤的情感是多么悠久，那还是大清朝呢，就有个梅花般的女孩在伴着炉火静静地开放了。但北票人现在似乎忘了煤，不愿再提煤了。说起当地的物华天宝，他们就开出一副对联：“黑山白水黄金城，龙鸟燕戈一层楼”——里面没有煤。这当然可以理解，煤层枯竭，矿区沉陷，职工下岗，已成为当地政府的最大难题。我有几位同学就是从矿区下岗的，而且都是女生。也许当初她们愿意到矿区或嫁给矿工，是因女孩子对煤的色泽与热力有一种天然的亲近吧。她们也是“炉梅”，现在从她们的眼中，你仍不难看出那种对矿山炉火依依惜别的泪花。

现在我该说“龙鸟”了。北票的煤层是枯竭了，可现在又有了古生物化石，所以不乏后劲儿，差不多已从煤城走向化石之城了。过去是开着卡车到北票买煤，现在是开着小车到北票买化石。特别是“中华龙鸟”化石的出土，使北票这片土地闻名遐迩，更显得风物高闲、神情古朴了。不知什么时候，尹湛纳希雕像已被迁走，取而代之的是以白钢焊制的龙鸟造型，明晃晃地矗立在县城中心，吸引四方的目光。

走进离县城不远处的化石博物馆，你会迎面看到一幅巨照，上面是美国前总统克林顿，手里举着一本《美国国家地理》，封面上画的就是北票出土的龙鸟。但人们能否想到，1996 年，最初那只“丑小鸭”似的怪鸟，却是个普通农民发现的。考古发现离不开农民，兵马俑是农民发现的，三星堆也是农民发现的吧。所以在那个博物馆，我觉得还应该有幅更大的照片，辽西农民的照片，土地之子的照片，因为土地，皇天后土，不管有多么丰厚的珍藏，都宁愿选最质朴无华者为其代言。远离土地的人是发现不了龙鸟的，龙鸟也不会让他们发现。他们可以题词，可以签名，可以留念，但从本质上说，他们未必能真正理解这些来自土地深处、距今约一亿年前的古生物的灵魂。

如果仍有位置，我还想建议，在那些衮衮诸公似的中外考古学家、地质学家、生物学家的名字后面，能否再加上一位诗人的名字？他叫 W.B. 叶芝，爱尔兰诗人，1923 年诺贝尔文学奖获得者。因为他，曾以诗的形式想象了鸟类进化与人类发展的神秘对应关系。他那首有名的《丽达与天鹅》，是从古希腊神话中汲取了灵感，说天神宙斯看中了人间美女丽达，就变成一只天鹅飞来与她幽会，而由此生下了海伦，由此引发了战争，由此改变了世界。作为神秘主义诗人，叶芝感到，那些被赋予了伟大神性的鸟类，是往往能化育和创生新的历史的。

根据科学家们对那些化石的研究，我们不难想象，亿万年前的北票地区，是龙鸟的伊甸园，也是龙鸟的庞贝城，那一天火山喷发，天崩地裂，龙鸟们的羽翼将丰未丰，但惊飞之际却若垂天之云。未逃出的在瞬间化为永恒，逃出的则遁入了永恒的进化，成为鸟类的始祖。这一幕无比壮丽的灾变，要是从叶芝的观点看，那就不仅是演示了鸟类的进化史，也揭示了宇宙的罗曼史。而亿万年前，龙鸟就是天鹅，从生命进化的角度看，它们甚至更强健，也更有资格被赋予伟大的神性，成为众神之王的化身。

所以，每当我端详化石上那栩栩如生的、渴望天空的龙鸟，想到的却不是天空而是这方曾有过惊慌的土地。没有诗是看不透龙鸟的，龙鸟不是鸟，而是神的某种遗迹。龙鸟的秘密就隐藏在远古天空、太初神性与这片土地的那次无可比拟的交融中。有了那次交融，就能断言北票，乃至整个辽西，曾是太阳下最娇艳的土地，绝世佳丽。因此，她才开出了“世界上第一朵花”，飞起了“世界上第一只鸟”，让当今的北票人即使面对纽约人、巴黎人、东京人、汉城人、莫斯科人，也敢于提起自己的故乡并为之骄傲，因为恰恰不是在别处，而是在我们那个小地方——“时间开始了！”

白羽何处寻

从北票之南再向南，鸡犬相闻的地方，就是被称作“三燕故都”的朝阳了。朝阳——北票——黑城子，这是我生命的三个原点。它们从南到北，一字排开，并且距离差不多均等，都是近百华里。所以有时想，我的故园很像一套阔气的北方三进大院，而朝阳是前庭，是门面。那凤凰山，是影壁墙；那大凌河，是水流觞；还有那温良方正的两座古塔，是栽在院里守望子孙的两棵千年老树。只要望见那两座风铃清脆的塔，你就会像斜阳中披着佛光的燕子一样，踏踏实实地告诉自己：到家了。

朝阳历史的古远深厚，异乡人是想不到的。这里不仅有辽塔，有燕长城，有孤竹国遗址，有红山文化发祥地牛河梁，还留下许多英风豪气的传奇与诗篇。汉代名将李广，据传就镇守过这方地肥草美的州郡（时名“右北平”）。司马迁的《史记》可证，李广那飞将军的名号，也是从这里传开的：“广居右北平，匈奴闻之，号曰‘汉之飞将军’，避之。”《史记》中还同时记下了这位飞将军射虎的趣事儿。辽西原野上林木茂盛，传闻多虎，而李广恰好爱打猎，有一次天晚了他仍在林子里转悠，见草中白石盘亘，误以为虎，就从远处引弓射去。第二天早晨派人去看，才知道射的是大石头，而将军的那支响箭早已穿入石中，只剩一簇白羽留在外面。这件事儿可能经兵士之口传入朝廷，又传给百姓，越传越远，越传越招人喜欢，到了唐代，有位“工于叙事”的诗人叫卢纶，又把这件事儿吟成《塞下曲》，流传至今：“林暗草惊风，将军夜引弓。平明寻白羽，没在石棱中。”语气洗练，如勾白描，可谓传神之作。

有了李广，有了卢纶，朝阳的历史也就有神了。她是一片风吹白羽的土地，是燕山之外的白净草原。去年回故乡时，看到大凌河上新建的白石水库，烟波浩渺。就想这白石水库的白石，是否就是当初飞将军所射的那块白石呢？大凌河古称白狼河，河有二源，北出凌源，南出建昌，至北票境内绕白石而东南折，至锦州入辽东湾，古称“白狼入海”。那来自远古的、灵性非凡的白狼，耸身如弧线般，一跃而入蓝海，究竟为何缘由，让人遐想无限。有人仿崔颢《题黄鹤楼》诗赋之：“昔人已逐白狼去，此地空流白狼河。白狼一去不复返，圣水千古泛灵波。”这样说也真是不错，南有黄鹤，北有白狼，而远去的白狼和黄鹤一样，都是怀着千古乡愁，在天地之间昭示着故土家园的意义。

在李广的时代，朝阳称“龙城”，后来又称“柳城”和“营州”。从三国到盛唐，许多诗人都来过这里，没来过的至少是知道这里。比如唐代那位边塞诗人高适，就特别熟悉这里的人情风物。他的《营州歌》：“营州少年厌原野，狐裘蒙茸猎城下”——提笔就写足了辽西的草木之丰，民俗之悍，而后两句“鲁酒千盅不醉人，胡儿十岁能骑马”，那种洒脱自在、豪气干云的生活，恐怕连古希腊人也会啧啧称羡。还有纳兰性德，这位清代的大词人、宰相明珠之子、康熙御前侍卫，在他奉旨巡查北方边界的途中，也曾多次经古北口，至白狼河，在这里留下了他打马走过的流连身影。“行尽关山到白狼”，是他的轻叹，是说从京师到这里的路真够远了；

而“白狼河畔秋偏早”，是他的低吟，是说这里的节气，刚过立秋，大地就挂上淡淡的白霜了。同是朝阳，但你可以看出，高适眼中的营州原野和纳兰性德眼中的白狼河畔该有怎样的差异。这里固然有生态环境的客观变化，但两个人精神气质的不同，两个时代精神气象的不同，不是也鲜明若揭吗？

不过，大凌河既然当时叫白狼河，想必康熙时的朝阳还是在相当程度上保持了生物多样性条件。因为白狼有灵气，性奢华，生态达不到水准，它们是不会在那里出没的。只是到了晚清及民国，随着草木不再清华，最后那只精瘦的白狼望星而泣，三天三夜后消失，并预言了这片土地将变得连年荒旱，到处都珍惜雨水的景象。

村庄，在五谷丰盛的村庄，我安顿下来
我顺手摸到的东西越少越好！
珍惜黄昏的村庄，珍惜雨水的村庄
万里无云如同我永恒的悲伤

这是多年以后，一个叫海子的当代诗人写下的诗句，每当它淡入脑海，我都会想起辽西丘陵中的那片田野，想起一个个翘首而立的村庄。十年九旱的朝阳，就像一幅日本的《枯山水》，挂在大东北的西南面，不乏苍凉的意境，却更多久远的忧伤。据《朝阳市志》记载，“文革”期间，毛泽东主席在某个清晨起床后，第一句话就问：朝阳下雨了吗？这一问，本身就像一场好雨，感动了我们每个村庄的父老乡亲。是啊，敬爱的毛主席，我们也天天在盼下雨呢，不过没关系，有您老人家这句话，我们这儿就风调雨顺了，春天有鞭杆子雨，夏天有马莲筒子雨，还有杏花雨、桃花雨、梨花雨，反正多了去了！

你得相信，世界上很多东西都和精神有关，和情感有关。我平生第一次到朝阳是 1978 年 6 月，天很热，可那天偏巧赶上了下雨，而且是那种清清爽爽的细雨。那次我是去参加高考英语面试的，整个过程非常顺利。可以说，正是在那场雨中，我的命运开始了宁静而温馨的转折。高考与细雨，英语与细雨，所以我时常怀念，并从此确立了我对朝阳的情感体认，那是个清爽宜人的城市，雨水充盈的城市，没有风沙，更没有干旱的迹象。

后来我认识了朝阳的许多作家，他们的风格也强化了我的观感。特别是散文家谢子安，我想把他称为辽西的“雨王”。在他看来，朝阳不仅多雨，而且还尽是好雨呢。他的那本散文集《雨走青纱》，把整个朝阳乃至辽西都写湿了，写亮了，写柔丽了，写丰满了。什么《春雨无雷》呀，《雨落丘陵》呀，《霜降雨》呀，他把春天、夏天、秋天的雨都写到了，写得那么滋润，那么神奇，那么沁人心脾。在子安身上，仿佛盛唐诗人对辽西的丰美体验通过某种基因又复活了。“雨走青纱”，多美的意象，这种像回家的孩子那样沙沙走过田野的雨，我想就叫它“子安雨”吧。这应是辽西独有的雨，它会让每个朝阳人都感到喉头哽咽，心头敞亮。

子安天不假年，在新世纪之初英年谢世。去年我到朝阳，朋友们相聚，举杯夜话，我恍惚间又想到了子安，他没来吗？半天才回过神来，痛苦地意识到，我们都再也见不到那个姓谢名子安的人了，他早已“雨走青纱”般地走了，或者，他就像当年李广将军射出的那支响箭，当我们“平明寻白羽”的时候，他早已“没在石棱中”了……

这青铜般的土地，风吹白羽。

这白银般的山水，雨落白狼。

这龙鸟飞过的天空，其翼若垂天之云。

实际上，对辽西那片土地，仅说雨是不够的，还有雪。传说纳兰性德有一年冬天奉旨北巡，至白狼河畔，逢天降瑞雪，于是欣然命笔，在知府衙门写下了那首著名的《塞上咏雪》词：“冷处偏佳，别有根芽，不是人间富贵花。”这真是绝妙好词，咏的是雪，却足以象征辽西乃至整个东北的历史文化了，那是一片连雪都“别有根芽”的土地，地方独特，人也独特，就是不怕天冷，就是不图富贵，只图活得有根有蔓。你说有什么办法呢？

苏联歌曲

去年春节过后，朋友从美国寄来几本英文新书，其中一本是美籍俄裔诗人米切尔·杜曼尼斯（Michael Dumanis）的诗集《我的苏联》（My Soviet Union）。这多少令我感到意外，杜曼尼斯出生在苏联，是跟随父母政治避难到美国的，目前是维斯里安大学的副教授。以他这样的身世，对前朝故国的苏联，何以会怀念如斯呢？后来我猜测，这可能和他的姐姐们有关，因为这本诗集的题词是这样写的："献给我的姐姐，莫莉娅和索恩娅。"

莫莉娅和索恩娅的童年是在苏联度过的，甚至不仅童年，也包括一段青春时光。而且她们从小喜欢唱歌，不管上学还是放学，整天哼着那些我们所熟知的歌曲，《灯光》淡淡，《小路》弯弯，《红莓花儿开》在《莫斯科郊外的晚上》——在她们看来，这些既革命又浪漫的歌曲，就像风中白桦的叶子，最让她们憧憬初恋和未来的生活；或者这些歌曲也像某种套娃，用音乐制成的套娃，一首套着一首，有的样子羞怯，有的勇敢表白，有的深情宁静，简直可爱极了。这两位俄罗斯姑娘，就这样乘着歌声的翅膀长大了，并出落得美丽而忧伤。许多年后，她们可能再也不想唱或不屑于唱这些歌曲了，而有一天，当她们的弟弟开始写诗的时候，这些歌曲的旋律还是不可遏止地弥漫在字里行间，如同俄罗斯田野上的淡淡春雾。

关于杜曼尼斯的这本诗集，美国批评家波维尔（Powell）的评价可谓独具慧眼，他说："《我的苏联》确实体现了一种苏维埃式的联盟，那就是非同寻常的音乐性和低能儿英语的融汇。"是的，正像低能儿汉语并没妨碍一些人写出比较好的汉语诗歌一样，杜曼尼斯的低能儿英语也没阻止他成为比较好的英语诗人，关键是你不能也无法忽略那种内在的音乐性，那种由歌声的记忆所赋予的节奏感，那种对故乡和田野，以及对革命和苏维埃精神的既明亮又忧伤的依恋——

那非同寻常的音乐，让昔日的欢笑变成了春雾。

我在这句诗旁边凝视了很久，我的眼前，仿佛也正有一场春雾弥漫开来，在故乡的田野上，伴随着四月野菜的清香，并幻化成许多熟悉的笑脸。

一

在故乡，那里有我的歌谣。

——西伯利亚古歌

青青的野菜，青青的歌曲。

我对苏联歌曲的记忆是和野菜连在一起的。那大概是 1970 年的春天，我们公社中学新调来一位老师，是女老师，叫马西萍。印象中是马老师到了，四月也就到了，而四月到了，野菜也开始大面积地生长出来，让乡间的日子充满了别样的幽香。

野菜的成熟期是在四月，清明前后，麦浪滚滚的野菜不仅染绿了山洼，也支撑了人们春光烂漫的胃口。能卷饼的是苣荬菜，好做馅的是马齿苋；荠荠菜又叫清明草，风花菜别名油菜节；香椿有点儿淡紫，灰菜镶着银边儿，此外还有西天谷、婆婆丁、豆瓣菜、小叶芹以及许多叫不上名来的。似乎野菜们都很懂事儿，知道这时节青黄不接，于是就见义勇为地长出来，并前赴后继地被放在我们的餐桌上，为春天捉襟见肘的日子增添了几分富足和喜气。那落英缤纷的野菜，英气勃勃的野菜，每当回想起来，我总能感到一种道德的力量，仿佛故乡那片丘陵起伏的边地，不仅慈悲宽厚，而且也是很有责任感的存在。

当马老师调来给我们上音乐课的时候，我们的生活就是这样的状况。

马老师本来是学外语的，但那时正值“文革”，学校不开外语课，她就当了音乐老师。马老师的音乐课很有特点，她说话、唱歌都是小口型，有点儿像喇叭花，也像是鸟儿在张嘴儿呢喃。这样的口型在美声唱法中常见，也许是经过训练的。因为有趣，大家就都喜欢上她的课，不仅看鸟儿呢喃是有趣的，听她讲关于音乐的知识更是有趣的。比如她说听贝多芬音乐，能使伤心的人快乐起来，胆小的人勇敢起来，轻薄的人庄重起来。还有，她说音乐的力量即使在战场上也不能低估，知道法国的《马赛曲》吗？那首歌曾击毙德军五万。

马老师教我们唱歌的时候，习惯用手打着拍子，就像鸟儿一边歌喉婉转，一边要展翅高飞的样子。

马老师这样飞着飞着，有一天我们发现，有两首妙不可言的旋律开始在校内外流传，一首是《喀秋莎》，一首是《红莓花儿开》，它们混在《毛主席走遍祖国大地》这样的“战地新歌”里，混在《穿林海跨雪原气冲霄汉》这样的“样板戏”片段中，给人的感觉，就像是装扮成革命歌曲的女特务，搔首弄姿，风情万种。

但事隔多年，这两首歌是不是马老师教的，我又觉得难以肯定，因为也有可能是下乡知青们传唱出来的，只不过正赶上马老师教我们音乐课而已。那时候的农村很热闹，除了当地的贫下中农、父老乡亲，还有大连来的知青，沈阳来的“五七战士”，总之是人才济济、文化昌盛，热闹得就像丝绸之路时代的新疆小镇，英国历史学家汤因比所向往的地方。说起来叫人难以置信，我的同学殷玉田家里，竟赫然摆放着一架钢琴。

更叫人难以置信的还有当时的形势，不仅正处在“文革”期间，由于1969年的珍宝岛事件，中苏关系也空前紧张。那时正在吉林某部担任连长的我姐夫，也随部队被调往了黑龙江前线。出发前他还写了封血书寄给姐姐，说是和战友们都做好了为保卫祖国神圣领土和“文化大革命”胜利成果而牺牲的准备。我记得姐姐那些日子整天以泪洗面，既惊恐万状又骄傲万分。真想不明白，在那样的背景下，我们怎么会去唱苏联歌曲呢？但实际上不仅我们唱了，连姐姐也跟着唱了。姐姐唱过《喀秋莎》之后很兴奋，眼睛亮闪闪地说，我得回去给你姐夫写信去，把这段歌词也写上。

有时我们一边吃野菜一边唱歌：“正当梨花开遍了天涯……”

这样唱着，野菜中就有了梨花的味道。

二

我要用脚踏住，自己的歌喉。

——马雅可夫斯基

上世纪七十年代的几个春天，可以说，唱歌是我们记忆中重要的组成部分。也许是因为学校不怎么上课，再加上每天吃野菜，我们个个都变得精力充沛，歌喉婉转。先是唱《喀秋莎》和《红莓花儿开》，后来会唱的越来越多，比如《小路》和《孤独的手风琴》。还有一句歌词没头没尾，不知道是从哪儿来的，唱起来格外抒情：“我们没有见过别的国家，能像这样自由地呼吸。”

不管是上学还是放学，我都翻来覆去地哼着这句歌词。

有一次我在前边走，听见有人在后面喊：“嗨，别唱了，苏联人！”然后就笑个不停，其中有男生，而更多是女生。那是在放学的路上，我记得很清楚，当时的位置是正好能仰望到那两座小山。那两座小山都苍翠碧绿，一南一北，凸起在西河套的两侧，构成了我梦里乡愁的地标。南边的叫封山，北边的叫敖包山。据说封山是汉族人追先祭祖的地方，而敖包山则是蒙古族人祀神祈福的地方，总之都特别神秘，神秘到我们走近山根儿都不敢大声说话。

现在回想当年的气氛，其实还是有些压抑的。那些歌我们在学校并不敢唱，在家里也不太敢唱，比较能放心唱的地方是那条河套路，但在经过那两座小山的时候还要保持静默。“能像这样自由地呼吸”——呼吸倒是自由的，但唱歌就不那么自由了。

直到后来我们学会了打口哨。打口哨既像唱歌又像呼吸，介于不自由与自由之间，所以就风行起来，不仅男生会打，连有的女生也会打。口哨打时间长了，往往是一首歌记住了旋律，却忘了歌词。

那时候动不动就开批判会。有一段时间，听说学校要开“三闲批判会”，追查看闲书、唱闲歌、说闲话的人，我们就人人自危起来，连口哨也不敢打了，想着自己可能是三闲之一，搞不好三闲都沾边儿，就像鲁迅的《三闲集》。这本书是我们的教导主任王一舜看的，他不仅有资历，人也长得潇洒英俊，一副凛然不可侵犯的样子。学校的图书室都封了，只有他可以公然拿出来看，而且是一边走路一边看，让我们男生女生都艳羡不已。不过他看的都是鲁迅的书，其中就有《三闲集》。

因为那些闲歌需要偷着唱，狼藏狈掖的，我们心里有一种犯罪感，为了弥补和掩饰，每当开会就表现得更积极，站得笔直，坐得方正，喊口号也往往下了狠劲儿——“打倒美帝！”——“打倒苏修！！”这样一遍遍喊着，就把美国和苏联弄得很像是两个同病相怜的战友，它们在我们的口号声中一边苟延残喘，一边相濡以沫。不过相对而言，我们主要是针对苏联的，美国多少显得有点儿无辜。

这种地下唱诗班式的隐秘激情，许多年后，我在苏联大诗人马雅可夫斯基的诗句中找到了最佳表达，他说："我要用脚踏住，自己的歌喉。"——人怎么会用脚踏住自己的歌喉呢？这不仅奇妙，而且还隐含一种气概。记得我们当年学过的语文课本上有一首李贺的诗："端州石工巧如神，踏天磨刀割紫云"，老师是这样讲的，说这首诗讴歌了古代工人阶级的豪迈气概和英雄形象。

后来我们开始喜欢刮风的天气。

辽西的风在全中国是有名的，所谓"山沟老，风沙大"，就是指我们辽西的风色。我的记忆里充满了这样的风，每到春天，就把我们吹得像一面面旗帜，即使穿的是棉衣，也个个都是"当时年少春衫薄"的样子。我们在风中唱歌，风就把歌声吹碎了，碎成杨花柳絮，一路白苏苏地飘荡。

这样的刮风天，正适合我们大声唱歌，风声传送着歌声，也隐匿着歌声。据说俄罗斯画家列维坦当年在伏尔加河沿岸旅行，无意中发现了"坏天气之美"，从而提升了他的风格和境界，当年，我们在放学的路上也无意中发现了“坏天气之美”，只要是刮风天，下雨天，我们就知道可以放开歌喉了。

三

猫向左转，就会唱起歌，
猫向右转，就会讲故事。
——普希金

除了在风中，还有一个地方可以让我们大声唱歌，那就是殷玉田家。

殷玉田家是“下放户”，他爸叫殷国胜，是从省城沈阳到我们那儿插队落户的“五七战士”，当着村里的政治队长。殷玉田和我是同班，他还有个姐姐叫殷红，和我五叔家的二姐海芳是同班，比我们高一年级。

现在我终于想清楚了，那些苏联歌曲之所以当年在我们乡村流传，主要策源地还是沈阳的“下放户”，他们举家迁来，儿女如花，无形中就成了乡村的文化中心。殷玉田家的钢琴就是标志。那是一架黑色的英国钢琴，赫然立在墙角。有生以来，我从没见过那么沉静、那么雅致、那么大气的黑色，甚至连殷红那件好看的绿军装也相形见绌。给我的感觉，就仿佛钢琴是黑色的，钢琴弹出的歌曲和音乐也是黑色的，而包括春天、四月、好吃的卷饼、清香的野菜，以及所有让人感动的想法，都是黑色的。

殷玉田他妈是银灰色的。殷玉田让我们叫她胡阿姨，而不是像我们农村习惯的那样叫大姨或婶子。胡阿姨总爱穿一件蓝色工作服，但穿在她身上却像银灰色的，柔柔暖暖。胡阿姨是学音乐的，早年毕业于沈阳音乐学院。胡阿姨的手指很特殊，像十根葱白似的，在钢琴上摆来摆去。

我后来想，胡阿姨可能更有资格做我们的音乐老师。胡阿姨和马老师不一样，首先不管什么歌曲，她都称之为“音乐作品”，而且她还特别喜欢引用一句毛主席语录：“十月革命一声炮响，给我们送来了马克思主义……”

就是在胡阿姨的钢琴上，我第一次听到《三套车》的旋律：“冰雪覆盖着伏尔加河，冰河上跑着三套车……”胡阿姨一边弹琴，一边鼓励我们大声唱，特别是唱到“你看吧这匹可怜的老马”的时候，她总要提醒：这是高音，放开唱，提住气。

胡阿姨也会弹中国歌曲，像《毕业歌》《沁园春·雪》《山丹丹开花红艳艳》什么的，但同样的歌，她却能弹出不同的味道，就像同样的茄子豆角，胡阿姨做的菜有一种格外的清香。

胡阿姨有时留我们吃饭，有时还给我们讲故事，比如沈阳有个中街，还有个太原街，大连有个星海公园，是纪念音乐家冼星海的，等等。殷玉田家好像还有一只猫，颜色记不清了，样子雅致而慵懒。

我觉得胡阿姨也像一只猫，一只很神奇的猫，是普希金诗集里的，它被一条金链子拴在海边的橡树下，不仅知识渊博，而且十分有趣，就那样在树下转来转去，一会儿唱歌，一会儿讲故事。

当然，那本普希金诗集我也是在殷玉田家看到的。殷玉田家除了钢琴，还有一个书架，里面摆满了类似的书，为防止落灰，外边还罩着雪白的纱布。有了钢琴，有了书架，虽然同样是农家小院，同样是烧火炕、种菜园，却透着一种说不出来的大城市气息。

正是这种气息深深地诱惑并震撼了我和海芳姐。

每次去殷玉田家，如果恰好殷红也在，那就一定有海芳姐。

我和殷玉田成了最好的朋友，就像海芳姐和殷红是最好的朋友一样。殷玉田个子不高，胖胖的，左脸上有一颗憨厚的黑痣。他知道我喜欢看书，就经常让我到他家去看，有时还偷着让我拿回自己家看。印象最深的除了普希金的诗，还有契诃夫的《草原》。这本书的封面上画着一个男孩坐在干草车上，头上是越来越低的云朵，眼睛梦幻般地望着远方。这个男孩在我的梦境里晃荡了很久，就像我和殷玉田两个人模样的变种。

四

我为我的歌做件外衣，
绣上古老的神话之谜。

——叶芝

殷红其实是绿色的。

那时候我们都非常羡慕军装，却很少有人能穿上。能穿上的往往也不正宗，有的甚至是用家里的绿色被面缝成的小褂，看上去就像一棵地瓜秧，十分土气。在整个公社中学，可以说只有殷红那件军装最正宗，穿上也最显气质。那不是一般的草绿，而是绿中泛黄，黄中泛白，就像“浅草才能没马蹄”那种绿，“草色遥看近却无”那种绿，并且仿佛被洗过多少次，不仅是水洗的，也是革命年代的风雨洗的，淡淡的肥皂香中似乎都能闻出硝烟的味道。

殷红是全校无可争议的校花，她最好的朋友是海芳姐。

海芳姐和殷红形影不离，她为了殷红什么都愿意做。但海芳姐没有绿军装，她就哭着求五叔，五叔没办法，因为当过木匠，就主动上公社邮局给人家修门窗，修了三天门窗，换来一件小号的邮递服。海芳姐穿上这件半新不旧、经过剪裁的邮递服，走路都是带风的，而且几乎是一天一洗，气得五婶骂她好几回。

海芳姐甚至打算进学校的宣传队了。她的小名叫二丫，我没大没小，也跟着大人们二丫二丫地叫，一直叫到中学。有一天早晨，五叔气呼呼地到我家，说海芳姐因为我在学校里叫她小名哭了大半宿，说这么叫下去，海芳姐都没脸进宣传队了。我记得父亲骂我时眼睛瞪得老大，从那以后，我才改口叫了海芳姐。实际上不仅我改口，好像全村的人一夜之间都改口了，包括五叔自己，越是人多的时候，五叔越是要高声提起海芳姐的大名。

我知道，海芳姐要进宣传队是因为殷红。那一年学校为迎接县里的汇演，准备排练样板戏《沙家浜》，据说要让殷红出演阿庆嫂。样板戏的剧情大家都熟悉，里面的除了阿庆嫂、沙奶奶，还有一个女性就是被刁小三把包袱抢走的村妇了。海芳姐想好了，因为自己个子小，不像城里人那么出挑，她决心要扮演这个村妇的角色。总之，只要能把自己和殷红联系在一起，海芳姐是不挑角色的。

不挑角色的海芳姐干什么都是勇往直前的样子。胡阿姨弹琴的时候，她总是站在旁边，把着钢琴盖，两手汗津津的，眼睛眨都不眨。她虽然唱歌跑调，但却完全无视胡阿姨和殷红相视而笑的眼神，总是唱了一遍又一遍。每当海芳姐这样表现，我就知道该走了，或者该和殷玉田一起出去玩游戏了。

夏天我们滚铁环，冬天我们滑冰车。有时也玩撞拐，就是把一条腿搬起来，像金鸡独立那样互相猛撞，前后左右，躲闪腾挪，谁支撑不住腿先撂下，就算输了。

女生们喜欢玩跳房子。就是先用粉笔在院子里画出许多小方格，然后轮流跳，也是用单腿跳，看谁最先跳到“房子”的最高层。海芳姐唱歌有问题，跳房子却无人能比，她一边往格子里扔布袋，一边屈腿而跳，像蒙古族舞蹈中的草原小骑手，往往总是第一个跳到最高层，站在粉笔画的蓝天白云之间，然后笑出一个野山枣般的笑。

海芳姐的笑像野山枣，酸酸的、憨憨的。

五

> 春天会传播小小的疯癫，
> 就连国王也不能幸免。
>
> ——艾米莉·狄金森

接下来所发生的是否应该写出来，让我犹豫很久。

其实也不是什么大不了的事件，只是在此之前谁也没有想到，就是那年的春天，当四月已经过去，五月也将要过去的时候，十五岁的乡村少女海芳姐试图自杀。

海芳姐自杀的方式是喝卤水，这种方式对辽西女性来说比较传统，没什么新意。我记得五叔一边骂一边老泪纵横，海林哥兔子似的跑到生产队去套车，然后把海芳姐送到了公社医院。经过抢救，海芳姐总算没事儿了，但是留下了后遗症，精神变得恍惚，不能继续上学，见了人也不说话。

一切都来得这样突然，就像辽西的风。辽西的风是奇特的，它起于荒草之末，说刮就天翻地覆地刮起来，有时旋风朵朵，有时长风阵阵（如同我记忆的节奏）。不久前读美国作家麦卡蒙的《奇风岁月》，立刻认同得要死要活，我们那里不就是“奇风镇”吗？正是在故乡，在辽西丘陵与内蒙古草原之间的那个小地方，年少的我们度过了名副其实的“奇风岁月”。

海芳姐就是被春天的风刮倒的，她的事件集中体现了那个年代所特有的春天性，或者说是春天许多个瞬间的结果。当时村里和学校都传言，一是说海芳姐在殷红家受了刺激，她想学钢琴，可胡阿姨说她的手指太短，不具备条件；二是说海芳姐想进宣传队的理想破灭，那天晚上正赶上《沙家浜》在学校礼堂彩排，殷红演阿庆嫂，沙奶奶和村妇也另有人选，都是从沈阳来的“五七战士”家孩子。而最让海芳姐伤心的是，殷红什么情况都知道，却事先没向她透露半点儿。

海林哥偷着告诉我姐姐，我姐姐又偷着告诉我，说海芳姐自杀前还留下过遗书，上面写她如果有下辈子，也要托生成沈阳人，也要当个“五七战士”子女，而且也要家里有钢琴。

总之，海芳姐在那个春天辍学了。整个夏天她沉默不语，坚持一步也不走出家门。这让五叔、五婶愁得没办法，到了秋天和队长谭国相商量，生产队就安排海芳姐去放羊了。

六

假如没有这些故事，
我们就将一无所有。
——西伯利亚古歌

十月革命一声炮响，给我们送来了马克思主义，也给我们送来了苏联歌曲。当年，伟大的苏联风华正茂，长袖善舞，深喉能歌，而刚刚诞生的新中国，则成了她最大的文学、电影与歌曲出口国。那些浪漫抒情、并具有强烈叙述性的歌曲，经西伯利亚，越黑龙江，一路顶风冒雪、热情友好地传入我国，并从此落地生根。胡阿姨说它们是“音乐作品”，其实何止啊，它们可能更像是某种音乐作物，这么多年来，就如同北方的冬小麦和甜菜、土豆，在中国大地上茁壮成长。

而在我们整个辽西和东北，这些歌曲的传播可能更早。东北作家萧军的小说《第三代》，写于1935年，书中有个叫林荣的人，曾在遥远的俄罗斯做过劳工，后来他回到故乡，就每天带着手风琴，像一个哥萨克青年似的在大凌河两岸的辽西乡间游荡，唱着布尔什维克式的辽西歌谣，而在林荣之后，在我的老家，又一个把苏联歌曲唱成辽西歌谣的人，我觉得就是海芳姐。

从秋天到冬天，又到第二年春天，海芳姐一直在放羊。出人意料的是，海芳姐放羊不仅十分靠谱，风雨不误，而且羊大为美，舒展自如。十五六岁的姑娘家，早晨把羊群撒出去，就如同撒出一把丝线，晚上收回来，则像收回一抱棉桃。辽西是丘陵地带，除了山梁，就是河套，但海芳姐却像个高原的牧羊女，她总是赶着羊群去很远的地方，去南边的桃花山，去北边的梨树沟。在那里，她站在山顶，往往就一个人面对羊群唱起来：正当啊，梨花呀，开遍那山崖；河上啊，飘起了哇，柔曼的轻纱……这种辽西歌谣版的《喀秋莎》，断断续续，咿咿呀呀，羊群听不懂，却知道低头感动。而在那歌声的空隙里，我看到一只只麻雀惊飞而起，越过灌木丛时纷纷落下小米粒大的眼泪。

人们都说海芳姐疯了。母亲和嫂子们已经开始怀念她的许多好处，比如心灵手巧。海芳姐最会织领衬，这是那个年代很流行的装饰，用白线绳钩出各种图案，然后缝到衣领上，看上去特别文雅、秀气。她还喜欢在自己的衣襟上打个花褶，用针线把从被子上剪下的朱红汇成小碎花缝上去，十分别致。

海芳姐给我织过三条领衬，我把其中的一条送给了米国林。

米国林这名字听起来就像是苏联科学家米丘林的弟弟，他是我的小学同学，也是我们一个村的。米国林爱劳动，他还有一个特点，就是爱笑，笑起来像女生似的。米国林上学晚，年龄比我们大好几岁，家里困难，哥儿好几个。所以小学毕业后，米国林就没上中学，而是直接回生产队干活了。因为米国林很能干，一年后就当上了生产队的车老板，也就是全村唯一的马车夫。

米国林对我特别好。公社中学离家比较远，有时早晨正准备上学，听到鞭子响，就知道是米国林在给我动静，那是他正好顺路要捎我一段。晚上放学回家，往往也能等到米国林，他吆喝着大红马，铃儿响叮当地来到我跟前，像事先约好了似的。见了面就笑笑，随手扔给我一点儿东西，有时是干粮，有时是烤苞米烤土豆什么的。

我坐着米国林的车，远远地就能看见海芳姐站在山梁上。米国林问我："你二丫姐唱的是啥歌呀？"我说："你别二丫二丫地叫，是我海芳姐。"听我介绍完歌词，米国林笑了："说来说去，那喀秋莎就是想对象了，有啥好唱的。”米国林扭头的时候，就会露出脖颈上的那条领衬，一圈很干净的白色，和他那身破旧的黑棉袄构成着对比。

七

我们最甜美的歌曲，
是那些表达最悲哀的思想的。
——雪莱

1971年春天的风很大，秋天的风也很大。秋风乍起的时候，米国林到哲里木盟的天山去了，从此再没回来。

那年秋天的空气中飘满了《国际歌》。马老师说，上边有指示，全国人民都要把这两首歌唱好，一是《国际歌》，二是《三大纪律八项注意》。同时发生的还有一件事儿，林彪在叛逃中摔死了，地点是温都尔汗。

此刻，我在回想中感到惊奇，当时惊天动地的林彪事件并没让我有任何震撼，而米国林的去向却让我昼思夜想，耿耿难眠。林彪死在蒙古，米国林去了内蒙古。米国林是和谭国军一起去天山的，谭国军回来了，米国林却没回来。他们是赶着生产队的大车去的，中间经过科尔沁草原。

同样值得惊奇的是有个语文老师，他改动了毛主席诗词，说是“国际悲歌歌一曲，林彪为我从天落”。但改动就改动了，一直也没有人追究。

《国际歌》说悲不悲，很适合我们那个年代的口味：“从来就没有什么救世主，也不靠神仙皇帝。”有时候我们也唱《卖花姑娘》，唱俄罗斯民歌《草原》，把这些歌放在一起唱，觉得特别对路，有一种清晰饱满的忧伤：“茫茫大草原，路途多遥远，有个马车夫，将死在草原……”

整个秋天直到初冬，我都沉浸在对这首歌的迷恋中，快到霜降的时候，我仿佛得到了天启，忽然想明白了这首歌，也想明白了米国林失踪的真相——

《草原》的故事与谋杀有关，这是我在多年前那个初冬午后的重大发现。你看不是吗？这首歌说，在茫茫草原上，有个马车夫就要死了，他将悲惨地死去，就死在那片草原上，或者就死在那首歌里的什么地方。这时候他对同路人说：“请你埋葬我，不要记仇恨”——这句话是特别关键的，“不要记仇恨”，就证明有仇恨，而且是深仇大恨。马车夫说完凄然一笑，那笑就凝固在他的脸上，并在许多岁月里成为他同路人记忆的一部分。同路人永远记得，可怜的马车夫就是被他亲手杀死的。就在那天早晨，当马还在安详地吃草，露珠颗颗圆润的时候，他杀死了他，然后就一个人上路了。

我泪流满面地想，这首歌一定是米国林让我想起来的，因为他和谭国军去天山的整个秘密就藏在里面。米国林一定是被谭国军杀死的，我对此深信不疑。

关于米国林为什么没有从天山回来，村里人当时有两种说法，一是说米国林那次除了给生产队办事儿，也是顺便相亲去了，相妥了，就留在了天山，成了那里的“倒插门”女婿。为什么要“倒插门”呢，是因为米国林家里太穷，没法给兄弟几个都说上媳妇，花不起财礼。米国林是老大，这样做有自食其力的意思，也算给弟弟们树立个榜样。还有第二种说法，是米国林直接从天山下了黑龙江，说他有个舅舅在北大荒，是从部队转业到建设兵团的大官，米国林去了虽然还是赶大车，但已算是兵团战士了。

我相信第二种说法，而且我相信有一天会突然收到米国林的来信，说他跟舅舅讲好了，让我也去当兵团战士，我们俩一起战天斗地，保卫边疆。但时间一天天过去，却始终没有人给我来信。

我去找谭国军，希望他能告诉我米国林的下落和地址。这时候谭国军已经当上车老板了，见了我连车都不下，一甩鞭子，鞭梢差点儿扫到我身上。

现在好了，我根据几句歌词，终于推断出米国林失踪的真相。一连几个星期，我为此激动得彻夜难眠。后来实在忍不住，就告诉了姐姐。

姐姐很严肃，说你有根据吗？我说：“根据就是那首歌，当然还有谭国军对我的态度，不过主要是那首歌，你看不是吗？茫茫大草原，路途多遥远……”

姐姐笑了，她笑了又笑，最后勉强收住，说这样吧，我给你姐夫写封信，他说过有个战友在北大荒，先查查有没有米国林这个人，这样行吧？

姐姐就是这样，不管什么事儿都要给姐夫写信，好像姐夫不是个连长而是团政委似的。

八

如今没有人爱听歌谣了，
世界已不再奇妙动人。
——阿赫玛托娃

我心爱的七十年代，那时候我们有唱不尽的歌谣。

歌谣和歌曲其实是有区别的，根据《康熙字典》，“曲合乐曰歌，徒歌曰谣”，有乐器伴奏的才叫歌曲，没有乐器伴奏的只是歌谣。在神话传说中，歌谣最伟大的先驱应该是西王母，《列子》中记载，周穆王驾八骏巡游昆仑山的时候，曾到西王母的瑶池上做客，“西王母为王谣，王之和”，就是说，西王母为周穆王献上清歌一曲，唱到动情处，周穆王也跟着唱了起来。

西王母所开创的歌谣传统，到了上世纪七十年代，被我们前所未有地发扬光大了。除了在殷玉田家之外，我们的歌声没有任何伴奏，连手风琴都没有，连口琴都没有（我那时多么渴望有支口琴啊），唯一可能的伴奏就是口哨，但口哨能算一种乐器吗？如果口哨也算乐器，那么风算不算呢？朵朵旋风，阵阵长风，它们吹过田野和丘陵，吹过我们上学放学的沙路，听起来比胡阿姨的钢琴还要宏大美妙。

总之，歌谣属于清唱，有时甚至属于哼唱。比如京剧样板戏的一些唱段，就需要像牙疼似的加点儿哼哼呀呀的韵味，像“穷人的孩子早当家”呀，“家住安源萍水头”啊，等等。还有评剧《列宁在 1918》，一边走路一边哼唱更显得格外带劲儿——“列宁我打坐在克里姆林宫，尊一声斯维尔德洛夫你细听分明，前几天我让那瓦西里去把粮食弄，为什么到今日不见回程……”

美籍俄裔作家纳博科夫说过，在一个动荡年代长大的孩子，上帝会送给他神奇的记忆。我可能就属于这种情况。那个与列宁有关的唱段，我记得是一个瘦长个子的大连知青白话给我们听的，他只白话了一遍，我就把唱词滴水不漏地记住了。

还有一些特殊的歌谣，不是靠唱，而是靠喊的，那是属于小学生们的童谣，但我们也同样喜欢——“谁家有小孩，快点儿出来玩”，“这么好的天，下雪花，这么好的媳妇，露脚丫”，“大头大头，下雨不愁，你有雨伞，我有大头”……这些狗尾巴花似的童谣，也在我们的少年时代随风摇曳着，并让整个世界显得分外迷人。

但我对“大头”是忌讳的。我那时候脑门儿很大，眼睛也很大，同学们给起个外号叫“大眼儿贼”，意思说很像田鼠或土拨鼠。因此我特别怕人提起“大头”，听见谁喊“大头大头，下雨不愁”，我就先愁得没办法，总是绕着弯儿躲开，要不就假装蹲下身系鞋带，故意落在大伙儿后面。

有一天我正在路边系鞋带，看到一双军用大头鞋，硬邦邦、沉甸甸地停在我面前，抬头瞅半天，原来是回来探家的姐夫，穿着军大衣，风尘仆仆地笑着，他的背景是故乡那难以言喻的冬冥。

这是 1971 年的深冬，很快就过年了。因为有吉林某部连长我姐夫在，我们家的年过得特别体面热闹。只有我太不懂事儿，一遍遍地问北大荒和米国林的消息。姐夫可能和姐姐商量了口径，对我说已经和北大荒的战友通过信，但北大荒实在太大了，兵团有几十万人，人家还在继续打听。为了证明他确实通过信，姐夫还告诉我几句话，说是北大荒的歌谣——“亿吨粮，千吨汗，百吨泪，十吨歌……”

不管怎么说，事情已变成过去。如今回想起当初的表现，因为两句歌词就煞有介事，对车老板谭国军进行

“有罪推定”，我觉得自己不仅幼稚，而且简直是可怕的。动不动就推断别人有罪，这难道不可怕吗？

直到不久前我看了有关民歌的研究资料后，才稍感安慰，当我还是个少年的时候，至少对歌谣的理解不乏想象力。从民歌学的角度看，俄罗斯的《草原》最早真有可能是一首有关谋杀的歌谣。历史上，许多歌谣的起源都是为了传递消息，因为当时没有报纸、广播、电视，更没有因特网，特别是关于爱与死的消息，往往就是以歌谣的形式告知故乡与亲人的，其中许多涉及谋杀，比如英格兰民歌《荆棘鸟》，苏格兰民歌《邦诺莉》。而在那片风吹草低，天地苍茫的《草原》上，一种远方的谋杀或许真的也同样以歌谣的姿态发生过。

但不管发生过也好，没发生过也罢，总之，从那个秋天到现在，我再也没见到米国林，我少年时代最好的朋友，他仿佛永久地消逝了，消逝在北大荒的亿万吨粮食里，或消失在草原的茫茫风雪中。

九

四月是最美好的一个月，荒地上
长着野菜，把回忆和欲望
掺在一起，又让春雨

催促那些迟到的根芽。

……

——仿拟艾略特《荒原》第一节

如果让我从古今中外的诗歌中，选一首最能唤起我乡愁的作品，除了李白的《静夜思》，那就是 T.S. 艾略特的《荒原》了。艾略特是英国诗人，也有说是美国诗人的，这都不重要，重要的是从大学时代到现在，我曾多次读过这首诗，而每次读，都会感到如归故里，亲切而又陌生。

我想，这不仅因为辽西的自然地理确实有点儿荒原的味道，丘陵起伏，气候干燥，荒草迎风，野菜烂漫，而且在历史文化方面，辽西的积淀很厚，那里的每座山沟，甚至每棵老树下面，都可能隐伏着什么典故。这和《荒原》也是相似的，这首诗引经据典，随处都是古老的神话与传说。所以，《荒原》就成了我的思乡曲，特别在春天的日子里，读着读着，就会感到有一阵风，从字里行间向我吹来，把我的思绪带回家乡，带回春光明媚的四月。

1972 年的 4 月，马西萍老师要调走了。她是在四月里调来的，又要在四月里调走，教了我们整整两年。那天中午，听说马老师的爱人来了，我们就跑过去看。马老师的爱人叫贾老师，说是在师范学院当老师。那是我们第一次见到大学老师，都挤在马老师宿舍门口，骤然收住脚，形成一幅“雪拥蓝关马不前”的图景。马老师那天青春焕发，她给我们发糖果，让我们进屋里说话。贾老师戴着很好看的眼镜，高高大大的，他和马老师相视一笑说：“他们都很腼腆。”

一下子就记住了这个词——腼腆，我觉得它可能是世界上最文雅的词了。

我们这些乡村孩子是腼腆的，记忆中的四月也是腼腆的。四月的天气乍暖还寒，春风渐起，虽然村庄还不见绿意，却已经充满了柳芽的味道；虽然天空还不见风筝，却仿佛有风筝线在悠悠飘起。

所以我至今想不通，为什么艾略特在《荒原》一开头就写“四月是最残忍的一个月”呢？四月怎么会残忍呢？许多年来，尽管我特别喜欢这首诗，对此却一直不太理解。也许，说四月残忍本身才是一种残忍吧。大地回春的四月，它除了野菜，什么花儿都没有；除了清明，什么节日都没有。但四月不计较这些，四月很快乐，四月默默无闻，却自有一种纯洁的、初恋般的、风华正茂的生命气息——

> 吃野菜，唱了一小时苏联歌曲。
> 我不是苏联人，那些从城里来的，
> 也是地道的中国人。而且我们从小

住在辽西那边，父亲的山村

……

马老师调走了，我们也快毕业了。

马老师调走之前，没忘了把她在课堂上没收我的书还给我，那本书是我从殷玉田家借的，书名叫《怎么办》。书既然还给了我，我想就应该再还给殷玉田。但殷玉田已连续多天没上学了，而且自从海芳姐出事儿后，我有点儿怕见到胡阿姨。总之，那天我怀里揣着《怎么办》，自己也不知道该怎么办了。

当我硬着头皮走进殷家的小院，出来开门的却是殷红。

我怯懦了半天，说自己是来还书的。

——啊，一本书，还不还的。她笑着说，一边随手翻着《怎么办》。

殷红那天没有穿草绿色的军装，而是穿着胡阿姨那套淡蓝色的工作服，显得特别熨帖。她告诉我殷玉田和胡阿姨都去沈阳了，回老家看看。我说，知道，早晚你们都能回沈阳老家。说到这儿，我们就好像突然无话可说了。过了一会儿，她问我毕业后有什么打算，说我可以去当兵，最好去南方。我记得，自己当时使劲儿地点了点头，就仿佛已提前数年，穿越般地读过了艾略特的诗句——

在山上，那里你觉得自由，
大半个晚上我看书，冬天我去南方
……

十

歌声响亮，却又黯淡莫名，
而时间已经晚得不像话。
——伊丽莎白·毕肖普

殷红的话像是个预言，1972 年冬天，我真的要去南方当兵了。

当兵前还发生过一件事儿，大红马跑了。

那是一匹很老很老的马，也是我们生产队唯一的辕马。红马非马，就像一面赤旗，每年从春到秋，在村里村外、山头洼地上飘展。冬天也闲不着，要外出到内蒙古和河北送煤拉脚。而到了年根儿，腊月正月，谁家嫁姑娘娶媳妇，也要用大红马套车接送。男男女女坐在车上，有大红马衬着，不仅添了精神，也显得格外喜庆。这就是我们的大红马，它几十年如一日，忠心耿耿，铁蹄铮铮，为生产队和全村人立下了汗马功劳。

但大红马突然病了，其实也不是病，而是吃了钢丝。我们村北边的山梁上有个国营煤矿，好几座矿井，因此随手就能捡到锯条、钢丝之类的东西，大红马就是吃了混在干草里的钢丝而面临厄运的。

全村人都为这样的结果深感震惊，队长谭国相对大伙儿宣布的时候，那神情就像莎士比亚《奥赛罗》里的开头儿："怀着无比悲痛的心情，报告一个无比悲痛的故事。"而更令人意想不到的是，队里竟然决定要杀马。这种不仁不义的决定让许多老年人泪流满面，包括谭国相自己，也是甩了好几把眼泪才把话说出口的。没办法，生产队实在太穷了，杀了马，至少还能让大人孩子吃上顿饺子。那是个初冬的下午，雪花镶在我们全村东倒西歪的炊烟上，队里通知晚上夜战，凡参加的除了记工分，还能喝上马肉汤。

当时我们刚毕业，也算生产队的社员了，就跟着都去参加夜战。主要任务是铡草，几个半大小子，半大姑娘，轮班铡，因为干草的气味呛人，讲究的还要戴上口罩。但殷红、殷玉田没有来，海芳姐也没有来，这我记得很清楚。

那天我们干到后半夜，饥肠辘辘，腰都累得直不起来的时候，老会计才姗姗地过来说，都回家吧，大红马跑了。

至于大红马是怎么跑的，第二天、第三天，以至很久之后，都没人能说清，也没有人想说清。仿佛马没杀成，正合了人们的意，或者说，人们的内心却反而尘埃落定，复归宁静了。

但在我心里，那件事儿直到现在，仍有点儿不堪回首的味道。尤其让我感到心碎的是，当我可耻地为喝马肉汤而去铡草的时候，那个被队长派去操刀杀马的人竟然是我本家的树瑟哥。

树瑟哥长得又瘦又小，好像是个天生的牧羊人。从我知道有这个哥哥的时候起，他就给生产队放羊，直到海芳姐出事儿。海芳姐出事儿后也要放羊，树瑟哥二话没说，就把牧羊鞭交给了海芳姐，虽然他为此大病了一场。后来，正好西队缺个羊倌，就过来跟我们南队商量，让树瑟哥去给他们放羊，他才重新焕发了活力。

树瑟哥兄弟三人，从小没妈，他们的父亲我叫三大爷，是土改前从山东过来的，因和我家同姓，就认了连宗。三大爷一口山东话，三天两头就到我家来坐坐，说起三个儿子都是光棍，就骂骂咧咧的。他家的老大、老二也常来，赶上活就帮一把，赶上饭就吃一碗。只有树瑟哥，记忆中很少到我家来过。

树瑟哥活得很有尊严，逢年过节，到各家拜访极有规矩，但要留吃饭，却留不住，他宁可回家吃野菜糠饼。而如果谁去他家，树瑟哥则会立即把正吃的东西收拾干净，然后再出来开门。这情景许多年后，让我在看到那幅俄罗斯名画《贵族的早餐》时几乎要流下眼泪：一个家境败落的贵族少年，听见小狗叫，知有客人来，正慌张地用书本去遮盖他吃了一半的黑面包。

可树瑟哥是贵族少年吗？也许只有一点儿像，他会玩。我们平时不管唱歌还是游戏，树瑟哥都不言不语地跟着，老实得像一段木桩，安静得像一片树叶，但他有自己特殊的玩法，那就是捉鱼和捕鸟。夏天去河边放羊，晚上他能带回一饭盒泥鳅；秋天山肥，他能用自制的土火枪打下几只俗称“傻半斤”的鸟。而所有这些猎物，树瑟哥都乐意与人分享。

树瑟哥最怕的是冬天。他就像一篇英国童话中的“小汉斯”，春天来了，朋友也就来了，而到了冬天，朋友却不见了。辽西的冬天下雪冷，不下雪更冷，这时节的树瑟哥吃没吃的，穿没穿的，白天放羊，晚上就躲在家里的小黑屋里，有时也把羊圈在小黑屋里，羊是他在冬天别无选择的朋友。

也许正是考虑到这种情况，生产队决定要杀马的那天傍晚，队长谭国相找到了树瑟哥。冬天的树瑟哥最像树瑟哥，他就如同一棵枝叶飘零的小树，在寒风中瑟瑟颤抖。

十一

难道不是你，歌声般从我记忆中走过？

——勃洛克

事情的经过并不复杂。谭国相找到树瑟哥，说要杀马，并承诺操刀的人多得一份马肉，树瑟哥一开始像小树似的颤抖摇头，最后终于吁了口气说行。实际上队里预定操刀的是两个人，树瑟哥和村里的哑巴。但那天不知为什么哑巴没有来，或来了又让他妈喊走了。队长说你自己干吧，哑巴那份马肉也给你。这样树瑟哥的想象中就多出了两份马肉，后来的结果证明，与其说那是两份马肉，不如说那是两份不幸。不幸的是树瑟哥在饥寒交迫中被迫拿起了屠刀，更不幸的是他竟没有完成这场按部就班的屠宰。当尖刀被他怯生生地插进马脖子的瞬间，大红马忽然满怀悲愤，仰天长啸，狼奔豕突，奋然挣脱了绳索，然后像燕子李三那样特立独行，飞檐走壁，骤然消失在夜色中。

大红马在山上重新出现的那天，我正好去公社医院参加征兵体检，体检完了往家走，却在路上碰见了殷红。殷红骑着自行车，好像是去公社粮库领粮回来。那时的“下放户”都是这样，家虽在农村，吃的还是国库粮。

殷红看见我就下了车，问我干什么来了，我说是来参加征兵体检的。她下车的样子很好看。

她脸上露出红扑扑的惊喜："看，让我说着了吧，你就是当兵的料。"

我说还不一定呢。她说："听说这次征兵是去武汉，那可是南方啊。哎，等你探家时送我一套军装行吗？三号半的就行。"我说那没问题，就怕到时候你们都回沈阳了。她说："别瞎说，回啥回呀，现在正辟谣呢，还没下来那个政策。"

我让她骑上车先走，她说走啥呀，这么沉，我都骑不动，要不你帮我推着吧，一块走。我只好接过自行车，和她并排走。那条西河套的沙路，确实也没法骑自行车。

"——哎，你知道毛主席说过，严重的问题是教育农民吗？就说大红马这件事儿，还贫下中农呢，多让人恶心啊。那些想吃马肉的人，简直就是无耻！"

"无耻"，这个词由殷红说出来，我觉得特别有批判力，真想扔下自行车逃走。我自己不就属于这种无耻的人吗？无耻啊无耻，这简直是整个村子的无耻，整个农民的无耻！我心慌意乱地走着，不看殷红，只是想着她家钢琴的样子，书架的样子，还有胡阿姨教我们唱歌的样子——"你看吧这匹可怜的老马……"

殷红看我半天不说话，也不再说话。快接近那两座小山的时候，她突然喊道："你看，那不是大红马吗？

不是封山，是敖包山，看山顶上……”

我顺着她手指的方向看去，果然影影绰绰地，有个马头在山顶上晃动，红鬃毛，白脑门都依稀可见。我全身惊怵，而殷红干脆坐在地上哭了起来。

十二

所罗门说了三千句箴言，
唱了一千零五首歌谣。

——《旧约·列王纪上》

Y牧师说，圣经有言：“所罗门的歌，是歌中的雅歌。”

Y牧师是我的大学同学，在美国传道多年，我有篇散文《美国的桃花》就是为他而写的。我们的联系主要在网上，有一次我提到七十年代唱过的苏联歌曲，他却谈起了所罗门。Y牧师说所罗门在位期间，平均每说三句箴言，就唱一首歌谣，最后他的箴言说尽了，又一口气唱了五首歌谣。

在某种意义上，Y牧师的故事和我的故事也并非毫无关系，我想。

杀马事件之后，树瑟哥在村里的尊严受到了空前的挑战。那些反对杀马的人说他不义，而赞成杀马的人又说他无能。不过后来有人猜测，大红马也许是树瑟哥故意放走的，他在把刀插进马的胸膛的同时，也割断了捆住马腿的绳子。这个说法很像一个及时的拯救，却又似乎不太可信，因为当时在场的不仅有树瑟哥，还有队长和老会计。

没有人再找过大红马，甚至也没有人再提起它，而关于它在敖包山上惊鸿一瞥的出现，听起来更像是一种传闻。有人说大红马本来就是蒙古马，所以它出现在敖包山而不是封山。还有人说胡马依北风，这是有数的，大红马从敖包山下来就奔向北边的草原了。

而树瑟哥的处境却从此每况愈下，人们对他主要是轻蔑，此外还有疏远。在那个大冷的冬天，树瑟哥除了每天放羊，似乎还只剩下了一件事儿，那就是听电线杆。

听电线杆是我们小时候的特殊乐趣，不管上学还是放学，把耳朵贴在路边的电线杆上，听里面传出的嗡嗡声，就好像能听出人家在电话里说什么话似的，而且你可以尽情去猜，是男人给女人打电话，还是县里给公社打电话；是煤矿给学校打电话，还是地方给部队打电话，其中说不定有很大的机密，也或许有不大不小的私密、亲密，都在你的玉思琼想中变成了独属于自己的秘密。尤其对于树瑟哥这种整天与羊共舞的乡村少年来说，一个人在野地里听电线杆，不仅是消遣，也几乎是他们所能制造的唯一风景。

1972 年冬天，辽西大地雪落丘陵，当我已穿上军装，打好背包，准备到遥远的南方去保家卫国的时候，树瑟哥却在故乡的田野上每天制造着这样的风景。他一边听电线杆，一边唱歌。树瑟哥本来不会唱歌，但他在那个冬天却大声地唱了又唱，而且不像海芳姐，他的音调竟然很准，只是棉衣太旧了，胳膊肘上都露着棉花。母亲看着我穿上军装后换下的棉衣，眼圈红了说，等你明天走了，这棉衣我去送给树瑟吧。

出发的日子终于到了。一辆解放牌汽车，停在公社门前。我提着背包站在车上，向来送我的哥哥姐姐们告别。我看到了殷红和殷玉田，都扎着围脖朝我招手，殷红的围脖是深红的，她身边站着那个白话《列宁在1918》的大连知青，围脖是银灰色的，他们优雅地站在一起的样子显示了特殊的文化气息。我寻找海芳姐和树瑟哥，虽然明知道他们不会来。接兵班长向司机挥手示意出发，然后车就开动了，路上纯白的积雪被汽车碾压成残雪，继而变成泥泞，宽大的车辙是黑色的，笔直地向后伸远。

这时我忽然领悟了一种美，就像《怎么办》的作者车尔尼雪夫斯基所说的“美是生活”的那种美。

是的，美是生活，这句话本身就是美的，甚至，说出这句话的那个俄罗斯作家的名字也是美的。你看，这绿湛湛的汽车，热腾腾的积雪，黑黝黝的泥泞，还有耳朵冻得通红的我们，全神贯注的司机，合起来不就是车

—尔（耳）—尼（泥）—雪夫—斯基（司机）吗？也许世界上就有这样一种很特殊的天气，叫“车尔尼雪夫斯基”天气。它会发生在从十冬腊月到四月阳春的任何日子里，只要有离别，就有这种天气。姐夫探家归队的时候就是这种天气，那次我们送马老师走也是这种天气。这种天气就像生活，至少像我们那个年代的生活。

十三

如果我知道一首非洲的歌，
非洲知道我的歌吗？
——电影《走出非洲》

四十多年过去了，这期间我在外面当兵、上大学、参加工作，很少能回一趟老家。偶然回去，也是为了给父母上坟扫墓，匆匆来去，大都在清明节前的四月份。可以说在我对故乡的记忆里，四月成群。

今年春节过后，当年中学宣传队的同学倡议要搞一次毕业四十年重返母校活动，时间也定在四月，并说同行的还有几位沈阳“下放户”的同学，我虽从未参加过宣传队，但考虑反正清明节快到了，就和大家一起踏上了还乡之旅。

对这些同学们来说，回到辽西那个当年的公社如今的小镇，真如同回到了沙家浜，几乎所有演过那出戏的同学都到了，演郭建光的靳红卫，演刁德一的王守信，演沙奶奶的何焕芝，演胡传魁的张彦民，甚至演刁小三的吕宁和演那个被抢走包袱的村妇的孙英丽，都坐在车上，就差演阿庆嫂的殷红没来。有人问殷红为什么没来，不知谁回答说早出国了，在美国，你想找都找不到。还有人知道殷玉田的情况，说他一般化，从企业下岗干了个体，生活比较艰难。

到了镇上的中学，校园看上去比过去整洁多了，而且还新盖了教学楼，但校长和老师都是年轻人，我们一个都不认识。大家开始拍照片，还在校门口拍了几张合影，有一张是当年宣传队那种造型的，摆出斗志昂扬、奋勇前进的样子。然后就纷纷上车，说是在县里当局长的一位同学都安排好了，到县城吃饭，当地许多同学都能参加。我说那你们去吧，毕竟这里是我的老家，我想一个人走走。

顺着西河套走回养育我的小山村，我感到这春天的风好像比当年变得轻柔了，温润了，不再是旋风朵朵，长风阵阵，但味道还是当年的味道，如同沙路还是当年的沙路。

风是携带着记忆的。一阵阵的风，就像是一瓶瓶名贵的葡萄酒，标着不同的年份和产地。只是风不会静静地摆在那里等你品尝，它们是游荡的，满世界游荡。当你走在路上，或在夏天打开窗子，或在冬天抬头看雪，不期而遇地，你就会闻到一阵很特别的风，携带着一段很特别的记忆，而那记忆就恰好属于你。

而现在是正当春天，我闻到的风青涩而不乏性感，它来自故乡的丘陵和大洼，年份却属于七十年代初。是的，这风来自我生命中的七十年代，特别是那熟悉的野菜味道，让我的记忆闻风而动，就如同“闻鼙鼓而思良将”那样，一下子又想起了那个年代的歌曲和往事。

我参军后没几个月，也就是1973年的春天，姐姐来信说树瑟哥死了，在春节前。具体怎么死的没有细说，只说树瑟哥那天晚上唱了大半宿的歌，一个人在他的小黑屋里，全村人都能听见他唱。他唱了好多苏联歌曲，也唱了不少中国歌曲，姐姐说有几句她听得特别清晰，那就是“蓝蓝的天上白云飘，白云下面马儿跑，挥动鞭儿响四方，百鸟齐飞翔。若是有人来问我，这是什么地方？我就骄傲地告诉他，这是我的家乡……”

树瑟哥第二天早晨就断气了，陪伴他的只有冬天圈在黑屋里的那群羊。

我参军一年之后，也就是1974年的春天，我收到殷红的来信，说他们家已经搬回了沈阳。临走那天全村老少都出来送，让他们全家非常感动。

> 如果我知道一首非洲的歌，一首关于非洲新月普照下的长颈鹿的歌，一首关于田中的犁和满脸汗水的摘咖啡的人的歌，非洲知道我的歌吗？平原上的微风会不会因我对它生动多彩的描绘而颤抖？或者孩子们将以我的名字来做一个游戏？或者满月会在石子小路洒下像我一样的影子？或者恩贡山上的鹰会来找我？

这是电影《走出非洲》里的歌词，我不知道是小说的原作者写的，还是电影的制作者加的，但歌词的确很美，走在回乡的村路上，它笼罩了我整个的心境。

如果我知道一首苏联的歌，苏联会知道我的歌吗？

如果我知道一首故乡的歌，故乡会知道我的歌吗？

又走到了那两座小山脚下，抬头望去，它们还是像当年那样青葱而神秘，但当年的歌声还在吗？那些歌声，就像当年的许多精神和思想，早已有的娶妻，有的嫁人，有的已离开了这个世界。记得当年在这条沙路上，有谁曾喊过我苏联人。真有意思，想到苏联早已解体，仿佛那个称谓也随之解体了一样，如同一堆精致的碎片，星光灿烂地同时指向俄罗斯人、白俄罗斯人、格鲁吉亚人、乌克兰人、阿塞拜疆人、吉尔吉斯斯坦人等，在我的记忆中发出微暗的、可疑的光芒。

快到老家的小村了，在村口的山梁上，我坐下来歇息。路边的荒地上长着荠荠菜和小叶芹，都是小时候最爱吃的。还有几丛野花，那淡黄的，应该叫野菊花，浅蓝的，可能是勿忘草，四月的春风吹过，让我刹那间想通了艾略特的诗意："四月是最残忍的一个月，荒地上长着丁香"——艾略特的想法其实很简单，因为荒地上长着丁香，所以四月看上去才是残忍的。如果像我家乡现在这样，荒地上不长丁香，只长野花和野菜，那就谈不上残忍了。

但家乡的荒地上毕竟曾经长过丁香，就是那些从城里来的男孩女孩们，她们或叫殷红或叫姹紫或叫别的什么。而如今一切都复归了秩序，丁香们义无反顾地去了远方，老实的野菜和本分的野花则留在荒地上。

想起我当兵复员的时候，为了殷红特意换了一套小三号的军装带回家，但却再也没有机会送给她。而且即使有机会，她还会需要这身军装吗？是哪个诗人说过，当我们回头，青春早已并非原有的色调，而且看上去毫不真实。

如果我知道一首苏联的歌，一首关于伟大的列宁领导我们前进的歌，一首关于辽西、乡村、野菜，以及海芳姐的喀秋莎的歌，苏联知道我的歌吗？树瑟哥的山楂树会不会因我对它们的生动描绘而颤抖？或者三套车将以米国林

的名字跑过冰河？或者田野上的白桦会洒下殷
红的影子？或者高尔基的海燕会来找我？

我摘下几朵野菊花和勿忘草，细心地放进我的挎包，挎包里有杜曼尼斯那本英文诗集，还有我准备送给姐姐和海芳姐的礼物。

记恋列维坦

一

一本书由于多次传阅而变得书页翻卷，这样的书如今是很难见到了，但在我读中学的时候，差不多所有的书都是这样的面貌。对此英文有个形象的说法——“dog-eared”，直译过来就是“耷拉着狗耳朵”。一本书既然能“耷拉着狗耳朵”，那么这本书也就很像一只狗了。上世纪七十年代，我们所能看到的书基本上都是这样脏兮兮的可亲可爱的“耷耳狗”。原因很简单，一是当时的书太少了，二是不允许公开阅读，只能偷偷摸摸地借着传阅，这样传来传去，书就不可避免地变成了“耷耳狗”，或可称之为书狗，大书是大书狗，小书是小书狗，都耷着耳朵，像牧羊犬，也像丧家犬——它们大部分来自图书馆，却又无法回到图书馆，在这个意义上，它们也确实属于无家可归的一群，只能在我们手上到处流浪。

但有一些书不是这样的，那就是画册。画册都是铜版纸，纸质坚挺，不易折卷，而且有画册的人，往往都是藏家，轻易也不会把书借给谁，所以画册的面貌就总是高大精美，清洁华丽，一般不会变成“耷耳狗”，如果非要说是狗，那也是出身高贵的名犬，耳朵总是优雅地竖着的。

我的老师冯之异，就有这样一本画册。

在我们辽西老家那个偏远的黑城子中学，冯之异老师就像他的名字所昭示的，属于异类。比如他二十七八岁了，还是单身，住在学校的单身宿舍；他作为男老师，走路却是袅袅婷婷的样子；他讲课时常常会笑，并且总是用教科书掩面而笑；他是教语文的，却喜欢画，尤其喜欢那些很少见的外国油画。

列维坦的《三月》，就是我在他的画册里看到并终生难忘的一幅油画。

冯之异老师是大学毕业从省城沈阳分配到我们农村的，那还是“文革”前，听说他来报到之后哭了好几个星期。但冯老师很有才，上大学时就在《辽宁日报》发表过作品，而且课也讲得好，对此我们有切身体会，都特别爱上他的语文课。后来冯老师很欣赏我，他经常拿我和张晓红的作文当范文给大家念，有时还顺带着夸我的字写得带劲儿。他的声音我现在也清晰记得，柔柔细细，如同沈阳的小雨隔着几百里斜斜地飞过来，落在我们辽西的山洼里，散发着带有城市味的泥土气息。

那年春天，学校决定要办一张油印小报，由语文组负责，具体由冯之异老师负责，同时还让他选两个学生做编辑兼钢板刻写员。冯老师当即拍板，选中了一班的张晓红，又略一沉吟，选中了二班的我。

背后有同学跟我说，其实冯老师最欣赏的是张晓红，人家是沈阳下放户子女，而且人也长得漂亮，戴着黑边的小眼镜，脸上还有几颗恰到好处的青春痘，是那种最有气质的城里女孩。而你不过是个配角，因为你是男生，学习较好，老实听话，又是根红苗正的贫下中农后代，选了你，别人就不会说什么了。

我不管这些，编辑兼刻写员，这荣誉可不是谁都能得到的，它的光芒几乎把我整个中学时代都照亮了。而且还有个好处，办小报可以适当逃避一些劳动。那时候的中学生上课少，劳动多，每当听说要去学工学农了，我和张晓红就会不约而同地去敲冯老师办公室的门，问是不是有什么稿要编，或者要刻。

就在冯老师的办公室，好逸恶劳的我们看到了那幅举世闻名的杰作。

二

《三月》是列维坦最重要的作品之一，这幅画给人最难忘的印象就是春天的美，大地的美，劳动的美。你看，虽然那厚厚的白雪仍覆盖着山间洼地，天空却已变得瓦蓝瓦蓝的，是早春那种让人心颤的绿阳天。白桦树——多美的白桦树啊，被几片去年的金黄色叶子缀着，显示出生命记忆的坚强。白嘴鸦已绕树三匝后飞去，土地开始大面积解冻，近处木屋上的积雪正沐浴着七米阳光，盘算着即将融化的时间和方式。还有那匹站在画面中心的小红马，它简直就像一面旗帜，不，它更像一个安详的梦境，一副“倚银屏，春宽梦窄”的样子。在小红马的梦境里，回响着大地无声的召唤，显示着大地对劳动和耕作的渴望，表征着大地从冬冥中醒来的明亮与欢快。

是谁说过，一切都变了，一种可怕的美已经诞生。对于当年的我来说，这种美就叫《三月》，就叫列维坦。

许多年后，包括此时此刻，回想在七十年代那个特殊岁月最初看到这幅油画的情景，我依然激动难抑。特别是那匹小红马，它是那样的踏实安稳，又是那样的奇美灵幻。它不仅让整个画面、整个风景活了起来，也让我的整个心、整个人活了起来。记忆看见我手捧冯老师的画册，就像捧着一座无以言表的圣殿。我呆呆地坐在那里，张晓红也呆呆地坐在那里。冯老师问，你们在想什么？我们也不说话。冯老师把画册轻轻拿走，掩面而笑说，这是俄罗斯风景画，你们看就看了，不足为外人道也。

就是从那天开始，我对画册充满了敬意，并彻底记住了列维坦的名字。中学毕业我到南方当兵，后来又当教师、上大学，上大学之后还是当教师，但不论何时何地，《三月》都让我保持着对生活的初春的感觉。在大学读英语系的时候，有一次听老师讲美国诗人弗洛斯特的《雪夜驻马林边》（Stopping by Woods on a Snowy Evening），我突发奇想，站起来发言说：毫无疑问，诗歌和艺术是相通的，弗罗斯特在创作这首诗之前，肯定在什么地方见过列维坦的那幅画，所以他才写得这样生动传神："马儿摇着身上的串铃，似问我这地方该不该停（He gives his harness bells a shake/ To ask if there is some mistake）。"不是吗？这正是《三月》中的小红马呀，它驾着挽具，望着木屋，摇响串铃，好像是停在这地方，特别让它难以置信。很显然，小红马的主人就在木屋里，可主人在木屋里干什么呢？是在准备出门，还是刚回到家里？是在拜访亲戚，还是与姑娘调情？他可能正守着轻沸的茶炊，卷起一支莫合烟，和谁商量着开春后黑麦的播种，抑或，是在商量着什么计划和行动，酝酿着一场初春的革命……而所有这一切，都通过小红马的神态让人猜测和联想。小红马表达了对劳动的渴望，也象征着对改变世界的期冀，它就像一把英勇的、紫铜色的小号，响亮地传达着大地回春、万物新生的情绪。

三

实际上，许多人都看过冯老师那本画册，这是我后来才知道的。1976 年，我从南方复员回乡，也到母校中学去当了两年教师，民办的。当时冯老师已经调走了，很多老师都调走了，语文组只剩个夏老师，像夏天最后的一朵玫瑰。

有一次，我和夏老师聊起了冯老师。夏老师说冯老师有许多怪癖，但最严重的不是走路的样子，不是掩面而笑，而是他特别喜欢白色，特别不喜欢红色。他所有的衬衣都是白的，他的宿舍就像医院病房，床单是白的，被罩是白的，窗帘是白的，就连他花瓶里的花也总是白色的野菊花。这种情况，“文革”刚开始就被人揭发了，贴出大字报，说冯之异留恋“白专”道路，梦想白色复辟，已到了病入膏肓的地步。他害怕和仇视革命的红色，连批改作文都不用红墨水，而用蓝墨水，把作文改得像黑暗的旧社会。更有甚者，人人都要随身带的《毛主席语录》，也就是“红宝书”，他却用白手绢给包了起来，真是用心何其毒也，婶可忍叔不可忍！云云。

夏老师说：“你们是 1967 年上中学的吧，在那之前，冯老师被‘群专’过，挨过批斗。你们可能不了解。还有闫老师，都被归入过‘黑五类’。”我问：“闫老师怎么会呢？她是教物理的，又是女老师。”夏老师说：“闫老师是因为人太傲气，另外她出身不好，是资本家的女儿。你不知道吧，冯老师和闫老师都是单身，全校老师中就他俩单身，听说他们处过对象，但后来拉倒了。

总不能一个‘黑五类’再找一个‘黑五类’吧？”

我恍惚听说过，夏老师也曾追求过闫老师，但被闫老师拒绝了。所以，夏老师那次显然不愿多谈闫老师，他继续说冯老师挨批斗的情景：“当时红卫兵们把冯老师押上会场，全校师生都在，口号声此起彼伏。红卫兵不问别的，就让他坦白为什么喜欢白色。冯老师哼唧了半天，最后终于讲出了理由，说在湖南杨开慧烈士的故居，有陈毅元帅的亲笔题词：‘杨开慧同志和白色一样纯洁。’”这个理由莫名其妙，让人啼笑皆非，因为当时陈毅元帅和所有的元帅都靠边站了，他的话代表不了什么真理。再说谁也没去过湖南，无法证实他的话。不过因为杨开慧，白色毕竟还是和革命沾上了一点儿关系。红卫兵们想起毛主席“我失骄杨君失柳”的诗句，想起杨开慧生前喜欢穿白色衣裙的样子，就都有点儿感动，觉得冯老师的理由固然荒谬可笑，却也多少有些可爱，就没给他宣布更多罪状，只是勒令他以后不许喜欢白色，要接受革命红色的洗礼。几个月之后，等到你们那届入学，学校就让冯老师重新上课了。

那冯老师的习惯后来改了吗？我问。夏老师说：“表面上改了。他宿舍的窗帘换成了绿格布的，红宝书不拿手绢包了，批作文也用红墨水了，而且你没发现吗？你们那届学生之中，凡是名字里带‘红’的都和他比较接近，刘红卫，墨占红，还有那个戴眼镜的女生张晓红。当然他对你也不错，这我知道。你看过他那本画册吧？俄罗斯的，里面有一幅画小红马的，对，就是那本！他见了谁给谁看，故意的，就是想证明他也开始喜欢红色了。其实那匹小红马并不是真正的红色，而是深褐色，是俄罗斯土地的颜色，可能那个列维坦画了白白的积雪之后，又想让大家看到积雪下面的土地，怎么办呢？他就又画了那匹小红马。”

这真是振聋发聩，相隔不过三四年时间，我在母校中学的语文组再次被惊呆了。既因为冯老师，也因为夏老师。我想起张晓红，也想起我们办的那份油印小报——《黑中红雨》，莫非这些“红”字，连同列维坦的小红马，它们对于冯老师的意义，仅仅在于向别人证明他色彩观的转变吗？我有点儿幻灭，又有顿悟之感。还有夏老师，他竟然能对列维坦的画做出如此漫不经心而又深刻精辟的点评。都说“文革”前毕业的大学生有才，可谁会想到他们是这样有才呢？

四

纯粹是出于一种怀旧，1997 年冬天，当我在沈阳北三好街的鲁迅美术学院看到一大册的《俄罗斯风景画》（Russian Landscapes），立即爱不释手，不惜花了几百元把它买回家，堂皇地放在我书架的显眼处。这本画册要比冯老师当年那本厚多了，里面收入著名画作近四百幅，而其中列维坦的就有八十五幅，占全部画作的五分之一还多。其他入选作品较多的画家还有希施金，五十五幅；萨符拉索夫，三十七幅。萨符拉索夫是列维坦的老师，他被选入的作品量虽不及其弟子的一半，但这本画册的封面还是能让他感到欣慰，因为那正是他的代表作——《白嘴鸦飞来了》。

《白嘴鸦飞来了》和《三月》一样，都是对春天即将来到俄罗斯大地的弥赛亚式的预言。但相比之下，我还是更欣赏《三月》。列维坦笔下的春天，就像乡村孩子的目光，不仅是温暖的，也是清澈的。在他的《春潮》《春汛》《五月新绿》和《春日艳阳天》中，似乎都有这样一个三月的孩子，目光炯炯。《春汛》的英文是High water，意思是“涨高的水”，也可译作“春水”。这幅画如同一首诗，一曲轻快透明的音乐。初春季节，涓涓的春水涨满了低地，映照着蓝色的苍穹，亭亭白桦，悠悠碧空，在这广袤宁静的春水中，细密的树影简直就像男孩眼中邻家少女的发丝。还有《春日艳阳天》，画面上是几所寂寂寥寥的木屋，但草地上几只欢跳的小鸡却啄起了一粒粒阳光的温暖，或者它们已听到了客人来访的脚步，就像杜甫《羌村》诗中所写“群鸡正乱叫，客至鸡斗争。驱鸡上树木，始闻叩柴荆”，而那叩响柴扉的客人，说不定正是春天。

当然我知道，列维坦的作品更多还是表现秋天的。但多年以来，我一直喜欢他的春景画，而不太亲近他的秋景图，除了那幅《索克尼基公园的秋日》。这幅画在我看来，可以说是“不似春光，胜似春光”，特别是画中那个郁郁独行的黑衣女人，我认为在某种意义上就是三月的精魂，她在秋日的公园里踏着无边落叶，唱着怀念田野、乡村与春天的歌——

我的歌让你情意绵绵，
却又让你泪珠涟涟。

这是列维坦十八岁时听到的歌声。那是他生命中最艰辛痛苦的一段日子，在一个叫萨尔特克夫卡的外省小镇，不仅生活压抑，天气也异常沉闷。但整个夏天，几乎每个傍晚，衣衫褴褛、满身油彩的少年列维坦，都能听到一个女子在唱歌，歌词好像出自普希金的诗，就这样被那个无名女子反复唱着，被一文不名的列维坦听着。这个少年学徒赤着脚，歌声使他时而战栗，时而满怀惆怅。

列维坦渴望看到那女子的眼睛，但直到夏天即将过去，在黄昏的小雨中，他们才有机会彼此惊鸿一瞥。一个撑着绸布雨伞，一个赤着脏兮兮的脚。列维坦在雨中跑回自己破烂不堪的小屋，躺在床上哭了很久。

关于列维坦的生平，苏联作家巴乌斯托夫斯基的著名散文《伊萨克·列维坦》（Isaak Levitan）应该是最权威的读本。这个以《金蔷薇》感动过全世界几代读者的散文大师，其卓越的文笔是无可挑剔的。他在追溯了上面那段感人的故事之后，淡淡地写道："就在那个秋天，年轻的列维坦画出了他的《索克尼基公园的秋日》。"

五

这是列维坦第一幅表现金色秋天的风景画，也是他所有作品中唯一出现人物的风景画。一个年轻的、身穿黑衣的女子沿着公园中的小路缓缓走着，旁边是一簇簇斑斓的落叶。她独自走在秋日的树丛中，仿佛正是那孤单，赋予她一种忧郁和沉思的气质。

这个不知名的女子，我从第一眼看到，就想起当年的闫月华老师。闫老师教我们物理课，记忆中她总是那样独自走着，从校门口穿过操场到上课的教室，从大礼堂绕过城墙到老师们住宿的小院，仿佛是一个不合群的、脱离了引力场的电子。闫老师是高傲的。记得有个学期，学校说要把物理课搬到公社的农机站去上，讲柴油机原理，但这个决定被闫老师无声地拒绝了。她每天和我们一起去农机站，却不讲课，甚至看都不看柴油机一眼。闫老师走路的时候也不讲话，总是默默的，而她与画中女子最相似的神态，是走路时会偶尔把手指弯起，拄一下腮。这神态曾引起许多女生的模仿，那拄腮独行，支颐漫步的样子，在当年显得多么文雅秀气而与众不同。当然，闫老师从不穿黑衣，她喜欢穿洗得发白的蓝色工装，显得熨帖而丰满，但在我此刻的回想中，她那"黑五类"的身份可能也相当于某种精神上的黑衣。可那是无形的黑衣，你看不出来，就像画中的女子，黑衣飘飘，如燃烧的火焰，如诞生的舞蹈，给人的感受不是绝望而是期冀，不是凄凉而是春天般的暖意。

巴乌斯托夫斯基说，列维坦是描绘忧伤风景的大师，他钟情于秋天，虽然他也画过美妙的春天风景，但是除了《三月》，这些春景画几乎全都或多或少地带有秋天的韵味——这句话影响很广泛，几乎是一种定评。但不知为什么，我的体会却和他恰好相反。在我心目中，列维坦的风景始终是明亮的，比如《白桦林》《科莫湖》《杂草丛生的池塘》《阳光和煦的乡村》，以及《风平浪静的伏尔加河》《伏尔加河上的清风》等，虽然画面的主题未必都是春天，但在丛林的边角上，或水面的光影中，总会或多或少地显露出明亮的春意，淡淡几抹，风致毕现，恰如小提琴的颤音，美得让人心疼。即使在他最凝重的《深渊》和《弗拉基米尔路》的远景上，你也会找到一种特殊的、况味别传的春天感。这就像托尔斯泰《战争与和平》中的女主角娜塔莎，她身上那种别样的"春天感”，足以激励人们去投身改变生活的事业。

这是审美趣味的问题，也是情感记忆的问题。因为我是在《三月》中认识的列维坦，所以在后来的感受中，就觉得他全部的画作都散发着《三月》的味道和光芒。惠特曼有一首诗——There Was a Child Went Forth，也许正好能说明我的心路——

> 有个孩子每天走来走去
> 他最初看见什么东西，他就变成那东西，
> 在当天，或当天的某个时刻，他会被赋有那东西，
> 或连续多年，或一个个年代与世纪。

许多年前，在故乡的中学，我就是这样的孩子。甚至连我的老师，冯老师、闫老师、夏老师，也还都算是孩子——我现在的年龄已远远超过了当年的他们。他们对颜色有着那么犀利的敏感，他们对艺术有着那么奇异的理解，他们对生活有着那么安静的坚守，他们是高傲的，也是屈从的，因此他们的爱情都不了了之。闫老师在我们毕业之前被调走了，去县里的中学。然后是冯老师。夏老师说，冯老师是在闫老师调走后才宣布他打算结婚的消息的，对方是我们上届的女生，叫万红梅（不是张晓红，这让我有点儿意外）。冯老师和万红梅结婚

不久，他的调令就下来了，也是去县里的中学。

早春的紫丁香会变成孩子身上的馥郁，
还有那青青绿草，那红的白的牵牛花，
红的白的苜蓿，还有那菲比鸟的歌声，
那三月的羊羔，或淡粉色的一窝小猪，
以及黄的牛犊，红的马驹，还有欢乐的
小鸡一家，叽喳在池塘边或谷仓空地，
还有池中好奇的小鱼，以及那奇异的
春水，还有水草，摇曳着它们优雅的扁头，
所有的这一切，都已变成了这孩子的气息。

老师们后来的情况如何，我觉得并不重要，总之是都老了，从人生的三月到了秋天，甚至到了冬季。但三月的春光毕竟照亮过他们，并变成了他们特有的气息，弥漫在我关于列维坦的记忆中。

寻找男孩克拉克

一

上世纪八十年代我在长春的一所大学教英语，有个叫奥巴赫的美国外教老太太，送我一套绘本大师谢尔·希尔弗斯坦（Shel Silverstein）的诗集，还说了一句简略的英语：“这里都是些男孩子，没有女孩的事儿”——那是她任教期满准备回国前的一个下午，她把书递给我，语气中弥漫着美国中部雨季的暗淡与伤感。奥巴赫来自南伊利诺伊大学，而接替她的是来自威斯康星大学的史密斯先生。

我知道，这套书是对我两年来与她合作教课的回报。谢尔出生在芝加哥，也是伊利诺伊州人，参加过越战，后来自学成才，凭一支笔和一把吉他闯世界，在美国是妇孺皆知的儿童书作家，同时还是剧作家、词曲作家、插画家、诗人、歌手和电影配乐人，被称为“文艺复兴”式的全才人物，用他自己的话说，“棒到都不需要自吹自擂了”（I’m so good that I don't have to brag）。就连他的书，也都出得那么棒。谢尔很在乎出书，不仅坚持自己做插图，而且坚持只做精装书。每次付梓，都要亲自检点，挑选版型和纸张，包括装帧的细节，从封面到封底，甚至每一个画面和跨页的编排，都力求唯美。

奥巴赫送我那套诗集是 Harper Collins 的特别版，封面是彩色的漫画，里面是黑白的漫画，一共七八本的样子，紫色封套上印着烫金花草，精美极了。我记得奥巴赫女士的手指（像几根粉笔似的）划过封套上其实已经很抽象的花草图案，说你知道吗，这是 native violet（野紫罗兰），我们伊利诺伊的州花。如果你见过芝加哥河流入莫希干湖，那里的草都是高草，有的高达六英尺，就像你的姓氏：tall，high。当然，我们还有 bloodroot（血根草）和 dogtooth violet（狗牙兰）。这些野花每到 April（四月）就没头没脑地开，像没记性的孩子，把 December（十二月）的寒冷全忘了。

奥巴赫对故乡的自豪感让我很快就沉浸在谢尔的这些书里。并且我第一次意识到，世界上除了诗人，还有儿童诗人，就像美国除了惠特曼、弗罗斯特、史蒂文斯、朗费罗、休斯，还有这个叫谢尔·希尔弗斯坦的家伙。照片中的他总剃着光头，就像个难得有幸被谁委托照料孩子的流浪汉，于是就受宠若惊、欢天喜地、多才多艺、奇思妙想、趣味横生地为孩子们写诗。八十年代初，那时谢尔的儿童诗应该还没有被译成中文，作为英语教师，就像报春的燕子，我可能是他在中国最早的读者之一。有段时间，我简直迷上了谢尔，每天晚上都要读几页才能入睡，并且一边读一边想象着他故乡的草原。

确实，谢尔的诗是非常伊利诺伊的。有一首《橡树与玫瑰》，橡树说："我并没有长得那么高，只是因为你还是那么小。"在我的想象中，这橡树一定又高又白，因为奥巴赫说过，伊利诺伊的州树就是白橡树。还有《谁要一只便宜的犀牛》，说有一只犀牛被拉到镇上叫卖，胖墩墩的，羞答答的，但要是买回家的话，它可什么事情都能替你做。伊利诺伊是"草原之州"，风吹草低的地方，可能到处都能见到这样的犀牛。还有《鳄鱼的牙疼》，一条鳄鱼哭咧咧地去看牙医，张开大嘴让牙医进去拔牙，结果是可想而知的。奥巴赫说，伊利诺伊州有个雁湖（Goose Lake），那里的鳄鱼样子并不凶猛，却喜欢流泪。中国古诗中有"一曲伊州泪万行"的句子，想想有趣，这一万行的伊州泪，至少有五千行是属于鳄鱼的吧。

二

在谢尔的诗集中，我认识了许多男孩。奥巴赫说得对，这里是男孩的世界，虽然也有女孩，但主要是男孩。比如有这样一个男孩，认为自己是父亲最聪明的儿子，父亲给了他一美元，他跑到镇上去和别人兑换，先换到两枚镍币，接着又换成三枚小币，总之是不断以少换多，换来换去，最后是用一美元换到了“整整五个便士”，回去向父亲炫耀，得意地看着父亲为他骄傲得半天说不出话来。还有一个男孩，整天向天上抛石头，有一次竟然把太阳击落了，世界变得一片漆黑。还有一个男孩，希望自己只有一英寸高，这样他就可以骑着昆虫去上学了。还有一个男孩是斑马的哥们儿，他这样问斑马：“你是有白条纹的黑马，还是有黑条纹的白马？”斑马听了，也反过来问他：“你是个有坏习惯的好孩子，还是个有好习惯的坏孩子？”这样的对话，真的很有意思，由此我开始喜欢斑马。我觉得一匹斑马的美，就在于它的黑白分明，看上去如同一幅漂亮的中国书法，而其中最好看的，应该就是斑马版的《兰亭序》。

柏拉图有句名言：“美是难的。”但可能不大有人知道，柏拉图还说过：“男孩也是难的。”我查过英文，原话是 of all animals the boy is the most unmanageable，出自柏拉图对话录的《律法》篇，译过来就是：“在所有的动物中，男孩是最难弄的。”先不说这个范围状语，何以要把男孩放在动物中作比较，至少在古希腊人心中，美的难度和男孩的难弄想必是有一定关联的，可谓“美之难，如少年”。

英语中的boy，中文可译成“男孩”，也可译成“少年”。

反之，中国人所说的少年，很多时候也可理解为“男孩”或“boy”。杜甫诗“宗之潇洒美少年，举觞白眼望青天”，那是一个喜欢饮酒的男孩；李贺诗“少年心事当拏云，谁念幽寒坐呜呃”，那是一个喜欢幽思的boy。还有辛弃疾的“少年不识愁滋味”，蒋捷的“少年听雨歌楼上”，如果把少年改成男孩或boy，似乎也无不可：男孩不识愁滋味，boy听雨歌楼上，好像更有一种洒脱别致的趣味。

但谢尔诗中的男孩，都既不洒脱，也不别致，而是多少都有点儿犯傻，有点儿赖皮，有点儿顽劣，有点儿懦弱。可正是这样的男孩，最能让我们找到自己童年的影子。

比如有个男孩是收藏家，整天收集零零碎碎、古古怪怪的破烂，旧门铃、老砖头、锈指环、破船板、坏椅子、烂袜子、猫耳朵、狗尾巴。他是那样珍爱他的宝贝，乐颠颠地去喊他的邻居们来参观，可那些不识货的傻子，竟然说这些都是垃圾，于是他伤心地哭了。我也曾那样哭过，不是因为人们不识货，而是因为我的宝贝被人偷走过。我出生的小山村有一座昼夜轰鸣的煤矿，到矿山捡东西从小就是我最大的乐趣。我的宝贝中有阿拉丁一样的旧矿灯，三套车一样的破电闸，还有金光闪闪的细铜丝、蓝光耀眼的小钢锯和用电焊条打制的锋利的飞刀。记得我最后一次翻弄这些宝贝是1976年，那是我当兵复员之后，上大学之前，在老家小耳屋的角落里，我再次找到了它们。童年时代的阳光穿透记忆的灰尘，恍如隔世，我独自在小耳屋里坐了大半个上午，与破破烂烂的它们举行着为了告别的聚会。

谢尔还写了一个 long-haired boy，即“长发男孩”，但我觉得叫“长发少年”更好。说在一个小镇上，有个长发飘飘的男孩，因为头发长，他每次走到街上，都要遭到人们的哄然嘲笑，有的对他指指点点，有的对他大喊大叫，有的向他伸舌头、做鬼脸，还有的跑回家关上门，从窗口向他窥视。有一天，男孩实在无法忍受了，就坐在街上大哭起来，哭得浑身颤抖，长发旋动，后来男孩就被自己旋起的头发揪着，升上天空飞走了。

这个可怜的少年之所以有那么可笑的长发，我觉得他可能有“护头”的习惯。所谓“护头”就是怕剃头，大人一给剃头就躲起来，这是许多人童年共有的经验。但这个习惯我是在上中学之后才有的。那时候在我们乡村中学，有许多城里去的孩子，也就是所谓的“五七战士”子女。农村的男生一般都剃光头，而城里去的男生却留长发。我们几个同村的男生，出于羡慕，就也留长发。只不过我们的长发总是乱蓬蓬的，压得耳朵边儿通红，用我姐姐的话说就是“长毛挓挲”，而根本不像城里男生的长发那么文雅、顺溜、飘逸。更何况我们穿的衣服也不行，不仅是旧和破的问题、有补丁的问题，而是怎么穿也不合身，显得土气，即使穿新衣服也显得土气。

总之，作为农村的长发少年，当年的我们就像是城里少年的一个等而下之的变种。但尽管那样，我们还是坚持留长发，因为那是一种羡慕，一种向往，是对城市和美的向往。

也许世界上所有的长发少年都是真正的蒲公英，正是可笑的长发揪着我们上升，并把我们带向远方。

三

在谢尔那里，我认识的一个最重要的男孩叫克拉克。

比较小的男孩，叫少年就不合适了。克拉克就是这样的小男孩，也许正因为小，他才怕黑。那年夏天我有时回宿舍很晚，夜风清凉中偶然读到了他的故事。小男孩说他叫克拉克，因为怕黑，每天晚上他总是哭闹着不让大人把灯关掉，而且睡觉前必须要听三个故事，让妈妈亲他五次，还要做两次祈祷，上两回洗手间，即使这样，他也还是睡不着，小男孩最后直接恳求读者："请千万不要把书合上，我叫克拉克，我怕黑。"诗的旁边还有漫画插图，小男孩用手抓着盖得很严的被子，仅露出两只大眼睛期盼地看着你，眼神仿佛还会转动，克拉克、克拉克地转动。

这首诗我印象极深，记得当时真的不忍心把书合上，就那样开着灯等小男孩入梦。而且连续许多个晚上，我都把那本诗集放在床头，并打开把那一页折起来，就像在书里搭了个小阁楼。我想这样，小男孩就不用怕黑了，同时我也消除了一些寂寞。那时候我们住青年教师楼，一人一个房间。白天上课、开会、跑图书馆，晚上回到宿舍还要备课、看书、记日记、洗衣服，总之是比较孤单，但整个夏天和秋天，谁也不知道，Harper Collins 特别版的那套谢尔诗集却给了我许多特别的乐趣。尤其是那个叫克拉克的男孩，我们之间几乎结下了一种默契和友情，一间宿舍，许多夜晚，书中的男孩和现实中的青年彼此做伴，现在回想起来，真像极了一首拉普兰小调所描述的情景——“男孩的意志是风的意志，年轻的思想是悠长的思想”（A boy's will is the wind's will/And the thoughts of youth are long, long thoughts）。

许多年过去了，我从一个城市迁徙到另一个城市，并早已离开了大学校园。但谢尔的诗集始终跟随着我，包括那个紫色烫金的封套，不管我搬了多少次家，奥巴赫所说的野紫罗兰都在我书架的角落里静静地开放。不过我很少有空再去翻弄那些诗，也不大再想起那些难弄的男孩。

直到不久前，有个旨在激励青年创业的“身影”在线访谈栏目，让我给他们写几句话，我才又记起了谢尔的诗，记起了那个怕黑的小男孩。我想重新读读那首诗，然后把它译出来。

可是，我从书架上拿下谢尔的那套诗集，一本一本地翻，总共七本，翻了三遍，却无论如何也找不到那首诗了。那个每天晚上赖着不睡觉、名叫克拉克，眼神也会克拉克、克拉克地转动的小男孩到哪里去了呢？我问伊利诺伊草原上的白橡树，也问了斑马和犀牛。斑马还是那样黑白分明，犀牛还是那样勤劳憨厚，但它们都不知道克拉克的去向，甚至不知道我说的是哪一个男孩，毕竟谢尔笔下的男孩太多了，许多男孩都不知去向，收藏家男孩不见了，长发男孩飞走后压根儿就没再回来。白橡树像个中国诗人，感叹道："最是少年离别时，若离去，便无期。"

这诗句让我顿然感伤。后来我给《身影》栏目这样写道：也许克拉克已经长大了。所有怕黑的小男孩都会长大，变成少年，变成青年。他们不再怕黑，所以也不必继续彻夜不眠地躺在家里。而当他们开始满怀自信、奋发进取的时候，就会在家以外的世界留下他们可以照亮别人的身影。

不管怎么说，怕黑的小男孩是个很有意思的故事，它诉说着恐惧，也隐喻着勇敢，它既是男孩的童话，也是成长的寓言。世界上哪个男孩没有过怕黑的经历呢？我想起一个画面，是在汶川地震的时候，从电视上看到的，一个小男孩被战士们从废墟中抬出来，在担架上举手敬礼的瞬间。地震中的小男孩同样是怕黑的男孩，但骤然的、比夜晚黑一万倍的地震的黑暗，却让他们学会了坚强和感动。或许在地震发生的刹那，他们也曾经恳求——他们来得及恳求吗？以怕黑的名义，恳求谁千万别合上书，别合上大地的书，田野的书；别合上村庄的书，校园的书；别合上生命的书，时间的书……难道不是吗？世界是一本书，而书存在的理由不是被合上，而是被打开，不断地被打开，并让熟悉光明的眼睛阅读，一遍一遍地阅读。

我在美国芝加哥的同学听说我为找不到一首诗而烦恼，在网络的 QQ 空间里大笑不止。他说，这件事儿交给我吧，你的谢尔诗集肯定丢了一本。很快，几天后我就收到了他寄来的国际快件，是一本崭新的谢尔的诗集《走过人行道》（Where the Sidewalk Ends）。正是这本诗集，翻开就找到了那几个男孩——收藏家男孩，长发男孩，让父亲骄傲的聪慧男孩，还有那个最胆小的、最怕黑的男孩，他完整的姓名是雷吉纳尔德·克拉克（Reginald Clark）。他还是那样幼小，两只眼睛还是那样左顾右盼。

可问题在于，我和我的同学都忽略了版本，原来他用了周末大半天时间从芝加哥最大的书店为我买到的这本书，是 Simon & Schuster 2005 年推出的青春阅读版，不仅开本比奥巴赫送我那套 Harper Collins 版的要小，设计风格也很有差异，虽然封面仍是谢尔自己的漫画，色彩却显得鲜艳而夸张。但尽管如此，我还是深感欣慰，找到了男孩克拉克，就如同找到了我似是而非的童年和青春。

美国的桃花

大学时的同窗好友 Y，到美国已经二十年了。他的故事是这样的，开始是被公派到美国进修，学语言，可学着学着他却进了神学院。具体什么原因不知道，但我知道他是个学习狂，反正是学呗，学什么不是学呢。而后来又听说，他在神学院虽然成绩极好，信仰却不够虔诚，好像总惦记再学点儿别的，比如美国文学什么的，并不准备从事神职。美国人多聪明啊，院方早已看出他心怀异志，就想出办法，做了精心安排。这样 Y 在大洋彼岸的学习生活就变得很寂寥，可谓“寂寂寥寥神学院，年年岁岁一床书”。他前后负笈美国六年，仅神学院就有五年，在此期间，他年轻的妻子携年幼的女儿多次申请赴美陪读或探亲，都被大使馆以种种理由婉言拒签。直到最后一年，寂寥的 Y 以十分引人注目的成绩和十二分不同凡响的论文在神学院毕业。毕业典礼上，当他正要从院长兼地区主教的手中接过荣誉证书的时候，他的妻子和女儿，就像一大一小两个天使，在鲜花和掌声中被簇拥着来到现场。那一刻，Y 仰起头，泪光闪闪地大声说："主啊！"从此坚定地受洗，信仰了基督，并留在美国当牧师。

神学院的那些牧师政治家们，他们把整个事情安排得像一朵桃花。

这些都是我在十年以前听说的，偶尔想起，心里总替这家伙泛起一抹乡愁。乡愁这个词的英文是homesickness，法文是mal du pay，希腊文是nostalgia，据说希腊文的原意是"难归之痛"，可以追溯到荷马史诗《奥德赛》，说英雄奥德修斯怎样在外漂泊，历尽艰辛，二十年后才回到故乡。二十年，这和Y是一样的。因此Y也就多少像是我们同学中的奥德修斯了，至少在我心目中，他是。

也许二十年是乡愁的极限吧，今年春天，他突然在网上找到了我。大概是先看到了我博客上的信息，有天夜里很晚了，他用"特拉华"的网名给我发来字条：我是Y，多年不见，你是H吗？——简直难以置信，奥德修斯竟是以这种电子的方式归来的！而虽然是电子，我也似乎听到了，他那行驶了二十年的老船和疲惫的水手们悄然靠岸的声音。

——特拉华，你为什么网名叫特拉华呢？

深更半夜，我们就这样聊了起来。不，应该说他那里是中午。大洋彼岸的中午，我看见阳光正照在Y很中国的脸上，他无声地笑了——哈，还以为你知道。

Delaware，特拉华州，我就在这个地方，别看面积不大，可是美国的“第一州”呢，他们的议会是最早批准承认《独立宣言》和联邦宪法的。

——啊，那不是德拉瓦州吗？还有德拉瓦河。当然译法不同，是趣味问题，说到趣味无争辩。特拉华也很好听。你为什么去了那里呢？

——不为什么，我就喜欢这儿，我妻子也喜欢。我们住在这儿已快十五年了，也可能是因为桃花吧，你忘了那首歌吗？在那桃花盛开的地方。

多么诗意的理由，因为桃花。

查资料可知，特拉华州位于特拉华半岛，大部分地区属于大西洋海岸平原，气候相当温润。州花是桃花，州鸟是蓝母鸡。Y说，他从纽约的神学院毕业后就直接选择去了那里。莫非那里是美国的桃花源？或是美国的桃花岛？总之那里一定很美，特别是春天，从远处看，蔚蓝的海岸线上桃林簇簇，桃花朵朵，像极了原住民的印第安神话；从近处看，大西洋那没日没夜的波涛，到此也似变得文静和羞怯，或竟有点儿“桃花流水鳜鱼肥”的风韵了。桃林边往往是广阔的农场，一群群驯良的蓝母鸡，赤脚站在大地上；桃林深处，一匹白马静静地望着一辆淡绿色汽车的地方，那就应该是Y工作的教堂了吧。Y对我说过，他的汽车是淡绿色的，而他常去布道的教堂却常有一匹比他的汽车更漂亮的白马。他猜想马的主人应该是某个信众，来自附近的农场或林区，但好几年了，马就在那儿，可马的主人却从未出现过。他的教堂很大，信众很多，“白人中男的女的，黑人中老的少的，华人中穷的富的”，他们都喜欢听他布道，桃花朵朵地传扬主的福音和真理。Y 作为牧师是很成功的，原因就在于他自信。这家伙干什么都非常自信，上大学时他曾宣称自己将来也能编一本英语教材，超过《张道真语法》，这事儿虽然至今未见实现，但他那种豪情满怀的样子仍历历在目。

有时候，他甚至自信到这种程度，认为那匹白马也是他忠实的信众之一。他说他最难忘的一种美，就是在雪天，看到有几瓣硕大的桃花，轻盈而匀称地落在那匹马的颈部和背部。怎么会是雪天呢？我问。他说你不懂，有雪地芭蕉，也有雪地桃花。他说，其实桃花落在他那辆淡绿色汽车的引擎盖上也很美，不过那匹马充满耐心的、异常俊美的眼睛更让他心动，简直就像诗人布罗茨基说的，仿佛“它在我们中间寻找骑手”。

这么多年，他还一直保持着对美国文学的热忱。他对美国诗歌尤其熟悉，从惠特曼、弗洛斯特到狄金森、毕肖普，皆能记诵。狄金森有一首写草原的诗，他仿照下来，写了一首《制作故乡》发给我：

制作故乡，需要一只燕子：
一只燕子，一些桃花，
假如没有燕子，
只有桃花也行。

我说，难道美国没有燕子吗？他说，这是诗，你不该这么问。

其实他没理解，我主要不是关心燕子，而是考虑那匹马，既然桃花的垂落已经把它显得很美，要是再有一只燕子飞落的话，岂不就更美了？“马踏飞燕”，那匹马说不定就会腾空奔跑起来。我觉得正像世界上许多事情一样，燕子，有时也能成为马奔跑起来的动力和原因。

Y 在美国是用英语布道，这是规则，必须的。除了和华人私下交流，他基本上不能用母语诉说，只能用继母语。这是我们大学时代的一个幽默，说中国人学英语，汉语是母语，英语就是继母语了。Y 的家住在威明顿，每周末自己开车到那个教堂去。只有在家里，他才能和妻子尽情地用汉语表达。这种情形很怪诞，就好像母亲躲在家里，而外面的世界都是让继母管着。但我说过，他是个非常勤奋好学的人，有学习癖，在大学我是班长，他是学习委员。这样慢慢地，华裔牧师 Y 在美国宗教界就显得很有出息，就像是有的继子比亲生的更有出息一样。不仅当地的信众都敬重他，在牧师同行中也颇有威望，被看作学者型牧师，经常有人向他请教。有一年春天，他们到威明顿附近著名的白兰地酒溪（Brandywine Creek）游览，有个当地牧师指着正盛开的桃花说：看啊，Peach blossom，我们的州花，Y牧师一定知道它的希腊词源吧？

这本来很正常，学者型牧师就该像哲学家一样，词源学是很基本的学问，而且那位牧师的语气也不乏谦恭。但这一次Y却显然有点儿问题，他站起身来，目光中不无睥睨，一字一顿地用汉语说："桃——花！"见众人无语，过了一会儿，他又旁若无人地背起了中国古诗——李白的"桃花潭水深千尺，不及汪伦送我情"；杜甫的"桃花一簇开无主，可爱深红映浅红"；高蟾的"天上碧桃和露种，日边红杏倚云栽"；徐俯的"双飞燕子几时回，夹岸桃花蘸水开"；李贺的"况是青春日将暮，桃花乱落如红雨……"

可以想见，众人最终还是无语。他们后来觉得他多少有点儿民族主义倾向，而这对于神职人员是不恰当的。实际上，Y说，他付出了一个很小的代价，是为了证明一个很小的事情，那就是：并非一切东西的词源都在希腊，至少桃花，它的词源在中国。"桃之夭夭，灼灼其华"——中国关于桃花的诗句早在两千多年前的《诗经》里就有了，而在他看来，这说不定还是他如今在大洋彼岸安身立命之地的词源呢。所以他别出心裁，把Delaware

译成了特拉华。特拉华，就是“桃之夭夭，灼灼其华”的意思。

我和Y毕竟二十年没见了，总的看，他的话语不像以前那样多了，但亲切感还在，想象力还在。他让我看到了一种远离故土，也远离尘嚣的特殊生活，可因为那是一个桃花盛开的地方，这生活又似乎并不太远。后来我突发奇想，Y，他这名字，本身不就很像是一株桃树吗？一株中国北方的桃树，怀揣信仰，头顶乡愁，在美国大西洋海岸的桃林深处行走。春天也好，冬天也罢，他心里的桃花都会涌出，有时落在别人的马上，有时落在自己的车上，有时，就像现在，又落在我作为他的老同学，写在电脑上的字里行间中。

春天的告别

它的飘然而至，就像没有一丝云而落下的一滴雨。

——（美）约翰·巴勒斯《醒来的森林》

2014年5月16日，本来是个很寻常的日子。我像平日一样黎明即起，然后是洗漱，然后是晨读，然后是吃饭，然后准备去上班。晨读，是我坚持多年的习惯，随意从书架上拿一本书，再随意翻开，这样就有了一种乐趣，随意的乐趣，突出了读书的偶然性、天意性、不确定性，以及书和书之间的自由平等精神。

但那天早晨的情况有点儿特殊，我看的书是美国自然主义作家约翰·巴勒斯的代表作《醒来的森林》，而且一边是英文原著，一边是中文译本。英文原著是去年网购的，中译本则是不久前朋友寄赠的（朋友还特别强调，译者是李克强总理夫人程虹女士），将两种版本对照着看，情况就多少变得不太寻常了。至于怎么不寻常，我至今也想不清楚。

先翻中文的，第一章就是“众鸟归来”，巴勒斯从描写鸟儿们开始，动情地讲述了美国北部地区的初春景象，而程虹女士的译笔也非常精湛，先说小冬鹪鹩，在篱上跳来跳去，然后就写到了蓝鸲鸟，说这种鸟飞来很早，而且会十分突然地落在你面前，“就像没有一丝云而落下的一滴雨”——这个比喻是如此之美，让人震惊，于是就翻英文版对照，只一行字：it falls like a drop of rain when no cloud is visible。

这就是那天早晨的情况，然后我像每天一样，到了单位，一坐就是大半天。工作也是一如既往，无非是编编稿，处理些材料。中午吃过饭，有一刻我站在办公室里发呆，想早晨看到的那句英文，如果让我来译，也许会加强一点儿语气，比如：就仿佛万里无云的天空落下的一颗雨点儿。

而这颗雨点儿果真就忽然降落了。下午三点左右，电话铃响起，是省作协的同事王晶打来的，她似乎正在路上，带着哭腔说：“谢江威，谢江威——”我忙问到底出了什么事儿？她说，好像走了，好像没有了……

昨天还在一起的人，怎么会没有了呢？我想到了失联的马航班机，并心怀侥幸地赶往医院，万一不是真的呢，万一还有救呢，江威，我的好兄弟，你不要走，一定等我们再想想办法！然而江威毕竟走了，我看到他独自躺在医院的一角，身上穿着好看而帅气的运动衣。

实际上，事情是在早晨发生的。江威那天和我一样，起得很早，然后就去公园里跑步。他的晨练如同我的晨读，也是多年坚持的习惯。但就在这次一个人的晨练中，他倒在了公园的一条小路上，旁边是亭亭白桦、茵茵绿草，还有几丛好看的野花。

直到中午被路人发现，下午被送进医院，所有人都知道已无力回天。

王晶把江威的钥匙链递给我看，说那是江威身上仅有的遗物，链子上只有两把钥匙，一把开家里的门，一把开单位办公室的门。此外就什么也没有了，没有手机，也没有一枚硬币。

拿着江威的钥匙链，我的眼睛迅速被泪水注满。“中国，我的钥匙丢了”——这是谁的诗句我忘了，但美国女诗人艾莉丝·弗瑞曼的诗句我没有忘，因为那是我不久前亲自译出的：“今天我开始寻找灵魂，昨天我是寻找钥匙。”正是这钥匙，带着逝者的体温，仿佛咔嗒一转，瞬间打开了我的记忆之门。

1987 年 10 月，我从长春来沈阳，到辽宁省作协当编辑，报到的第一天，就认识了谢江威。当时省作协在张学良的大帅府办公，《当代作家评论》编辑部在二楼，一个大套间，五六个编辑，而江威的办公桌，则紧靠着门口。当我一脚迈进那个后来令我魂牵梦绕的办公室，第一个站起来打招呼的就是江威，他一米八几的个头，自然卷发，年轻、帅气而不失敦厚，一笑起来竟然还有些脸红。那时我才三十出头，江威不过二十八九岁，就在那座欧式风格、中国气派、乡愁款款、旧思绵绵的“大青楼”里，我和他初次见面，就像早已是兄弟，连不善言谈都是彼此相似的。

的确，江威不善言谈，他当时负责刊物的编务工作，一应杂事儿，全力承担，但从来不多说什么，总是微笑地、默默地、不知疲倦地如期完成。我那时还是独身，晚上一个人住在套间里面隔出的小屋里，往往因看书到深夜，早晨起不来。而几乎每个工作日，我记得，最早打开办公室的总是他，我能在朦胧中听到那道民国老式木门锁孔的咔嗒声，很慢也很轻。等我起床后从小屋里出来，偌大的办公室和宽敞的阳台都已被江威收拾得干净清爽，光洁的地板上还恰到好处地画着一抹新鲜的阳光。

我说，嗨，你真早啊。江威就脸红了，说没影响你吧。

1992 年，为了建张学良纪念馆，省作协从大帅府迁出，因工作调整，我和江威也不在一个办公室了，但我知道，不管省作协在哪条街上、哪个院里、哪座楼内，他总是最早打开办公室的人。随着他的钥匙磬然有声地一转，我们的工作就迎来了新的一天，日复一日，年复一年。而现在他却走了，没有了！一连几天，我都不忍走过他办公室的门，一种忧伤，说“杜鹃无语正黄昏，荷锄归去掩重门”不准确，说“寂寞空庭春欲晚，满地梨花不开门”也不恰当，我觉得这几乎是冥冥中的悖论，当你要为这个生前为文学而勤勉工作的人写点儿什么的时候，除了疼痛，竟然任何文学性的表达都会显得无力、造作而可耻。

但是又不能不涉及文学。在这个文学越来越不值钱，而各种名目的人物传记却越来越繁盛的时代，难道不应该为一个并不是什么人物，却坚持数年奉献的文学工作者写下几行非虚构的诗吗？在江威猝然离世后近两个月的时间里，我每天都在译诗和读诗，出版了译诗集《北方船》，读完了里尔克的《杜伊诺哀歌》和木心的《云雀叫了一整天》。特别是木心的诗，许多都代我说出了一种思念，比如这首《五月》——

你这样吹过
清凉，柔和
再吹过来的
我知道不是你了

江威是个朴实无华，却又很有风致的人，这包括三方面，长得很有风采，办事儿很有风度，说话很有风趣。用我女儿的话说，“江威叔是永远的大男孩”。这个大男孩不仅长得年轻，而且每天都面带微笑，朝气蓬勃，虽然不善言谈，说起话来又不乏机智，总之从内到外都十分阳光，十分风致。年年岁岁，他就像浸透阳光的风一样从我们的生活中吹过。省作协网络文学部的韩晶，听说我要为江威写点儿怀念文字，主动从网上给我发了个电子邮件，谈及江威留给大家的难忘印象，其中有段话可直接引在这里——

> 在机关，他是我们的大哥，可是又常常不把他当作大哥。
>
> 一是他长得年轻，二是他特别勤快。有些搬杂志或者发杂志的累活，他听到动静了，就从办公室跑出来搭把手。看到我们发杂志，他进来就帮着装订，还说怎么不喊大哥一声。机关里有些忙里忙外的事情，总是会出现他的身影。直到他去世，我才意识到他也是年过五十的人了。

这里其实还应该加个细节，那就是他在随叫随到，忙里忙外的时候，总是西装革履，领带飘飘。江威在省作协楼里，可以说是穿着最讲究的人，他从不吸烟，也很少喝酒，每天上班，都是穿得整洁而熨帖，总给人一种光彩照人、文明美好的感觉。他就那样衣冠楚楚、乐此不疲地忙碌着。

2006年春天，省作协组织了一个作家团，由我带队去欧洲观光考察。那次有江威同行，我非常高兴，一路上他主动承担起联络员的职责，上车下车忙着清点人数，旅途上帮人拿包照相，让所有的同行者都感动不已。就连陪我们走遍欧洲的巴士司机都感动了，他对着江威竖起大拇指，用英语说了好几个OK。我知道这是夸赞江威的工作精神，也是夸赞江威的帅气和着装的得体。有这样的同事和兄弟，我觉得很骄傲，无论中国外国，该讲究时讲究，该工作时工作，都是值得赞美的，而不应该像我这样，仿佛只要忙了一点儿就有了落拓不羁的理由。

欧洲十国之行，每到一地，我俩都住同一个房间，当然都是江威拿着钥匙，负责开门锁门。欧洲的宾馆，往往都有免费赠送的《圣经》，而我恰好有收藏不同版本的嗜好，江威知道了，每次住下之后，他都主动替我搜寻，让我先去洗漱冲澡。一路上英语的、法语的、德语的、荷兰语的、意大利语的，共攒了十多本，回程时看我的提箱装不下，江威又帮我拿了多半，行李塞得鼓鼓的。此刻，当我环顾家里书架上那一排烫金镶花的《圣经》，心中不免又泪如泉涌——

主啊，兄弟离开我，原谅他七次够了么？

江威唯一的嗜好是在工作之余玩几把扑克，那往往是在中午的时间。在经常凑在一起的几人中，脾气最好的是江威，对家打得如何，他从来不埋怨，但也最认真，输牌的时候他会默默地脸红。而不管输还是赢，只要有人喊“江威，出来帮个忙”，他就会立即撂下牌，应声而出。

江威就是在这些小事儿中，悄然无声地表现着他对工作、对生活、对文学事业的深沉挚爱的。

省作协杂志较多，《鸭绿江》在五楼，《当代作家评论》在六楼，《辽宁作家》在七楼，《文学少年》在九楼，楼上楼下的编辑们，谁找他帮忙都没问题，但我知道他最关心贴心的，还是《当代作家评论》杂志。也难怪，这是他投身文学工作的第一个部门，从 1983 年到 2000 年，他从青年到中年，从助理编辑到杂志社主任，为杂志发展付出了很多心血和汗水。虽然他后来调到作协人事老干部处工作，但对杂志还是充满了感情。他从没搞过理论批评和文学研究，但却喜欢看这本纯学术的杂志，每期都要翻一翻，很认真很郑重的样子。特别是最近几年，他没事儿总爱到我办公室坐坐，主要就是聊这本刊物。听说杂志进入了核心期刊，评上了 CSSCI 期刊，他似乎比谁都高兴。今年三月他不知听谁说的，进屋就要我请客，说要祝贺《当代作家评论》获中国出版政府奖，那种激动的神情，好像又回到了上世纪八十年代，我们还都很年轻的时光。

在新世纪以来的十多年时间里，江威的主要职责是老干部工作。省作协的老干部较多，离退休人员中，不乏副省级、正副厅级待遇的作家和诗人。有从延安来的，也有东北沦陷时期、抗战时期、解放战争时期的，要为这些老同志做好服务工作，诚非易事。但江威却偏能做得很好。老同志们谁家有个大事小情，修个房子，报个药费，过个生日，都喜欢让江威到场，好像他来了，一切都尘埃落定了。江威能如此受到老同志们的欢迎，我想一是因为他敬业，办事儿精心，任劳任怨，二是因为他的出身，可以说，他从小就是在省作协院里，在老同志们的眼皮底下长大的。他的父亲谢群，生前是省作协的办公室主任；母亲肖赍，也是离休干部，著名儿童文学作家。因此，老同志们不论是当面还是打电话，都会亲切地喊他“小江”，就像是招呼自己的孩子。这样听习惯了，有时连他的同龄人，如像我这样的，也跟着小江小江地喊，好像这是一个特别值得叫响的昵称或乳名，二三十岁可以这样叫，四五十岁也可以这样叫，等到六七十岁还可以这样叫。而江威这样被少年般地叫着，也果然就年轻，就不显老，就朝气蓬勃。于是在省作协的楼里，你会经常看到江威陪着一位德高望重的老作家出现，一老一小，老的白发似雪，气宇轩昂；小的衣着鲜亮，风度翩翩，如此蔚成风景，令人望之嫣然。大男孩者，美少年也，精神不老之谓也。

可是，谁能想到他会走呢？而且走得这样突如其来、猝不及防、如有神助，没留下任何遗言和嘱托，就像是男孩的出走，就像是少年的别离。“最是少年离别时，若离去，便无期。”

人需要多么好的心情，多么强的心志，才能抵御这样的打击！

就连他的夫人，最能办事儿、最善言谈、大半生献给戏剧事业，也应最懂“人生如戏，戏如人生”之哲理的刘华荣女士，也在几天后的告别仪式上痛哭失声。

还有他九十岁高龄的母亲，没有人敢告诉她这个可怕的消息，人们已经商量好要暂时瞒过这个历经坎坷的老人，如果她要问起江威，人们就会很一致地说，你的儿子，他到很远的雪域高原去援藏了。这是个很恰当的理由，因为江威从来都这样，总是很愉快、很勤快地接受任务。但没有告别的远行，那么远的远行，老人家真的会相信吗？

为了给突如其来的悲伤敷上一点儿安慰，大家开始不约而同地想起某些巧合，比如，在他出事儿的那一周，江威每天都穿得分外整齐，这个平时就很讲究衣着的人，那一周更给人以登峰造极之感，从星期一到星期四，每天都有所不同，或淡粉色的西装，或金蓝色的领带，或酒红色的裤子，或米白色的皮鞋，就仿佛他要出席什么盛典似的，然后就到了五月十六日，那个既晴朗又黑暗的星期五……

大洋彼岸的美国人相信，如果在春天，赶上星期五，神奇的蓝鸲鸟都会飞走，据说它们是要去拜访大地之神，而作为礼物，它们会随身携带一粒沙子。但这美国的传说与江威有什么关系呢？我只后悔那天早晨，不看那本书而看另一本书就好了，因为，这是多么生动而让人伤心的话呀——“它的飘然而至，就像没有一丝云而落下的一滴雨”。

我还后悔没有在前一天，以他曾提过的杂志获奖为由，请他出去吃点儿饭，吃到很晚，这样他在次日就不会早起，不会晨练，不会轰然倒地……难道不对吗？根据新历史主义的观点，生活中一个细节的改变也许会改变后来的许多程序乃至结局。对不起，江威！我最好的同事和兄弟，在许多事情、许多细节上，我都没有对你尽到最好的责任，我对此深感内疚。不过，你还记得三月份我和你说起的一本英文书吧，因为觉得书名很怪，我直接译给你听：“If You Are Not Here，Put Up Your Hand——如果你不在这里，请举手！”当时你笑了，可事到如今，为什么你也没有做到呢？

告别仪式简朴而庄重。这是春天的告别，五月的沈阳杨柳依依，落花烟重，一场阵雨之后，更显出惠风和畅的样子。其实树和花，应该都是很悲伤的，只是它们强忍着呢，而雨后的天空是淡蓝色的，好像在说，又不是我自己要蓝的。但不管怎么说，遗像上的江威还是那么年轻而英俊，他微笑的样子最像一缕春风，让所有的人都悲而不戚，心中像雨后的土地一样温暖而湿润。

尼采说："瞧，这个人！"他活着时的每一天，几乎都是这样微笑的。

春天的告别可以简称春别，春别者所能获得的最好补偿，就是可以给世界长久地留下春天般的感觉，这是一种补偿，一种思想，一种深爱，一种绝美，而在他所认识的人全部离开这个世界之前，他的爱和美都是不会被轻易淡忘的。

第二辑

『青铜雨』……它是雨的雕像吗？如果是，那么，可能世界上再没有任何地方比我的家乡更适合建这个雕像了。

青铜雨

一

雨也有父亲吗？——这是《圣经》里的一句话。

我在美国大学的听课笔记，有几页记的全是和雨有关的话，这很奇特。比如说夏威夷的雨是什么样的，新英格兰的雨是什么样的，还有福克纳笔下南方的雨和北方的雨、中部的雨和西部的雨有什么区别，等等。我现在能想起来，那次是詹姆斯教授在讲课，记忆中他的英语有点儿老派，听起来就像我在折旧书店买的书，语调也是那样：“我们伊利诺伊州冬天很冷，夏天很热，大部分雨水来自墨西哥湾，是贸易风把它们从密西西比河谷吹过来的。南伊利诺伊每年的降雨量是 117 英寸，北伊利诺伊是 91 英寸。”

2010 年夏天，当许多地方都因大雨而引发了洪水，我却在家中反复地阅读这几页笔记。你好吗？教授，二十多年了，你就像大洋彼岸的一株老荷花，就像我们中国人说的“留得残荷听雨声”那样，仍在我的记忆中飒飒地讲述着雨的故事。

詹姆斯教授个子不高，当年有五十多岁，一头鼠色灰发。那天早晨外面正在下雨，他的灰发被淋湿了，看上去就像有一只被淋湿的灰鼠在他头上惊慌失措地观望，我们都不禁笑了。教授说，你们知道吗，《圣经》里写着呢，上帝降下的雨水，既会落在小人头上，也会落在君子头上。这样说很巧妙，大家哄然。詹姆斯就这样开始了讲课。我记得很清楚，那是在南伊大学的南山教学区，外面正下着白亮亮的雨。

在南伊大学，詹姆斯教授以博学著称，外号“大英博物馆”。就在那个雨天，这位博物馆教授有感而发，竟给我们讲了一上午的雨，不仅有很准确的资料数据，还旁征博引，从《圣经》到荷马，从莎士比亚到弥尔顿，其侃侃而谈的风范令人瞠目。他说《圣经》里那段话后来成了一种法律思想，因为有位十九世纪的美国议员说了，落在君子头上的雨水其实总会多一些，因为君子的雨伞可能会被小人偷走；说还有个著名的律师讲过，如果某党派曾经从雨中受过益，那么当反对派以干旱为由攻击它，它就不必惊讶，等等。说实话，当时我对这些例子并不很感兴趣，我感兴趣的是和雨有关的诗，也就是说，我们该如何想象雨。詹姆斯教授也提到了不少诗人，比如英国的艾略特，爱尔兰的叶芝，美国的史蒂文斯等。特别是史蒂文斯，当教授引证他诗句的时候，我的眼里忽然充满了泪水，并差点儿从座位上站起来——

雨的土著就是雨人

这真是奇异的诗句，詹姆斯教授不会想到，这诗句会让我空前怀念自己远在中国的家乡。还有一个更奇异的词，也是引自史蒂文斯的诗——“青铜雨”。我想，这是多么壮丽、多么恢宏的雨啊，它是雨的雕像吗？如果是，那么，可能世界上再没有任何地方比我的家乡更适合建这个雕像了——

一场来自落日的青铜雨标出
夏天的死亡，那时间忍耐它

总之，从多年前美国中部的一个雨天，到多年后中国大部的一个雨季，我其实一直都在回忆和塑造着家乡的雨。而此刻我已分不清哪些是当年的回忆，哪些是现在的回忆。但不管当年还是现在，教授的旁征博引都像是一些湿漉漉的雏菊，灿然在我回忆的征途上。

二

父亲说：“天要下雨了。”

父亲宣告天要下雨的时候，母亲的目光中就会出现一双小手。E.E. 库明斯的诗中说：“任何人，甚至是雨，都不会有一双那样小的小手。”（《我没到过的地方》）母亲就用那样的小手切菜、和面，开始包饺子。母亲包饺子的目光是异样的，极温柔，也极认真，就仿佛她在用目光包饺子。小时候无论我在什么地方，放学的路上，打草的山上，只要看到天阴上来了，就撒腿往家里跑，因为知道家里必有饺子端上桌了。

我的家乡在辽西。谁都知道，那片寂寞而幽远的丘陵地带，实际上是中国乃至全世界最缺雨水的地方之一，而唯其如此，雨在父亲和母亲的心中才那么重。或许，辽西的雨也的确是重的，与心境没什么关系，至少那雨点儿比别处的大，大的像青杏，小的像黄豆，沉实饱满。所以我们那里的雨点儿不是落下来的，而是砸下来的，砸到地上会绽出菊花样的小雨坑。我们的雨气味也别样，闻起来极生鲜，很像海豚，连声音也像，啪啪地，从波涛汹涌的天空摔到地上。父亲说那叫“雨脚”。雨的手很小，但雨脚却很大，特别是我们那里的雨，都有一双美丽的大脚。

父亲看天阴得河似的，知道雨要来了，就忙着挑水，帮母亲抱柴火，然后站在院子里，一遍遍伸出手去，试着接雨。父亲最喜欢海豚雨，但我们那里不这么叫，叫马莲筒子雨。有一次五叔过来跟父亲讲毛主席诗词，讲到“大雨落幽燕，白浪滔天”，父亲说，那肯定是马莲筒子雨，再不济也得是鞭杆子雨。五叔说，还真对，你看后面这两句，不正是“往事越千年，魏武挥鞭”嘛。说着，两个人就准备喝酒去了。

父亲平时并不嗜酒，但每逢下雨，就想喝酒。这用史蒂文斯的话说，还不就是个“雨人”吗？我们村里有很多这样的人，他们都喜欢在雨天喝酒。后来我才理解，雨天喝酒不仅是一种情趣，也是颇具古风的一种习俗。两三个人坐在炕桌前，一边听雨一边喝酒，也许喝着喝着，窗外的雨点儿就会飞进来，斜斜地落入酒里，就像古诗中写的，“数点雨入酒，满襟香在风”，这样的喝酒，在某种意义上也像是喝雨。雨人就是渴望喝雨的人，因为在他们心中，可能酒和雨同样珍贵，而雨和酒也同样浓烈。

父亲作为雨人的另一个标志，是他特别喜欢雨具。我家的雨具在村里是最完备的，只是没有雨伞。那时候一般人家都没有雨伞，但有“苪勒斗”，这属于方言，也就是古人说的斗笠。家里有好几个苪勒斗，都一顺儿挂在墙上。还有橡胶雨靴，平时放在柜子下面。还有蓑衣，归父亲专用。别人是不穿蓑衣的，因为觉得不时兴，不好看。但在父亲眼里，一个农民在雨天穿上蓑衣，再戴上苪勒斗，那可是天地间最美的风景了。只是父亲的蓑衣太旧了，年深日久地挂在墙上，像只古铜色的大鸟。

还有雨帘，辽西家家都挂雨帘，那雨帘其实很简陋，是用高粱秸勒成的，也叫秫秸帘。勒秫秸帘不是什么重要活儿，但勒好也不容易。父亲是这方面的高手。每年秋天收完庄稼，父亲的第一件事儿就是选出上好的高粱秸，要身材匀称的，叶子支棱的，然后用细麻绳编好，再勒上两道粗麻绳，两边剪齐，就可以挂在窗户上了。雨帘是晴天卷上去，雨天才撂下来，这样在屋檐下挂一年，往往也变得乌黑，像一捆青铜色的庄稼，是对庄稼的纪念，也像辽西人家的一个摆设。不过要是在春天，就会有点儿“清明时节家家雨”的味道，而在夏天，那就是“月朦胧，鸟朦胧，帘卷海棠红”了，只是怕那鸟，对着青铜色的雨帘睡不着。

三

每逢下雨，父亲总是喊我们去撂雨帘，喊归喊，每次他总是自己出去完成这项工作。撂雨帘在父亲心中是一种仪式，也是他隐秘的乐趣。有一次我想有所表现，就跑到外面替父亲撂雨帘，结果白挨了浇不说，还让父亲显得怏怏不快。我那次头发让雨浇得一绺一绺的，照镜子看还觉得挺帅气，于是也不梳好，就那样一绺一绺地走来走去。这个习惯保持到我谈恋爱的年纪，故意选个雨天到那个村子去，在人家门口站半天，然后一甩头发，走来走去。后来我知道这很像海明威《战地春梦》

中所写的情景，年轻的美国上尉就是以这种湿漉漉的英俊与真诚，让英国女护士的心变得充满泥泞。

其实对父亲和乡邻们而言，被雨浇应该是一件很幸福的事情。柏拉图曾举过一个聪明人的例子，英国的莫尔后来加以引证,以说明什么是“共同体”(见《乌托邦》)，说如果一个聪明人看到外面下雨，而众人都在外面浇着，那他可以说服众人回家避雨；要是说服不了，众人宁愿在外面浇着，那他可以自己回家避雨，而不去干涉共同体的幸福。这个例子对我的家乡是很适用的，乡邻们就是这样的幸福共同体，下雨天都宁愿在外面浇着。而且，我的家乡没有聪明人，就算有，也是反其道而行之，下雨天总想方设法说服你、引逗你出来。我父亲就是这样的人。每逢下雨，他都要穿上那件破蓑衣，戴上那顶苪勒斗，出去到处转悠，院子里通通壕沟，园子里架架茄秧，实在没事儿就薅薅草。有时候还扒着园子的墙头，和南院的三大爷，西院的五叔唠几句嗑，都是关于雨的嗑，这雨长了那雨短了的。母亲是看不惯这种唠嗑方式的，她一边包着饺子一边说，这几个人，怎么像妇女呢。我顺着母亲的目光看，也确实像。他们就这样顶着雨闲唠，而不管妇女们看他们的目光是多么鄙夷。更让妇女们觉得无法容忍的是，他们唠着唠着，往往就说好了到谁家喝酒。这时候谁要是在路上看到他们，就像看到三个紫铜色的大鸟，顶着三个黑蘑菇。

辽西的农民就是这样，他们除了辛勤耕作，还是反抗干旱的革命者，全部的理想就是雨。一下雨，他们似乎就变成了高尔基的“海燕”，以紫铜色大鸟的方式，一会儿翅膀贴着园子，一会儿像妇女似的唠着雨嗑，一会儿又像真正的男人那样去喝酒。但父亲他们唠嗑也好，喝酒也好，都始终保持了一个优良传统，那就是不嚷不闹。辽西农民对雨是敬重的，在雨天，他们从来不大声说话，因为那样说不定就会把云给惊散了，把雨给吓跑了。这就是大名鼎鼎的辽西雨人，他们的爱雨惜雨有时会到这样的程度，那就是宁可让雨成灾，也胜过没有雨。碰上哪一年雨真多了，庄稼涝得不成样子，他们愁归愁，心里还是比较平衡，因为老天毕竟是公平的，一个地方有旱有涝，那才是体面的地方。于是他们相视一笑，抽着烟说：这回可算涝了。

四

我有时突发奇想，要是父亲他们也和我一起到了大洋彼岸，并见到詹姆斯教授，他们会喜欢这个在雨天高谈阔论的人吗？可能不会，但有一点，他们会喜欢南伊利诺伊的雨天。美国中部的雨显然是带有中国风韵的，这是我当时的感受，所以那天詹姆斯讲课的时候，一些中国古诗里的雨也落在我心上，像“沾衣欲湿杏花雨”，

"燕子桃花三月雨"，"黄叶空山僧舍雨"等，这些诗句被我随手记到了听课笔记里，此刻读来，别具况味。还有"一帆暝色鸥边雨"，出自唐代诗人殷尧蕃的《潭州独步》。我想，要是我当时能把这句诗译成英语，讲给詹姆斯教授就好了。那"鸥边雨"是个什么景象，不知道，但既然可以说"鸥边雨"，是否也可以说"鼠边雨"呢？这么多年，我一直忘不了那个雨天的上午，詹姆斯像只灰鼠似的站在讲坛上，旁征博引，左顾右盼，以致外面的雨都显得灰茸茸的，说不清雨是他的背景，还是他是雨的背景。

如果碰巧有机会，詹姆斯能读到我的回忆，他会说什么呢？他也许会耸耸肩说，我不介意自己变成灰鼠，但我想知道你究竟怎样评价你的父亲，我觉得他也很像一只灰鼠，中国辽西的雨王（rain king）。

确实，父亲即使算不上雨王，但他对雨的深厚情感却让后来长大的我毕生感佩不已，只是父亲是沉默的，他不会旁征博引，和詹姆斯相比，他可能是另一类灰鼠，而正是他的沉默，照亮了辽西人对雨的无边无际的渴望。

没有雨的日子，父亲是最沉默的。那种日子他往往会坐在园子里，盯着那些半死不活的茄子秧，蔫头蔫脑的丝瓜条，很久没有动静，也不说一句话。大热天的，母亲问他老在园子里干什么，父亲半天才回话，那话虽然气冲冲的，语音却很低："你没看我在薅草吗！"这听起来未免怪诞，母亲就派我过去看。我发现，园子里其实并没什么草，有那么几棵，也是白了草尖的，像几个老气横秋的孩子。对这样的草，父亲是不忍心薅的，我听见父亲在心里说：天都旱成这样了，草不也是一条命吗？大晌午的，父亲就那样坐在园子里，直到后来听詹姆斯教授那次讲课，我才知道父亲当时的心境，与叶芝笔下的“老人”（见《老人统治》）何其相似乃尔——

我在这里，一个坐在旱季的老人
被一个孩子观望，在等待一场雨

在旱季，父亲的行为总是不乏怪诞，他有时在骄阳似火的日子，也会穿上蓑衣，戴上勒斗，到东山或西山的地里转悠，在地头一坐就是一天，像个稻草人，呆呆地望着傲慢的天空，守着那片被无辜的风吹来拂去的天真的谷地。为此我曾彻夜不眠，生怕父亲的行径被邻人看到，然后当成笑话传到学校去。但后来发现，父亲是有很多同党的，三大爷、五叔，还有我同学胜利他爹，我姐同学许芹她爹，也都是这样的差不多的打扮，家里地里地转来转去。我问母亲这是为什么，母亲说，他们那是在求雨。以这种貌似怕雨、防雨、未雨绸缪的方式求雨，不知是哪辈子传下来的，但我相信那是辽西所独有的习俗。借用许多年前那位美国律师的话说，他们是这样一伙同党，就好像他们曾经从雨中受过多少益，所以当干旱发生时，他们就要主动承担责任。

但这种分散的、地下式的求雨后来被证明无济于事，眼看就要到农历五月二十三了，旱情还是有增无减。那是上世纪七十年代初，好像是我到南方当兵的前一年，辽西大旱，遍地飞蝗，刚进初夏，旱象就从天而降，而后愈演愈烈，摧枯拉朽。我们辽西丘陵人，是见过大旱象的，但对此也不免心存忌惮，人在路上走，都慌慌张张的。地里的庄稼都冒烟了，划根火柴就能点着。狗热得像干了多累的活儿似的，呼噜气喘，看见来人勉强咬两声，却如同猫叫。就连马的声音也像猫叫，在井边喵喵的，而猫本身，倒像是学会了马的嘶鸣。这时候人们的心里再也坚持不住了，有人提出了全村求雨的动议，大旱当前，他们甚至有点儿群情激愤，一致商定在五月二十三那天上山求雨。

“大旱不过五月二十三”，这句农谚我从小知道，也从小不解，这五月二十三咋那么牛呢，难道它是传说中的宝葫芦，里面装着雨，一到日子葫芦嘴就笑呵呵地咧开，雨就下起来？可既然那天指定有雨，为什么还要求雨呢？我问父亲，父亲也不搭理，他正在炕桌上写求雨表，也就是求雨的文书。父亲小时候念过几天私塾，土改时还当过村长，显而易见，领导那次求雨的重任，已经历史地落在了父亲的肩上。

五

然而在我的记忆中，父亲那次并没去参与求雨，为了这事儿，五叔还过来同父亲吵架，吵得很凶。父亲没去求雨的原因其实并不复杂，是他碰巧在村口遇见了公社的邮递员，邮递员说当前除了辽西等局部地区，全国基本上都在抗洪，而不是抗旱，特别是南方，很多地方大雨成灾，连毛主席都惊动了。说着他还从邮件里翻出报纸，指着醒目的标题给父亲看。那时的邮递员是很有权威性的，听他这样说，父亲就动摇了，他想这时候大张旗鼓去求雨，还真有点儿不太合适。但五叔是看不起邮递员的，他表现出极大的不屑，说你别听送信的瞎白话，南方怎么的？那南方年年风调雨顺，都美成啥了，莫非说为了南方，咱们就得旱死？再说那南方离咱们远了去了，少说也有八千里呢。父亲说，就算八万里，不也没跑出中国去吗？说着说着，老哥儿俩就散了，颇有些分道扬镳的架势，我记得，五叔的衣角在阳光下一撅一撅的。那天的空气也很特别，好像泥土一样浑浆浆的，让人出不来也进不去，连父亲的叹气也是浑浆浆的。父亲知道，在这种情况下，无论是去求雨还是不去求雨，他都无法做到心境坦然了。

许多年后，詹姆斯教授讲雨，说求雨是普世性的民俗事象，包括起草过《独立宣言》的美国第三任总统杰斐逊，也亲自参与过求雨活动。不过，杰斐逊参与求雨的时候还不是总统，而是弗吉尼亚州的州长，他当了总统后就改变了态度，最明显的例证就是拒绝设立“联邦祈雨日”。据詹姆斯分析，这原因很简单，总统是要对全国负责的，而全国的雨水不可能是均衡的，有地方缺雨，也会有地方多雨，因此以整个国家的名义求雨是有问题的，如果造成普遍下雨，那毫无疑问，对本来多雨的地方是不公正的。

但父亲只当过村长，而远远不是总统，只当过村长的父亲却能像总统一样考虑问题，这样的例子是否少见，詹姆斯教授没讲，但他所引证的英国诗人拉金的话，却让我对父亲多了一份心心相印的理解。拉金说：“如果我被召唤，去创造一种宗教，我将用水去创造。”确实，水和人心离得太近了，据说世界上所有的主要宗教，都是在干旱地区发源的，这正如我们辽西，虽然土地是干旱的，但人心却比别处更湿润。因此，在我记忆中那个万里无云的五月二十三，当父亲终于决定他不去求雨的时候，我相信他的心中一定早已是风生云起，雨意盎然。

乡邻们求雨的地方在东山。求雨的方式并不复杂，那就是不管男女老少，一律穿上蓑衣，然后上香，然后跪下，然后共同求雨。乡邻们在三大爷的率领下，叨叨咕咕，如泣如诉，并在心里不断搅拌着家乡的土地和想象中的雨滴。而在三百米的高空之上，矿山井架上的风向标，连羽毛般的颤动都未发生。

父亲站在我家的院子里，样子有些惭愧，也有些悲壮。求雨表已经派我送给了五叔，父亲知道他会念好，五叔向来是声情并茂的。父亲眼望东山，心情湿润，从傍中午一直站到下午时分。母亲坐在屋里，不时往外瞅两眼。这时候天空还是像儿童画一样朴素，偶尔飘过的几片云花，就像我多年后学会的英文字母。然而父亲是坚信的，他坚信雨在日落前一定会到来。关键是风，如果等会儿起风了，那会是南风吗？父亲平时喜欢北风，但那天却对南风充满了期盼，他觉得要是南风，就会把南方连日的大雨匀过来一些，那不就正好吗？也能让不待见南方的五叔消消气。父亲在期盼中总共抽了九袋烟，就在他准备抽第十袋烟的时候，他听到矿山井架上的风向标咔嗒转了一下，果然起风了，而且果然是南风，东南风。而随着那风，一只生机勃勃的燕子降落在我家的雨帘上，在父亲的脚下，被风吹落的几片杨树叶奔跑如鼠。

父亲听到的是风，母亲看到的是云。那片乌云大概是下午三点的时候从东山升起来的，初看像一个秃头秃脑的怪孩子，但脑门的中心却透着漆黑，这秃云迅速上升蔓延，像是无底深渊的儿子。在母亲出去抱柴火准备做晚饭的时候，她听到咔嚓一声炸雷，骤然而起的风差点儿把母亲和柴火一起撞到父亲身上。母亲嘴唇哆嗦着说："我去包饺子。"没等母亲进屋，铿锵有力的雨脚就迈进了院子。母亲刷锅点火，父亲还在院子里，他不可一世地激动着，并开始用手抛出眼泪。父亲想，男人流泪时应该就着点儿雨，因为雨和泪彼此都是水，可以混淆，抹一把脸，别人就看不出来。这时候他听见有人在喊，扭头一看，三大爷、胜利他爹、许芹他爹，总之除了五叔之外他的所有同党，都堆在我家的大门口，他们也都和父亲一样，就着雨，在狼藏狈掖地流泪，所不同的是他们都穿着蓑衣，而父亲只穿了件小褂。

那是我记忆中最伟大的一场雨，它的神奇和浩大远远超过了辽西传统的马莲筒子雨或鞭杆子雨，它是从南方来的，也是从远古来的，不仅那雨丝仿佛是青铜万缕，从青铜似的天空倾泻而下，而且还掺进了辽西农民们那难以掩饰的泪水。还有窗户上的雨帘，那青铜色的庄稼——那天父亲、母亲和我，谁都没想到去撂雨帘。而且，我站在井沿上看到，整个村子家家都没有撂雨帘，就任那一捆捆青铜色的庄稼在房檐下悬着，像是一幅古老的壁画，阐述着风云激荡的主题。

六

那天晚上或许家家都在包饺子，因为我们怎么说也没把三大爷他们留住。母亲说儿子，你就陪你爹喝两盅吧。那是我这辈子第一次喝酒，雨点儿沙沙地落入我和父亲的酒里，我想这是为了陪父亲，以填补五叔等人的空缺。吃过饭天已骤然黑了下来，我很快就睡着了，梦中飘散着浓烈的苹果香味，海豚们成群走过，闪现着它们狮子般的美丽。后来我醒了，我看见一道道很亮的闪电，照着外面那密密实实的雨，而且仿佛是倒过来了，是从地上往天上下雨，就如同闪闪发亮的树林，拔地而起向天上生长。

青铜雨下了整整一夜。

那一夜，整个村子家家都没有人声，也没有狗声、鸡声，狗们可能在含泪轻吟着“铁马冰河入梦来”的诗句，鸡们会更欣赏“雨打梨花深闭门”的意境，用雨声润嗓，准备着清晨雨后的第一声啼叫。

但狗和鸡都没有想到，雨停后挂在人们嘴边的竟然是猪。谁家的猪圈被雨浇塌了，谁家的猪跑出去了，闹喧喧的。不仅如此，早晨起来大人孩子们都跑出去看河套发水，大河套，小河套，西河套，北河套，然后说那水发的，就跟猪似的。鸡和狗觉得这很不合情理，人也是，你咋不说和马似的，和牛似的呢，偏说猪。就也跟着出去看，可不是，青枝绿叶的天空下，那水发得肥头大耳，呜呜的，拖泥带水，探着鼻子走。于是叹了口气，吟起杜甫的《喜晴》诗，“皇天久不雨，既雨晴亦佳”啊。

七

都说南加州不下雨，
南加州从来不下雨，
噢姑娘，你可知道？
从来不下雨，
却下倾盆雨。
……

当年我很喜欢这首歌——《南加州从来不下雨》，因为它几乎是有史以来第一次让干旱地区成了某种人生的象征和楷模。歌中的小伙子可能在异乡混得不怎么好，他失去了工作，但他坚持说服心爱的姑娘，表示自己会像干旱的南加州那样，旱到一定时候，必会下一场大雨，正所谓“不雨则已，一雨倾盆”，用我们中国人的话说，也就是“不鸣则已，一鸣惊人”的意思。作为美国乡村音乐的经典，这首歌的基本精神就是激励年轻人自强不息，在外面混出个人样来。显然这也是那个年代的主题，那个年代，好像连风都自强不息，连雨都想混出个人样来。因此它的流行是可以想见的，当年在南伊校园就有许多人传唱，记得有人唱着唱着，还改了歌词，把“南加州从来不下雨”唱成了“南伊州从来不下雨”。

如果不下雨也值得讴歌，那我们的辽西可是最当之无愧了。那里每年的降雨量仅有450—580毫米，大部分雨水来自渤海湾，是季候风把它们从大凌河谷吹过来的。大凌河，在清代以前被称为白狼河，在我眼中，那是世界上最有灵性的河之一。也许就是因为那河的缘故，为十年九旱的辽西，保留了一条神奇的雨脉，所以有时下起雨来，才能下得美丽如花，倾国倾盆。那是一种自强不息的雨，大器晚成的雨。詹姆斯讲了，自强不息的雨，就如同自强不息的人，总有一种让人感动的高贵。教授，你说得多好啊，我们的辽西就是这样的地方，它干旱，却也湿润，因为那里到处是雨的土著，父亲的山村住满了雨人。

都说辽西不下雨，辽西从来不下雨，但是你可知道，有时候，那里却下青铜雨。青铜雨是辽西人的神话，也是辽西人的心灵史诗。

不管怎么说，我真的很怀念詹姆斯教授，或许仅次于怀念我的父亲。如果詹姆斯如今还活在世上，那他大概有八十岁了。感谢这位“大英博物馆”，可爱的“老灰鼠”，因为正是他，教会了我许多关于雨的思想，从而使我对辽西，对在那片土地上生活过的我的父亲母亲，我的父老乡亲，开始有了全新的认知。或者这样说吧，从二十多年前美国中部的那个雨天开始，家乡在我心中就一直是湿润的，而那场古朴绚丽、倾国倾盆的大雨，在我心中也从未停息过。

耶稣曾用雨来教导人们要有耐心，他说：“看啊，农夫们在忍耐地等待着大地上的收获，直到他们得了或早或迟的雨。”詹姆斯提示，这句话可以这样理解，雨有时意味着公平和正义，但等待它，却需要耐心。

关于雨，詹姆斯教授还提到了美国电影 Taxi Driver（《计程车司机》），说人们即使在雨中，也会期盼雨。后来我看了那部电影，很老的片子了，福克斯公司 1976 年出品。主人公是位参加过越战的老兵，战后当了计程车司机，他找不到自己的归宿，幻灭而迷茫，直到最后挺身而出，独自与黑社会进行枪战。面对生活中的种种丑陋和冷酷，老兵期盼着能有一场真正的雨，来荡涤大地与城市的所有污泥浊水。影片中不断闪现灰蒙蒙的雨天和街道，而当计程车在雨中漫无目标地行驶，那开车的老兵用一种奇特的、预言般的语调说：Someday a real rain will come（总有一天，真正的雨将会到来）。

是的，人们即使在雨中，有时也会期盼雨，而那“真正的雨”，real rain，又会是什么颜色的呢？

父亲的菜园，母亲的花园

一

美国女作家艾丽斯·沃克（Alice Walker）说过：“在寻找母亲花园的路上，我找到了自己的花园。”每当想起此语，我都深感不平，是为我的母亲。我的母亲何曾有过花园！别说有过，应该是连见都没见过。母亲毕生劳苦在乡村，悠悠南亩，郁郁北坡，处处有她汗水滴过的禾下土。但让她最牵情的还是家中的小菜园。也许对于母亲来说，小菜园既是她的果园，也是她的花园吧。

小菜园其实更多地属于父亲。古诗云“园父初挑雪底芹”，我的父亲就是这样的“园父”。从春到夏，从秋到冬，他的心思都在菜园里。开春先耙地，然后打畦子，那畦子打得十分规整，就像我当年作文本的格子。如今回想，在那片泥土芬芳的“作文本”上，父亲写下的也许全是古诗——屈原的，“余既滋兰之九畹兮，又树蕙之百亩”；薛能的，“行人本是农桑客，记得春深欲种田”；陆游的，“卧读陶诗未终卷，又乘微雨去锄瓜”；赵师秀的，“小雨半畦春种药，寒灯一盏夜修书”；高骈的，“水晶帘动微风起，满架蔷薇一院香”；杨万里的，“田塍莫笑细於椽，便是桑园与菜园”；吕炎的，“阴阴径底忽抽叶，漠漠篱边豆结花”……

父亲种过多少菜，我们全家人谁也记不清，只记得一年四季，那个农家小院，上接北斗，下连地脉，总是瓜菜丰盈。白菜、黄瓜、大葱、土豆不必说，比较稀罕的还有香菜、荠菜、樱桃萝卜、小茴香、矮菜豆、佛手瓜、秋腊菜。我最爱吃的是腊菜，不仅腌成的咸菜口感极好，晒好的腊菜缨用来给荞面条做卤，更是令人难忘的美味。

不过父亲一般只管种菜，不管收菜（他这种精神后来化作一种人生哲学传给了我，也就是只求耕耘，不问收获），收菜的事儿概由母亲做主。收菜有“摘”有“起”，共两样活儿。比如摘豆角、摘茄子、摘西红柿，起土豆、起萝卜、起小葱。这些活儿父亲都不插手，任凭母亲处置，即使母亲把成筐的瓜菜隔墙送给别人，也不闻不问。记忆中父亲就那样坐在梨树下，笑眯眯地抽起旱烟（那烟也是他自己种的），心满意足而又格外低调、谨言慎行地分享着母亲收菜的喜悦。

种菜是父亲的天职，收菜则属于母亲的势力范围，是母亲不可褫夺也不可僭越的权利。当然母亲也能充分体察到父亲的心意，所以有时会分派给父亲一点儿挑菜的活儿，比如挑韭菜、挑芹菜。父亲就乐不可支地挑菜，父亲挑菜和种菜一样，细致得像绣花。记得有一年过春节，全家商量三十晚上包什么馅的饺子，母亲说，包羊肉芹菜的吧。父亲就去园子里取来芹菜，连夜挑好。那带着雪珠儿的鲜绿的芹菜，连同大年夜的爆竹，至今还如诗如画令我怀想。特别是许多年后，当我知道《红楼梦》作者曹雪芹名字的来由，就是出自“园父初挑雪底芹”这句古诗的时候，我对父亲的感念一瞬间变得无以复加。

二

父亲的菜园，在某种意义上就是母亲的果园。

这样说，不仅是因为母亲可以随意到小菜园去摘取父亲的劳动果实，也是因为菜园里确实有果树，一色的苹果梨，沿着菜园的墙根栽下，总计十多株。苹果梨是我和姐姐们最爱吃的水果，也是唯一能吃到的水果。中秋前后，菜园里不仅有瓜菜的香气，也有更强烈的苹果梨的甜味，伴着三两只蝈蝈的“秋声赋”，那种香甜就像柔曼的轻纱飘过我家的院子，飘向东山和西洼。五叔有一次在我家喝酒时说：“蝈蝈这玩意儿，听声儿就能听出庄稼的好坏，菜也是庄稼，果也是庄稼。听你们园子这蝈蝈声儿，就跟这梨似的，滋味多亮堂。”母亲显然很爱听这些话，临了让我挎一筐苹果梨把五叔送回家。

据说，果园的甜味容易使人困倦。那年秋天，母亲收菜的时候，竟一个人在园子里睡着了。那是一个金阳温煦的午后，我放学回家找不到母亲，后来才发现母亲在菜园东墙根的果树下睡着了，那样悄然，那样秀气，那样闲适，衣襟上落着一只绿色的蝴蝶，嘴角还微微漾出笑意。然而我却被吓坏了，连推带喊地把母亲叫醒。看到我满眼惊恐的泪花，母亲有些不好意思，站起身拍拍衣襟，说哎呀，我忘了做饭了。

许多年了，我一直恍如昨日地记着那个下午。1989年，我选译了英国女作家弗吉尼亚·伍尔芙（Viginia Woolf）的散文短章，题目就叫《在果园里》。因为正是那篇短文，让我理解了母亲对小菜园的深情，以及对艰辛而平实的生活的挚爱。母亲，你就是那篇短文中衣袂飘飘的米兰达吗？虽然你生活在寂寞而偏远的乡村，只是我这个贫苦的辽西男孩的母亲，但你的内心却有足够的宁静和丰盈，足够的朴素和典雅。伍尔芙写道，米兰达在果园里睡着的时候，她的手指正指着书中的一句法语，就仿佛她是在那个地方睡着的——而你，母亲，我记得你当时手里握着的是一把樱桃萝卜，就仿佛那是儿女们仰望你时的笑脸，你是在这些笑脸中睡着的。

对于我来说，伍尔芙的短文其实是一个地方，一个让我怀念母亲的地方，每次重读都让我倍感安慰。因为我总是不无虚幻地这样想，也许母亲并没有离开这个世界，也许她只是又在哪个菜园或果园里睡着了。她头顶上四英尺的空中，摇曳着金灿灿的苹果梨；离地面三十英尺，有被疾飞的鸫鸟切碎的歌声；而高天上的流云看到，多少英里之下，在一个针眼大的地方，一个哭泣的男孩正在把他的母亲喊醒……

三

父亲的菜园不仅是母亲的果园，还是母亲的花园。

母亲是喜欢花的。有一次我和同学去爬山，带回一朵不知名的野花送给母亲，花瓣黑红，母亲接过去一眼就认出了，说那叫“石柱子花”，说着还念了一首歌谣给我听：“石柱子花，不害羞，哩哩啦啦开到老秋。”一种小花竟有个男孩的名字，匪夷所思，再看那花瓣，也果然红得有些愣头愣脑，而既然人家都被叫成了石柱子，又怎么会懂得害羞呢。后来，老师告诉我们那叫石竹花，但我觉得不如母亲说的那个名好。石柱子花是个小伙儿，坚强、皮实、带劲儿，而石竹花，听起来却像个老实巴交的辽西小媳妇。

母亲更喜欢菜园里的花，在她看来，菜本身就是花，葱是花，蒜是花，萝卜缨子也是花。而且许多菜自己也会开花，茄子花是淡紫色的，豌豆花是浅绿色的，倭瓜花是黄灿灿的，蝈蝈和蛐蛐最爱吃，可能养嗓子。不过，最让母亲动心的，是在不经意间，墙头地角，冒出几株蒲公英，拽出几朵牵牛花，或者再摆出几棵大叶子的风铃草。这时候，不仅母亲，连满园子的瓜菜也都跟着欣喜，仿佛这是家里来了陌生而俊俏的客人，可以让它们整个夏天或秋天都不寂寞了。

其实，这些野花野草有的是不请自来，有的则是父亲特意引进的。父亲知道母亲爱花草，在种菜时就用上了心思，这里撒点儿草籽，那里留棵花苗，随手点染，寄托下美人香草的梦。母亲在收菜的时候，睥睨之间，就感动得要昏过去。但她却故意埋怨父亲把菜园弄得花里胡哨，不是说这花欺负倭瓜了，就是说那草惹着茄秧了。这时父亲就低声辩解，说谁种它们啦，都是自己乱长的；说那丛马蔺，不是给你预备五月节包粽子的嘛。

五月节包粽子，要用马蔺叶，所以我家那口老井旁边，寂寂寥寥，年年岁岁，都点缀着一丛深绿的马蔺。似乎也不仅是为了包粽子，马蔺花秀丽端庄，蓝铃佩剑，显得格外好看。母亲是最待见马蔺花的，让我们劈马蔺叶时别动那花，说有了马蔺花，井水喝着都精神。母亲还有一个能耐，会用马蔺叶编东西，编个粮仓子，能藏五颗黄豆。母亲就把这样的粮仓子分给我们，并念叨着：粮仓子盛个金豆子，一辈子不穿破裤子。

可叫我想不通的是，母亲自己却总是穿着破裤子、旧衣裳。记得母亲的衣裳是斜大襟的，而且是淡淡的灰颜色，能让人想起淡淡的炊烟和淡淡的干菜。一年一年，母亲就穿着这样的褂子忙里忙外地操劳着，仿佛她穿的不是衣裳，而就是炊烟和干菜。特别是这衣裳在显眼处还打着补丁，那就像是炊烟上的补丁，让我多年以后看到一种夺目的羞愧与忧伤。

父亲的菜园本来没有灰色，而母亲却为之增添了，那是母亲的灰色，一种很美很美的颜色。而正因为这种颜色，父亲的菜园才真正变成了母亲的花园。在那个方圆不过半亩的菜绿花红的世界，母亲开作了一朵迎风含笑的灰色花。艾丽斯·沃克说：“如果你走过田野，却没有注意到大地的紫色，那是对造物主的不敬。”而我觉得，如果你想起故乡，却忘记了母亲的灰色，那就意味着你从未有过敬仰之心。

四

“今我何功德，曾不事农桑”，卜居在城市，举目无田园。离开乡村这么多年了，但我一点儿也不喜欢城市。父亲的菜园，母亲的花园，一直在我的记忆中碧绿芳菲着。实际上，我想把世上所有好吃的菜都写到这里，献给父亲；也想把世上所有好看的花都写在这里，献给母亲。

有一段时间，美国电影歌曲《斯卡布罗集市》曾让我百听不厌，其中提到的几种花草，更让我遐思无限：

“你们要去斯卡布罗集市吗 / 荷兰芹、鼠尾草、迷迭香和百里香 / 别忘了把我的名字向那位姑娘提起 / 她曾经是我的真心爱人……”真有意思，这些小精灵似的花草，它们要去集市干什么呢？后来才明白，荷兰芹又名芫荽，严格说是一种蔬菜，另外三种也都或可药用，或可调味，想来在集市上都会大受欢迎的。于是，它们就从某个菜园里结伴出行，一路上还随处给人捎着口信，扭扭搭搭地向集市上走去。而这种情况，在我的记忆中却从未发生过，父亲菜园里的出产，无论瓜果还是青菜，都从来不去集市，实际上也没有集市，那是个没有集市的年代。

五

父亲的菜园里什么都有，却不知有没有一株芸香。

芸香又名七里香，其形修洁，其香馥郁。诗人席慕蓉在她的《七里香》中这样写道：“溪水急着要流向海洋 / 浪潮却渴望重回土地 / 在绿树白花的篱前 / 曾那样轻易地挥手道别 / 而沧桑了二十年后 / 我们的魂魄却夜夜归来 / 微风拂过时 / 便化作满园的郁香。”香飘七里，不多不少，整个菜园，整个村庄，只要有一株就够了，足可象征家园来召唤远方的游子。

其实我和许多人一样，认识芸香只是在一本书里。那是上世纪八十年代初，我在大学教外语的时候，暑期有个同事要出国了，去美国，临行前送我一本惠特曼的《草叶集》。他是个非常细心的人，在那本《草叶集》里还特意夹了一枚真正的草叶，说那叫芸香，古人都用它做书签，是能防虫护字的。当时我并没在意，后来某一天翻开来读，发现那枚芸香所放置的书页上，竟恰好有几句诗与芸香有关："这是石竹花，这是桂树叶，还有一丛芸香……"

这世界有许多细心的人，也有许多粗心的人，就像我。二哥退休之后写回忆录，其中提到这样一件事儿，说那些年买什么都要凭票，而布票、粮票是最重要的。但 1972 年，快过年的时候，母亲却蓦然发现，全家人所有的布票，一共二十尺，却说什么也找不到了。大人孩子都等着买布做新衣服，母亲急得直掉眼泪，牙都肿了起来。那年春节，我们家大人孩子都穿得破破乱乱，不敢出去串门，而整个春天，包括多半个夏天，我们都在安慰母亲。后来，二哥写道，直到多年以后母亲去世，直到母亲去世多年以后，有一次在老家柜子中的一本旧书（《苦菜花》）里，他找到了那些布票，一共二十尺，整齐地夹在那本书里。

清明去上坟，二哥把二十尺布票都烧了，他说妈妈，亲爱的妈妈，布票找到了，就在坟前大哭起来。

当初，是谁把那些布票夹在书里的呢？说不定就是我，因为我是家里的书呆子，最爱看书（我曾把《苦菜花》

看得书页翻卷），也许是我把布票当成了书签，当成了芸香吧。

西方文化中，芸香也被称作“慈悲草”。莎士比亚的名剧《哈姆雷特》中有一段奥菲莉亚的台词：“这是表示记忆的迷迭香，爱人，你可要牢记，这是表示思想的三色堇……这是给你的茴香和耧斗菜，这是给你的芸香，也留了一些给我自己。遇到星期天，我们不妨叫它慈悲草……”

父亲的菜园里，有茴香和耧斗菜；母亲的花园里，有迷迭香和三色堇。至于芸香，这慈悲的花草，它在我写下的思念里。

附：英国女作家弗吉尼亚·伍尔芙

在果园里

米兰达睡在果园里，她躺在苹果树下的长椅上。她手中的书滑落在草地上，她的手指似乎还指着书中的那句法语——“Ce pay est vraiment un des coins du monde ou If rire des fills eclate le mieux”——仿佛她就是在那儿睡着的。苹果树滤过的阳光照在她的手指上，指环上的猫眼石便发出绿的、玫瑰红的、橘黄的色线。微风一吹，她的紫衣衫耀动如涟漪，如依卧在茎上的花儿；小草低垂；一只白蝴蝶在她的脸上扑来扑去。

在她头顶上四英尺的空中，就摇曳着灿灿的苹果。突然一阵喧响，清脆如旧铜钹，被谁猛烈地、胡乱地、蛮不讲理地敲着。学校里的许多孩子，正在齐诵乘法表，被老师喝住斥责过，又开始齐诵乘法表。那喧响从米兰达的头顶上，掠过四英尺的碧空，穿透苹果树，撞击在牧牛人的小男孩身上，这时他正在该去上学的路上，正在摘篱笆上的黑草莓。男孩的手指被荆棘斩破。

又一声喊叫，孤寂的、悲唳的、荒疏的，是老巴斯雷，他喝醉了，真的。

这时苹果树上端的叶子，像小鱼似的贴着天的碧蓝，离地面三十英尺，发出一种凄楚清凉的音色。是教堂的风琴在奏时光赞美歌。声音飘出，被一群在某处疾飞的鸫鸟切碎。而米兰达睡在三十英尺之下。

在苹果树及梨树之上，离睡在果园里的米兰达三十英尺的地方，这时教堂的钟声叮咚响起，断续的、沉钝的、训诫的，那是六个贫穷的女人，生下孩子后去教堂谢恩，教区长在主持谢天呢。

再上去一点儿，是教堂顶上的金羽，忽发一哨尖鸣，便由南而转向东，风向变了。风在所有一切之上嗡响，俯临树木、草场、山丘，离睡着的米兰达竟若干英里。

风兀自向前吹拂，不用眼和心，也遇不到任何阻碍者，直到又一哨尖鸣，它变回方向，继续向南刮。而多少英里之下，在一个针眼大的地方，米兰达站起身来，她大声说：“噢，我得去喝茶，怕是太晚了！”

三姐九歌

三姐谢世已经三年了。三年间，作为弟弟的我，总想该为她写点儿什么，每年至少想三次，夏天、秋天、冬天。

我的办公室挂满了俄罗斯油画，其中的一幅题为《初雪》，瓦德·波列诺夫作。我喜欢画中那清新而忧伤的格调——小河、白桦、雪地。

我梦见了两个“三”字，整齐地印在雪地上，此外没有任何情节。醒来告于妻子，不解。上班到办公室，一眼就看到了那幅画。

是的，这就是那片雪地，是白桦树般的三姐和她的影子，清新而忧伤地站在那里，她说，没忘了姐教你唱的歌吧。

一

三姐一天到晚领我到处走。有时是跟她去开会，有时到矿山去看电影，邻居们都说我是三姐的小卫兵。我腰里扎条旧皮带，看上去很英武的样子。我喜欢听别人说：这小伙，挺精神的。当然更喜欢听别人夸三姐。十八岁的三姐，出落得比样板戏里的李铁梅还好看。但记忆中三姐从没穿过红衣服，也从没扎过辫子，她春华正茂，英姿飒爽，那一头乌黑秀美的短发，总像是刚刚洗过，散发着革命时代所特有的青春气息。法国诗人波德莱尔有一首著名的诗《头发》，说那头发是“乌木色的海”，其中有风帆、桅杆和水手们的梦想。三姐年轻时的头发也是乌木色的，不过却更像是一面旗帜，在故乡的田野和山路上迎风飘扬。

我像个护旗手似的跟在三姐后面。白天经过山泉，三姐就蹲下来，用泉水给我洗手洗脸；晚上经过村头的小庙，三姐就拉紧我的手，说：“别怕，弟弟。”三姐走路是很快的，步履坚定而有力，而我则傻呵呵、脏兮兮地被她领着，有时跌跌撞撞，有时哈欠连天。

有一年春天，刚下过雪，三姐领我到矿山的工人俱乐部去看电影。那个电影的名字我现在拼命也想不起来，只记得看了一会儿我就睡着了，滑到长条凳子下面，额头上被撞了个大包。我声音很大地哭了起来，三姐急忙把我领了出去，又揉又吹的，连声说：“好弟弟，好弟弟，都怪姐不好。”然后就带我回家。走到山梁上，风吹雪舞，三姐说：“别哭了，要不姐教你唱歌得了。”我忍住抽噎，使劲儿点头。那天晚上，三姐教我唱的是“蓝蓝的天上白云飘，白云下面马儿跑”——她唱一句，我学一句，姐弟俩一路放声歌唱。山上有雪，天上有月亮，很大的月亮，我觉得那月亮就像一匹白马，光芒四射地照在家乡的雪地上。

三姐后来还教过我很多歌，比如“一道清河水，一座虎头山，大寨就在那山下边”，还有“沉甸甸的谷穗就像那狗尾巴”，还有“一树红花照碧海，一团火焰出水来”，等等，几乎那个年代所有好听的歌，都是三姐教我的。但我最喜欢的还是“蓝蓝的天上白云飘”，特别是唱到“我就骄傲地告诉他，这是我的家乡”的时候，我想可能正是三姐，让家乡的山川草木都变美了。

二

我小时候有个外号叫“大眼贼”，不知道谁起的，也不知道这是一种田鼠的俗称，还是土拨鼠的俗称，可当年却让我深感耻辱，好像还为此哭了好几回。三姐分析，这可能是指我的脑门有点儿大，而因为是大脑门，眼睛也显得有点儿大。母亲安慰说：“大眼贼就大眼贼吧，大眼贼好歹不缺粮食吃。”这和三姐安慰我的方式是不一样的，她一下子把我提到了革命者的高度，说：“咱弟弟的大脑门其实挺好看，像马克思似的，像列宁似的。”

但真正让我得到安慰的，还是在我读了那篇童话之后。

有一天半夜我闹起了肚子疼，满炕打滚，而家里偏偏没有药，连止痛片也没有。这时候三姐回来了，看到我这样，二话没说，骑上自行车就一个人去了公社医院。我们的村子离公社有八九里山路，而且是半夜时分，黑灯瞎火，全家人不免为三姐担心。但三姐是多么令人惊奇，院里的门铃不大会儿又响起来，三姐风尘仆仆，不仅从医院买回了药，而且还顺便给我带回一本书，说是从公社康书记那里借的。我吃过药，就迫不及待地翻开那本书——我忘了是《格林童话》还是《安徒生童话》，但反正是童话书，是我做梦也想不到的好书，而且是带插图的，那些小王子、小公主、女巫、仙子，仿佛都是我上辈子最要好的朋友，呼啦啦都来了，纷纷向我发出恍如隔世的问候："你好吗？大眼贼，不，田鼠先生，哈，你刚才吃的药叫吗啡，吃下就什么都好了。"

这本书我整整看了一夜，又整整看了一天。

这是我读过的第一本童话，而三姐，是第一个把我带进童话世界的人。谁能让我忘记那个夜晚，三姐骑着她的飞鸽牌自行车，在漆黑的夜色中为我飞来飞去。

特别是有这样一篇童话，说是有只燕子受伤了，整个冬天，都在田鼠家里养伤。田鼠开始有点儿傲慢，但对那只燕子挺好，后来燕子的伤养好了，飞回了蓝天，还不忘时常回来感谢田鼠。这篇童话之所以被我记住，是因为我当时久久拿不定主意，是把自己想成田鼠好呢，还是想成燕子好。想成田鼠吧，觉得还是燕子值得羡慕，能飞上蓝天；想成燕子吧，田鼠也很可爱，何况自己的外号还与田鼠有关呢。

不管怎么说，我从来没有忘记这篇童话，也因此特别感激三姐。

三

三姐十八岁就当上了大队的团总支书记，后来当上大队党总支书记的时候，也不过二十三岁。当年的大队，也就是现在的村，三姐实际上是村书记。但现在的村书记怎么能和当年的大队书记相比呢？记忆中生产队的钟声是那么悠扬，生产队的田野又是那么令人向往。黄昏时分，生产队的大车回来了，大红缨鞭子咔咔脆响；生产队的羊群回来了，在村口像白浪头似的能把行人撞倒；然后是年轻的社员们，翩翩而降地从山顶上出现了，他们荷锄归来，欢歌笑语，一幅“遍地英雄下夕烟”的图画。而三姐往往就在那幅图画里，她喜欢和社员们在一起，她是他们的书记，也是他们的灵魂，三姐使村里的年轻人变成了一群在家乡的田野上翱翔的、欢乐的海燕。

小时候，三姐总是让我暗自骄傲。最令我骄傲的是三姐的大队还管着我念书的小学，学校有时开大会，要请三姐到前面讲话，三姐讲话之后，往往又让我代表全体学生发言。对这样的情景，乡亲们是很羡慕的，都说："看人家姐弟俩，咋都那么能耐呢。"

但后来发生了"文革"，弟弟就突然没能耐了。那是我的中学时代。在小学我是少先队大队长，但上了中学之后，却差点儿连红卫兵也没当上。这里的原因之一，可能是我比较喜欢看书。"文革"中的学校是不许看书的。记得有一次放学回家，我和同学在路上看一本书，被学校领导知道了，扬言要开我们的批判会。我非常恐惧，回到家里的样子失魂落魄，不敢告诉父母，就跟三姐说了。三姐很镇静，她问我看的是什么书，我怯怯地说出了书的名字——《屈原赋今译》，是郭沫若的。三姐说，那你给我念一段听听。我就念了下面这段，声情并茂：

反省我的志向，
遭受委屈何妨，
我坚持我的故常，
不能圆滑而不方。

我念完了，三姐说："这是好诗，弟弟你别怕，我去找你们学校。"

三姐第二天就去了学校，她是同我们村的一个下乡青年去的。那是个大连青年，高中毕业，特别有文化。三姐他们就跟学校领导谈上了，理由之一是三姐说的：“我弟弟是贫下中农子女，根红苗正，你们这样做，是长谁的威风，灭谁的志气？”理由之二是大连青年说的：“屈原是伟大的爱国诗人，连毛主席都肯定，再说郭沫若是鲁迅的战友，这些你们总该知道吧？”学校领导一听有点儿发蒙，而且他们也知道三姐的身份，不仅是大队书记，还是公社的党委委员，所以当时就让步了，他们甚至坚持要三姐留下吃饭，三姐秀发一甩，英气勃勃地说，饭就先不吃了，等啥时候我弟弟进步了，当上红卫兵，再过来谢你们吧。

那件事儿之后不久，可能没超过两个星期，我就被批准加入了红卫兵。

三姐认识公社的康子凡书记，他书读得多，字也写得好。三姐很羡慕康书记，总告诉我要向人家学习。她还经常从康书记那里给我借书，但都是经过选择的，多是革命战争小说，像《野火春风斗古城》《红岩》《红旗谱》《苦菜花》《迎春花》什么的。特别是经过那件事儿之后，三姐更谨慎了。有一段时间她专门给我借郭沫若的书，大概认为这会保险些。郭沫若的书有的我能看懂，像《李白与杜甫》，有的根本看不懂，像《十批判书》，但看不懂也看，因为那时的学校并不怎么上课，反正时间有的是。印象最深的是郭沫若的一本散文集，我一看到就喜欢上了，书名赫然醒目——《海涛》，是作者亲笔题写的。这两个字正是我的名字，用那遒劲大气的书法一显，特别带劲儿，而且还是印成深蓝色的，让我立刻就找到了自己。

三姐也说：“弟弟你看，你这名字多有气魄啊！”

四

实际上，乡村的“文革”和城里的“文革”有很大不同，乡村的“文革”是静悄悄的，虽然也搞批斗，也有打人，但总归是乡里乡亲，民风向善，而且你再斗再打，地里的活毕竟不能耽搁，否则到秋天没粮食，你吃啥呀？外国有句谚语说得好：“人创造了城市，神创造了乡村。”“文革”是人闹的，而不是神闹的，所以在乡村，不管什么革命，都免不了要带上泥土气息、田园风味。

“文革”期间的三姐名声比以前更大了，她在社员群众面前讲话的样子威风凛凛。但我至今想不明白的是，正是在那段时间，三姐怎么会学起了绣花呢？特别是下雨天，没法下地干活的时候，三姐就在家里绣花，而且不是一个人绣，常常是把同村的姐妹，或者是下乡女青年召到我家，一边说笑一边绣，营造了一种很古典的闺房氛围，让我感到既新奇陌生又无所适从。

三姐还学起了做饭，三姐做饭的样子也好看，一边切菜一边唱歌。我给她拉风匣，一边拉风匣一边看书。

当然更多的时候，三姐还是要出去开会。那毕竟是“文革”期间，形势是比较复杂的。记得每天晚上她三更半夜回来，父亲都在吸着旱烟等她，然后磕磕烟袋问话：“今天都开啥会了？那前院你四大爷会有啥问题呀？北头老赵家的成分我知道，几百辈子的事儿了，还有啥折腾的？”等等。对于父亲的这些问话，三姐在一般情况下，都会有比较通情达理的解释。当时我印象很特别的是：三姐在提到村里几个正挨批斗的地富分子时，称呼还是那样亲切，比如说老孙家我大哥如何如何，老谭家我五叔是怎样的情况。现在回想起来，深感在那些严峻的岁月，其实也有许多温暖。

三姐是温暖的，她的心灵深处充满了亲情与乡情。家乡土地上出产的小米，三月桃花似的高粱米饭，养成了她的特殊禀性，既敢作敢为，又重情重义。有一年中秋节，三姐不知从哪儿弄来三块月饼，父亲一块，母亲一块，另一块我们姐弟几个每人分了一小瓣。那天晚上，邻居孙家的大哥来了，他又带来几块月饼，进屋就给父亲磕头，说多亏了我三妹子呀，云云。他家是富农，具体感谢什么事儿记不清了，只记得人走之后，三姐没说什么，父亲看上去很满足。他吸着旱烟，忽然很感慨地说：“八月十五云遮月，正月十五雪打灯啊！”这是一句农谚，是预测气候的，但却似潜藏着一种很神秘、很特别的美，我们一时间都被这种美吓住了。三姐瞥一眼天上的月亮，果然是被云遮住了，三姐说："咱们都记住啊，明年正月十五，肯定会下场雪的。"

我们于是就开始盼望那场注定要到来的雪。

五

1972年冬天，我在雪花弥漫中应征入伍。说是应征，其实我知道，主要还是三姐促成的。那年代能当上兵可是件大事儿，三姐为了我，从公社到县里的武装部都没少跑，她和接兵的几个班长也混得很熟，有一次还请他们到家里吃饭。

临出发的那天早晨，我抹着眼泪走出了家门。三姐坚持送我到公社集合，用她的飞鸽牌自行车。我说："姐，这回我带你吧。"三姐就坐在车后边。我一边骑车，眼泪止不住滴在新发的绿军装上。我想起年迈的父母，他们那天早晨起得那么早，我的背篼里还装着母亲现煮的鸡蛋。我想起三姐从小领着我到处走的情景，现在我终于不用她领了。这辆自行车，是三姐最心爱的东西，此外她连块手表都没有。而我说要学自行车，三姐就宁可自己走路，也把自行车让给我学。有一次我骑车撞到树上，把自行车撞坏了，三姐却没有一句责怪的话。有多少次，三姐是骑车带着我的，而现在，我终于也能骑车带三姐了。

三姐坐在车后面，好像也在流着眼泪。快到公社的时候，三姐说："弟弟，姐知道你长大了。到部队可好好干啊。"

回想起来，我真是有点儿辜负了三姐。她说我长大了，其实我精神上还没长大，这种没长大的标志就是想家，魂牵梦绕地想。我们的军营在烟波浩渺的武汉，因为有"黄鹤一去不复返，白云千载空悠悠"的诗句，这三镇鼎立的江城，在我的记忆中就总是淡雅地黄白相间着，本身就像个满怀乡愁的地方。特别是冬天，那里几乎见不到雪，即使下点儿雪，也是落地就化。这使我对家乡的思念与日俱增，我军营的梦中飘满了家乡的雪花。

在军营，我最大的乐趣就是给家里写信，而主要是写给三姐的。我向她汇报军营里的所有故事，师长是多么帅气的老头儿，排长是多么英俊的小伙儿；还有我打靶的成绩，我的绘图室；我多吃了两碗饭，我擦枪时把部件安错了；还有地里的油菜花，好吃的红菜薹；等等。三姐给我的回信也是极认真的，总是鼓励我安心服役，保家卫国。当兵三年，我收到三姐的信大约几十封，那些语重心长的信，让我在南国天空下一次次热泪盈眶。

春天，三姐来信说她准备报名参加民兵独立团去修铁路，那是国家的三线建设，备战备荒为人民。后来就果然去了，在独立团，三姐担任民兵连的指导员。

秋天，三姐又写来了信，说：“弟弟，姐要结婚了。”

六

我相信三姐是革命者。

周总理和毛主席相继去世的时候，三姐是哭得最沉痛的，这两位伟大的无产阶级革命家，让三姐伤心得几天吃不下饭。三姐臂上的黑纱，一直佩戴了很久很久。

三姐当然够不上革命家，她的所有工作和劳动都是属于基层的、底层的，说到底不过是普通老百姓。但从小到大，我就是一直觉得，三姐身上有着某种革命家的影子，说到最少，也有点儿像那些端庄美丽、特立独行的女革命家，比如罗莎·卢森堡，还有爱尔兰诗人叶芝所终生追求和爱慕的莫德·冈。

叶芝的故事我是许多年后才读到的，当时我立刻想到，三姐就是那个女革命家，或者说，三姐是那个像火焰般的爱尔兰女子的中国辽西乡村版。

年轻的三姐，当年拥有众多的追求者，但是都被她一笑置之地拒绝了。三姐的拒绝几乎是没有理由的，从二十一岁到三十一岁，整整十年间，多少革命精英，多少青年才俊，都被她的秀发一甩，莞尔一笑地拒之门外。

为此，父亲夜不能寐，愁肠百结。父亲想不明白，就算是为了革命，响应号召实行晚婚，可到底想晚到什么年月呢？这个整天风风火火的女儿，这个日夜忙于工作的女儿，到底想找个啥样的呢？

总之，三姐的婚姻与爱情，是父亲心底难言的痛，而对我们几个年龄还小的弟弟妹妹来说，则是个难解的谜。有一年秋天，村里来了拉练的解放军，都分别住在社员家里，我家就住了一个班。那个班长是个非常喜欢唱歌的人，每天都院里院外地哼唱着“我们年轻人，有颗火热的心”，一边唱一边挑水、扫院子。特别是三姐回家的时候，他就唱得更加起劲儿，把“心”字拉得很长。但后来他突然不唱了，那是在大队为他们举行联欢会之后。据说在联欢会上，三姐为战士们唱了一首最好听的歌，三姐的歌声连续几天被公社的大喇叭播放着：“小河的水清悠悠，庄稼盖满了沟，解放军进山来，帮助咱们闹秋收……”

那个班长从此变得沉默寡言。部队要撤离那天，他一大早起来，把我家的院子打扫得干干净净，水缸也挑得满满的。然后把我叫到外面，送给我一枚晶莹闪亮的大子弹壳，又递给我一个日记本，叮嘱我一定代他送给三姐。那个日记本是红塑料皮的，翻开，里面是用很飘逸的字体写的一首诗。

我把日记本很郑重地交给三姐，并告诉她里面有诗。

但三姐看了两眼，就微微一笑，把那诗撕掉了，然后说：“这日记本送给你吧，弟弟。”

叶芝对爱尔兰女革命家莫德·冈一见钟情，但后者却断然拒绝了他，就像拒绝多看一眼他家窗外的苹果树。后来，叶芝为这位女革命家写了许多诗。其中一首像是在解释他被拒绝的理由：“她活在风暴和斗争中/她的灵魂如此渴求/生命辉煌的荣耀/因此无法忍受/寻常美好的生活。”

三姐就是这样，她似乎就是为那些特殊的年代而生的，从上世纪六十年代初到七十年代初，那是三姐生命中最辉煌的岁月，在这段岁月里，她可能像所有天真无邪的革命者那样，把革命当成了最高的爱情。

我不知道那个写诗的班长后来是否也成了诗人，可即使他成了诗人，他能比得上叶芝吗？他能为三姐写出《当你老了》这样的千古绝唱吗？

“当你老了，白发苍苍，睡意沉沉……”

七

可三姐怎么会变老呢？

关于我相对短暂的从军生涯，我写过一篇题为《在军营那边》的文章，表达了对部队生活的感激与怀念。其实对我来说，部队是难忘的，从部队回家的情景也同样难忘的。对此我这样写道："1976年，惊蛰刚过，残雪犹存，但当我只穿一身军装，没有领章帽徽，同三年前离家入伍时毫无二致地出现在父母面前时，我从他们宽宏慈爱的惊喜中看到了苍老无言的失望，这让我顿感无颜，并内疚不已。当兵三年没探过家，父母连看都没有看过我戴上领章帽徽、作为正式军人的样子，更没有过一次向亲友炫耀有个当兵儿子的机会，为此我真是空前的内疚。但我只能努力做出欢天喜地、见多识广、成熟懂事儿的样子。"

但三姐毕竟是三姐，她一点儿没表现出对我的失望。或许可以这么说，当我努力做出欢天喜地的样子时，三姐为了鼓励我，也在做出欢天喜地的样子。我刚到家那天，三姐不仅派从没见过面的姐夫到车站接我，晚上还亲自做饭做菜。我说："姐，我回来了。"三姐说："我早猜你该回来了，前天还跟妈和嫂子说呢，咱弟弟是上大学的料。"

我发现，三姐一点儿都没变老。虽然她已经结了婚，并且有了孩子，但每天还是那样风风火火，朝气蓬勃，革命人永远是年轻。而且，就像所有的革命者都敢于预言那样，三姐果断地预言了我的前程：上大学。在我刚刚复员还乡、充满愧疚迷惘的日子，这句话仿佛一下子照亮了我，给了我新的勇气和希望。

那时候离粉碎"四人帮"还有一年，离国家正式恢复高考还有两年多。

不久，三姐又提议让我到公社中学去当民办老师，说学校领导那边，由她亲自去安排联系。那时候三姐已经到供销社工作，人们称她为主任。

两年后，我真的考上了大学。接到录取通知书那天，三姐张罗着在家里请客，场面很大，酒菜很体面，村里的老老少少都来了，学校的领导老师也来了，还有我的同学好友，可以说群贤毕至，少长咸集。面对平生第一次为我举办的宴席，我流下了眼泪。三姐让我给大伙敬酒，我说了句“感谢三姐为我操心”，就说不下去了，满杯的老白干一饮而尽。

是啊，我生我长，我歌我吟，从小到大，除了父母，三姐是为我操心最多的人。是她助我去当兵，是她促我考大学，是她从来没对我表示过失望，是她牵领了我的童年记忆，扶持了我的少年时光，推动了我的青春岁月。即使在我上了大学之后，三姐还是忘不了支援她这个弟弟，虽然她和姐夫的工资都不多，但每学期总忘不了给我汇款，直到我大学毕业为止。

我那时觉得，三姐是最有力量的，她生生不息，就像一种无尽的资源，你怎么依赖她，她也不会显得枯竭。在大学时每次放寒暑假，我都要去三姐家待两天。三姐家不仅有好酒，有老实厚道的姐夫，有三个虎头虎脑的外甥，还有姐姐对弟弟的无私关爱。

三姐会老吗？直到上世纪九十年代，我已经研究生毕业到省城工作了，还依然不相信，三姐有一天会真的变老。

八

但三姐真的变老了，或者严格地说，不是变老，而是变得枯竭、枯萎了。随着姐夫从煤矿下岗，三姐家的日子开始艰难起来，更严重的是三姐的供销社也繁华落尽，转包给私人经营，三姐也下岗了。三姐变成了农妇，昔日革命者的光荣与梦想，由于日渐拮据的家境而变得近似于对历史的嘲讽。最让三姐难堪的是她已经变得没用，外甥们长大了，上学、当兵、找工作，这些事儿本来是她最该操心的，可时代变了，她基本上都无能为力。她在弟弟需要帮助的年代神通广大，但轮到自己的孩子，她除了动用多年的一点儿积蓄，给孩子们说上媳妇，有房子结婚，别的都谈不到了。

三姐想不通这是为什么。每逢我回老家看望她时，她和姐夫总要问我一些很宏观的问题，关于职工下岗，关于贫富差距，关于什么是社会主义。三问两问，有时还会争辩起来。后来，连这种争辩也没有了，三姐开始变得沉默。再后来，三姐的样子就显得很忧郁。

三姐到我在沈阳的家里来过两次，第一次是送孩子当兵，第二次也是为孩子的事儿。但第二次来的时候，她已经患上了忧郁症。

我到现在也不明白什么是忧郁症，是痛苦或忧伤本身所造成的吗？记得哪位作家谁说过：只有美的东西才让人分外忧伤。曾经有过那样的年代，人是不允许随便忧伤的，现在我们可以忧伤了，那就可以忧伤无度吗？要知道，忧伤是像手风琴一样悠扬的情感，它不应该，也不可能伴随着惊恐惶惑的眼泪。

也许，只有曾经高贵成性的人，后来才会变得忧伤成性。这就是三姐。那次三姐来我家的时候，我几乎放下了所有的工作，陪三姐走遍了大半个沈阳城，去故宫，去大帅府，去东北大学，去辽宁大学，我想让三姐多走走这些高贵的地方，以重新唤醒她对往日高贵的记忆。我给三姐照了很多相，并及时地冲洗出来给她看。三姐很高兴，她对在赵一荻故居照的几张尤为满意。晚上，陪三姐喝酒。我想在从前，三姐曾那么多次为我摆下酒宴，现在无论如何也该有所回报。于是就尽量买好菜，买好酒，有几次还把我和妻子的男女生同学找来，预先在电话里嘱咐了，过来一起陪三姐说话。

还有唱歌。想起小时候三姐教我的那些老歌，我提议陪三姐去歌厅看一看，但是三姐执意不去，她说："就在家里唱吧。"于是我们就从头唱那些老歌，"一树红花照碧海"啊，"一条大河波浪宽"啊，三姐基本上都能记住调，只是有些词忘记了。她记得最清楚的还是那支歌："蓝蓝的天上白云飘，白云下面马儿跑，挥动着鞭儿响四方，百鸟齐飞翔。"

真的，三姐那次在沈阳很开心，看到她开心的样子，我忽然想起了小时候看过的那篇童话，燕子在田鼠家养伤。我想我注定是一只田鼠，而且我多么希望做好这只田鼠啊。我想让受伤的三姐在我家养好伤，然后再像燕子那样飞回蓝天。

三姐临走的时候，精神比来时好多了，已经看不出有什么忧郁。我和妻子送三姐上火车，我说："姐，你再来的时候，我陪你去趟大连，看看海。"三姐满脸笑着说："我也正想呢，咱弟弟的名字里有海，可我这辈子，还真没见过海呢。"

九

但三姐终于没能看见大海。

命运给予三姐的最后一击，是大外甥的不幸去世。那是个英气勃勃的孩子，长得最像年轻时的三姐。但有一次去山上挖铁矿石，这孩子就走上了不归路。无法想象，这样的打击对于三姐来说是多么致命，但三姐还是挺住了，她又继续活下来，艰难地主持了另外两个外甥的婚事儿，还连续几年帮着他们带孩子。但在 2007 年夏天的一个傍晚，三姐终于挺不住了，她的忧郁可能像癌细胞一样扩散了，并深入骨髓。当时家里没有任何人，晚风吹拂着像垂老的仙女似的三姐，她用含泪的目光擦拭过屋里屋外，擦拭过田野和夕阳，然后祭拜了三个星星（啊！李陵有赠苏武诗云：“烁烁三星列，拳拳月初升，寒凉应节至，蟋蟀夜悲鸣”），就用一瓶农药结束了自己的生命。三姐独自倒地，无声无息。

假如我是爱丽丝，我能从仙境里找回三姐吗？仰或从天堂里，从马克思为所有革命者建造的别墅和花园里？

那个夏天的晚上我的车长驱近四百里，冒着在高速公路上违章的危险，终于在午夜之前赶上了三姐的告别仪式。三姐，你走得太急了。人间草木太匆匆，泪飞顿作倾盆雨。

伟大的诗人叶芝，在你写出不朽名篇《当你老了》的时候，你是否设想过一个美丽的革命者另外的结局，那就是她根本不会老，因为她拒绝老，她会这样虽然匆忙，虽然简陋，在所有人都不再关心她的尊严的时候，自己不乏尊严地死去吗？

三姐死后，我用英文在博客上为她写了一首诗，为什么用英文，说不清楚。后来想想又译回汉语，题为《没见过大海的姐姐》：

当你老了，姐姐
泪水从夜空滑过
连同星的影子
都构成了传说
……
你不会老，男孩说
而你微笑着，无声
就像所有诗人的姐姐
也像那本童话
……

三姐谢世已经三年了。仅仅用这样的破诗来怀念她，作为弟弟的我深感有愧。实际上，对于三姐为我做过的一切，我都是有愧的。但我无法忘记三姐，就像我同样无法忘记那个伟大而无辜的年代。三姐属于那个年代，属于那个时代所有的日子，所有的田野与革命，所有的道路与歌曲，所有的雪花与欢笑。因此对于三姐的死，我坚持要用“谢世”二字。谢者辞也，谢世就是辞世，即不愿意与这个世间合作，故而辞去的意思。三姐不属于这个时代。三姐不属于这个时代当然并不说明这个时代不好，但也不能反过来，说三姐不好。

我想还像小时候那样，再给三姐念一遍屈原的诗句：“反省我的志向，遭受委屈何妨”，却忽然觉得这其实很没力量，还不如《九歌》中那句："若有人兮山之阿，被薜荔兮带女萝"，一半高贵，一半忧伤，还有若隐若现的神秘，仿佛那是山坡上最惊艳的风景。

三姐如今被安葬在故乡的山坡上，但愿她能听到我这个不成器的弟弟，为感慨她的历史和命运而赋成的另一篇九歌。唯伏尚飨。

四姐在天边

听到四姐去世的消息已经是四姐去世的一个月之后了。在这之前，没有任何人认为有必要告知我。四姐在世时，世界对她一片淡漠。四姐去世后，世界对她还是一片淡漠。就连此刻，当我打开电脑，想为一生可怜的四姐写下几句话的时候，也显得心不在焉，缺乏应有的悲伤与诚意。我对面的电视里，正在播放世界杯足球比赛，这些貌似万众欢腾的比赛，其内在的沉闷和我灵魂的麻木显得彼此接近，相得益彰。

真的，我不知道四姐离开人间的确切日子，而且也不想去弄清楚。这种情况很像是法国加缪写的《局外人》，亲人死了，是今天还是昨天，对于生者都无关紧要。不过按大致时间推算，四姐走的时候应该是农历四月，人间四月天，她离开了人间。

T.S. 艾略特说过，“四月是最残忍的月份”，当然他说的是英文 April 所指的公历四月。而四姐离开人间的农历四月，已经是英文 May 所指的公历五月了。公历五月有五一劳动节，有五四青年节，有歌曲《五月的鲜花》

及《来吧，亲爱的五月》，总之到处是红旗飘飘，鲜花盛开，显得既庄严又革命，既革命又浪漫，春风化雨，春意盎然。四姐就是在这样的日子离开人间的。

但这样的日子，它们所有的美丽与激情，鲜艳与温暖，跟四姐有什么关系呢？春风跟她没有关系，春雨跟她没有关系，不管公历还是农历，不管是四月还是五月，对于四姐来说，她生前所面对的只是“残忍”的命运，她死后呢，春天还将一如既往，年年来到这个人间。

人间四月天，四姐在田间。小时候的四姐很听话，而且喜欢劳动，记忆中每到春天，四姐的任务就是挖野菜，那一大筐一大筐翠绿缤纷的野菜，都是四姐从山那边的大洼里挎回来的，那个满脸汗水、一头黄毛的辽西女孩，她有时肩膀扛一筐野菜，手里还要拎一筐野菜，而她在中间就像是一道瘦弱的斜线在行走。炊烟飘起的时候，如果有许多挖野菜的女孩结伴归来，那负载最重的肯定是四姐。有四姐在，家里就不愁没野菜吃。记得有一种野菜叫“蚂蚱菜”，洗净用来做馅，包出的饺子味道美极了，至今难忘。那时候我们不仅吃野菜，还吃榆钱、吃杨树叶。我家后面有一棵大杨树，老大老高的，遮天蔽日，郁郁葱葱。春天想吃杨树叶了，但谁能摘到杨树叶呢？四姐。当然她不是上树去摘，而是爬上房顶。四姐站在房顶上，先用锄头钩住树枝，然后就摘到了树叶。我们把杨树叶一筐一筐传下来，就像法国农民把一筐一筐的葡萄传下来似的，在艰苦的岁月里，也自有一种富足的感觉和田园的诗意。其实我是有些惧怕那棵大杨树的，特别在刮风的日子，它怒发飘飞，歌吟呼啸，甚至都成了我夜里的梦魇。但在高高的房顶上，勇敢地站到它面前并把它视为葡萄架的，则是身体有些单薄的四姐。

人间四月天，四姐在校园。四姐总共上了四年学，小学还没毕业就辍学了。但我相信四姐读书应该是很上进、很努力的。她的书包是用白毛巾缝的，很朴素也很干净。白书包，红领巾，记忆中这两样是四姐身上唯一有色彩的东西，除此之外，作为乡间女孩的四姐可能连根像样的头绳都不曾有过。因此，红领巾就成了四姐最珍爱的饰品，无论是上学还是放学，无论是上山挖野菜还是做饭拉风匣，她的红领巾总是不离胸前，有时脏了，就马上洗。所以四姐的红领巾比别人的显白，有点儿淡粉色，如同被车轧过后又经雨打的山间野花，在她的胸前佩戴着。辍学后的四姐已不再是学生，而是生产队的社员了，但有一段时间她还是系着红领巾。后来说有人笑话，才不太情愿地取下，收藏了起来。

读了四年书的四姐很喜欢看书，这个习惯她保持了大半辈子。她特别爱看各种闲书，主要是小说，也包括小人书，有时也看旧杂志。她能一个人躲在墙角，看得废寝忘食，有时还莫名其妙地笑，或满眼噙着泪花。我到现在也想不明白，四姐究竟被那些书中的什么故事所吸引呢？是那些神奇的遭遇，还是情感的纠葛，英雄的传奇？我都不得而知，只记得四姐看书时突如其来的笑和两眼的泪光闪闪。我后来想，四姐在艰难家境中完成的四年教育，所给予四姐的最大好处就是能看闲书，也许正因为能看书，苦命的四姐才在人间多少有一点儿寄托吧。我们兄弟姊妹共八个，大哥二哥在外工作，大姐二姐出嫁很早，家里只剩下三姐、四姐、五姐和我。但三姐是大队书记，五姐是学校老师，家里最没能耐的就属四姐和我了。除了看书，我们还会做什么呢？其实四姐也并非没能耐，除了下地干活，烧火做饭，她还有一个别人所不具备的能耐，那就是讲故事。她能把书里看来的或从邻居嫂子姐妹那里听来的笑话讲得头头是道，娓娓动人。忘不了那些吃不饱饭的年月，那些饥肠辘辘的冬天夜晚，我和年龄相仿的侄子、侄女们围坐在家里的炕头上，众望所归地听四姐讲故事，仿佛那些进京赶考啊、金榜题名啊、洞房花烛啊之类的故事不仅能抗饿，还能解馋似的。特别是那些鬼故事、狐狸的故事、黄鼠狼的故事，在四姐那或语重心长，或忍俊不禁，而又多少有些耸人听闻的讲述中，显得是那样的恐怖神奇，那样的惊心动魄，那样的魅力久远。

人间四月天，四姐在天边。四姐当年挖回的野菜，四姐当年讲述的故事，在某种意义上，不就是我小时候的粮食吗？还有她放学时为我采回的桑葚，下地时为我打回的乌米，在我被饿得头重脚轻，被人称作“大眼贼”的童年，曾多少次支撑过我狼奔豕突的胃口，激励过我耿耿难眠的幻想。而现在四姐不在了，还能再吃到她挖回的野菜，再听到她讲述的故事吗？这样想着，我的眼睛终于有些潮湿了。

四姐结婚的时候我去送亲。作为弟弟，在所有的五个姐姐中，我只为四姐送过亲。那应该是在秋天，地里的庄稼呈现着秋海棠的颜色。我们坐在马车上，不过二十里地的路程，感觉上却很远很远，仿佛古诗里说的“千里远结婚，悠悠隔山陂”那样。

越明年，我参军到南方的武汉，才知道什么是真正的遥远。

我 1973 年参军，1976 年复员还乡，整整三年时间，家里没发生什么特殊的变化，有变化的只是四姐，她离了婚，又再次结婚，而且还得了一场重病，虽然逃过一死，却从此留下了后遗症，走路、说话都很困难。回乡后初次见到四姐时，她满眼泪水，怀里抱着刚满周岁的外甥女。

至于四姐当初为什么离婚，后来又得的什么病，我到现在也不清楚。大概从那时起，我就成了四姐生活的局外人。后来我上了大学，毕业后又在大学里教书，这其间每次回乡看望父母，往往是能够见着四姐的，她拖着病残的双腿，艰苦卓绝地走着那条山路，看到父母和我，就一脸的幸福和满足。但我能为四姐做些什么呢？我知道外甥女和外甥都越来越大了，而相应的，四姐则是越来越苦，越来越难了。四姐已经不怎么看闲书了，但她保持了一种笑，那种独自莞尔的笑和随之噙满眼眶的泪水。四姐的泪水是太多了，从小到大，她都有一颗善于感动的心，有野菜吃，就为野菜而感动，没有野菜吃，就为盐水而感动；有小狗叫，就为小狗而感动，没有小狗叫，就为蟋蟀而感动；有家回，就为家而感动，没有家回，就为路而感动。如果什么都没有了，那就为自己的寂寞、自己的苦难而感动。这就是四姐，她能像诗人所说的，即使在苦难中，也会因幸福而哭泣。

1996年父母相继去世后，正如我不再常回老家一样，四姐也失去了一个人蹒跚在山路上的艰辛与幸福。那以后关于四姐的情况，我都是间接听到的——姐夫从煤矿下岗了，外甥女结婚嫁人了，外甥进城打工去了，姐夫因病去世了，等等。总之四姐的苦难无边无际，一如故乡那绵延不断的辽西丘陵。而对我来说，故乡的四姐越来越变得像一个符号，一个苦难的符号，无助的符号。直到2001年，惊人的消息传来，四姐离家出走了。

毕竟这是一个人，而不是一个符号的离家出走，外甥女在电话的另一边哭泣，亲戚们开始发动大规模的寻找，甚至报了警，甚至登了报，然而一个月过去了，没有任何线索；两个月，三个月，将近半年过去了，仍没有任何线索。哥哥姐姐们不断打电话来，因为据他们分析，四姐最可能投奔的地方之一就是沈阳，就是我家，不管怎么说，我是她唯一的弟弟，到弟弟家，不就是到娘家了吗？可问题在于，四姐是不会用电话的，即便别人帮助她，她会记得我家的电话号码吗？正是在四姐出走的那段整个家族为之深感焦虑和蒙羞的日子，我想到了“人间”这个词汇，人海茫茫，人间多大啊！四姐，你为什么要义无反顾地走向人间呢？难道你是觉得自己的生活还不算人间，索性还要深入到真正的人间，去彻底领悟一下所谓人间苦难是什么东西吗？难道你是托尔斯泰和高尔基，是需要到人间体验生活、了解民情的作家、记者或各级领导吗？

至于四姐为什么要离家出走，出走后都遭遇了哪些情况，以及她出走的整个路线，我现在同样一点儿也不清楚。总之四姐后来被找到了。在她出走整整半年之后，哥哥从老家打来电话，说接到了不知是公安还是民政部门的电话，四姐在沈阳市的一家收容所。那是一个冬天的早晨，天正下着雪，我打车狂奔，到了这家收容所，排队等半天，说没有此人；到了另一家收容所，还是说没有此人。折腾到晚上，电话来回打了多遍，我终于在沈阳北站的一个角落里找到了四姐。四姐快冻死了，也快饿死了；四姐遍体鳞伤，斜披着麻袋片，像混得最惨的那种流浪汉，这“流浪汉”见到我没有眼泪，也没有惊喜……几年后，在辽宁大学的一次论文答辩会上，我对一篇关于旅游美学的论文发出质疑：为什么你没有提到流浪汉呢？我喉头发紧的质疑让那个研究生和在场的教授们不禁错愕。

平生第一次，在那个风雪之夜，四姐来到我家。妻子连夜为四姐彻底洗过，并换掉了她所有的衣服。一天一夜之后，四姐才开始吃东西。两天两夜之后，四姐才开口说话。我问她：“四姐，你真的是想看看沈阳，投奔我来的吗？”四姐点头，眼泪夺眶而出。几天后，四姐试图讲述她的出走，但她的表述已经不再清晰，片片断断，东一句西一句的，而且充满了太多的幻想，天地人神，被她随意混淆着。我的两个孩子，见姑姑这样，执拗地不愿靠前。但有一天四姐来了兴致，她坚持要给孩子们讲故事。讲吧，四姐就讲，还是小时候给我们讲故事的语气，孩子们听了一会儿就跑了，但我却满怀乡愁地始终听着，那是四姐最后的讲述，仿佛其中有长风吹过，有野菜在麦浪滚滚，也有那棵大杨树在披头散发地歌唱。

四姐在我家住了有半个月，外甥女就来要接她回去了。临走的时候，妻子给四姐买了新衣服，我给四姐带了几百元钱。作为弟弟，这充其量不过是一点儿心意。

我答应四姐会回去看她。临上车时，四姐还向我们摆手，现在回想起来，那摆手的姿态似有若无的，也意味深长。

从 2001 年至今已近十年了，我却一直没有回去看四姐。有时候回老家办事儿或给父母上坟，也顾不上去看姐姐们。我想可能自己活得也不容易，但再不容易，作为弟弟，你的良心，你的亲情，都让狗吃了吗？真的，我的生活与精神生活，与故乡和亲人们渐行渐远，这不是我的光荣，恰是我的耻辱。我已经变得麻木，虽然这麻木有时也让我深深痛苦。

去年，我译了几首英国诗人菲利普·拉金的诗，发表在《诗潮》杂志上，并被选入《新中国 60 年辽宁文学精品大系》的翻译作品卷。别人不会想到，选译这几首诗，包含着我对四姐和所有姐姐们的歉疚之情。比如《闺名》《丑姐姐》《神话学》等，在我看来，这些诗写的都是姐姐们的故事，她们出嫁了，她们变丑了，她们春华正茂然后又归于泥土。特别是《丑姐姐》："我需要攀上三十层阶梯，才能进入我的房间"，我觉得这写的简直就是四姐，谁能让我忘记，她毕生在苦难中攀爬生命阶梯的身影呢？正因为想到四姐，我才选译了这首诗。同时我还选译了《神话学》，因为，苦命的四姐虽然没有那个神话女孩的绚丽开端，却毫不逊色地分享了那个神话女孩的凄美结局。

不是吗？四姐用她攀爬的、卑微的、负罪般的一生，写出了她自己的“神话学”，只是对于其中的许多关键符码和秘密，我们至今都无法知晓。我们所知晓的仅仅是这些事实：在八个兄弟姊妹中，四姐是唯一因病而残、毕生不愈的人；唯一离婚再嫁、艰辛备尝的人；唯一离家出走、流落街头的人。四姐的一生，是苦难的神话。从一个默默无闻的辽西女孩到一个孤苦无助的辽西母亲，她没有时代的照耀，没有社会的安抚，除了些许的亲情援助和悲悯，她只有独自面对的人间。

人间四月天，四姐被安葬在故乡的土地上，那片土地，那片田野，说不定就是她小时候挖过野菜的地方。如果某一天，又有一个挖野菜的小女孩经过那里，会因为四姐的坟茔而感到恐惧吗？善良的四姐会轻轻地告诉她：别怕，孩子，我也曾经和你一样挖过野菜——然后在地下会又莞尔一笑或泪光闪闪吗？

不管怎么说，在另一个世界，四姐和所有的人是平等的。她也会衣袂飘飘、不卑不亢地站在她所信仰的上帝和诸神面前，就像她小时候曾勇敢地站在那棵莎士比亚李尔王似的大杨树面前一样。

附：英国诗人菲利普·拉金的诗作——

丑姐姐

我需要攀上三十层阶梯，
才能进入我的房间，然后
躺在床上，没有音乐、
提琴、短号以及鼓点，
都不能流进我的心田。

我的青春从没经历诱惑，
也从没有人教过我爱恋，
因此我愿听白杨的喧响，
或垂柳的沉静，任风穿行其间。

神话学

一个洁白的女孩躺在草地上，
张开怀抱，似召唤爱从天降，
她金红色的头发垂落在脸颊，
双唇如花，正喃喃开放：

看哪，我来自天空，是最白的云朵
到处飘荡。我是季节的神祇，
让你们感知冬去春来，夏天
雨水丰沛，秋天大地芬芳。

于是她从草地中央站起，
伸展双臂，看天高地广，
但发现一面肋骨已被吞噬，
因她躺过的泥土布满蛛网。

故乡海岸桃花

一

从地图上看，大海比陆地更显得平静。这是美国女诗人毕肖普的发现。大海不管怎样喧嚣，表现于地图就是一湾碧蓝，而陆地就不同了，其山川城镇，高原平地，阡陌交通，在地图上要远比大海更波涛汹涌。实际上，世界上有些地方是酷似地图的，比如挪威，那里山海相连，此起彼伏，有时就连野兔都会感到茫然。所以毕肖普说，挪威的野兔往往会心神不宁地奔向海边，然后又急急地收住脚步，再回头往山里窜去。

毕肖普不愧为桂冠诗人，在现实与超现实之间，她创造了一种新奇有趣的地图美学。而不久前的七月，我和几个朋友到绥中看海，有一刻恍然觉得，我们真可能是一不小心，走到了毕肖普的地图上。

这里是渤海湾的最西端，一片浩大的海域，却仿佛可以压在玻璃杯下，静谧如画，栩栩生动。海岸边，几个辽西意境的小村镇逶迤错落，一个个神清气爽、风物高闲的样子。因为彼此都离海很近，如果要把它们的名字标上地图，我想可能就得标在海面上了。地图的规则就是这样，有的湖泊的名字需要举在山峰上，有的山脉的名字需要印在河谷上，有的河流的名字需要写在草原上，而海边的城市和村镇，有的就需要把名字标在海面上，看上去就像跳出海面的方块鱼。

绥中素称“关外第一县”，南襟渤海，北枕燕山，向西不过数里，鸡犬之声相闻的地方，就是山海关。进关后抽袋烟，磕磕鞋里的土，就踏上中原大地了。这是进关，出关呢，按习俗也是磕磕鞋里的土，在绥中吃碗饸饹或荞面条，你就是站在了东三省的地界，面对的是白山黑水的关东大地。

一道山海关，两边都是千里沃野，但进进出出，你都得在绥中落脚。

山也在这里落脚，海也在这里落脚。

这里山势的不凡和迥异，从地图上就可尽收眼底。燕山一脉从云中北折而来，未到海边就收住翅膀，就仿佛这苍莽古远的大山，正准备从青铜般的雨燕变身为白银般的海燕似的。燕山东段，是横贯漠北的努鲁尔虎山，两山联袂，塑成冉冉丘陵，绵延整个辽西，蕴藉好大风水。

山有了风水，海也就有了风韵。德国诗人荷尔德林，曾为其家乡是“祖国最具乡村风味的城市”而骄傲，而这里，则可能是中国最具乡村风味的海岸。夏天，浪碧沙白，滩缓潮平，“东飞燕从海上来，南归雁向沙滩落”，你沿着上百公里的海岸线，可以骑马走大半个上午，一面看海，一面看山。到了秋天，大鳟鱼会游到浅海中央，宛若伊人，而远方起伏的丘陵上，鼠尾草正闪耀着大片的银灰色。即使在冬天，大雪漫天飞舞，你仍可以在海边小立片刻，然后走进屋里，一边换上暖和衣服，一边拿出半瓶老酒，坐在窗前邀海共饮。

这田园风的海，恰如《诗经》里的蒹葭篇，一片清风白水，足可澡雪心胸。还有一句英文成语——plain living and high thinking，译过来就是“平淡的生活与高远的思想”，我喜欢这句成语，觉得此刻它就蕴含在每一朵浪花中，并显得陌生而别致。

除了山和海，绥中还有平原。锦缎般的沿海平原，就像大地裙裾的一角，迤逦华美，浸海不湿。从海边西望，凡白露为霜的地方，都是一望无际的良田和果园。这样的景致，可能就更少见了，一边是沧海水，一边是青纱帐；一边是沙鸥翔集，锦麟游泳，一边是满山遍野的大豆和高粱，野兔和鹧鸪……

漫步海边，我忍不住对同行的人说，觉得这里有点儿像挪威。大家因摸不着头脑，都笑而不答，但行走间不知谁突然喊道：“快看，野兔……”

真的有一只野兔，在一丛马蔺花下扑朔着，它东张西望的样子煞是可爱，但很快就窜入草丛不见了。它是来印证我的话，或是来印证毕肖普的诗吧。它的眼神似多少有点儿难为情，意思是说：你看，我们绥中的野兔，有时也分不清哪是山哪是海了。

二

这里不是我的故乡，但却是我的名字诞生的地方。

那是在我童年的时候，许多年前，一个在辽西乡间久负盛名的盲人住到了我家，他是我的堂兄，名叫修河。之所以叫这个名字，可能是为了要记住一个事件，据父亲说，修河哥清秀的双目就是在某次修河中失明的。失明后的修河哥自谋生路，不仅学会了算命，还学会了唱曲，背着一把三弦琴，走遍了整个辽西边地。当年家里有一本破旧的《诗经》，每当读到“有瞽有瞽，在周之庭”，我就想起修河哥的样子，有瞽有瞽，辽西独行，修河哥毕生都哼哼呀呀地走在路上。

修河哥那次到我家的时候，正赶上家里要送我去上学念书，父亲和五叔在商量给我起大号，也就是学名。修河哥甫坐炕上，用湿毛巾擦拭两遍黄净的脸，一句话就定了乾坤：听咱兄弟小嘴叭叭，五音洪亮，跟大海波涛似的，我看不如就叫了这名吧。五叔说：“你一个盲眼人，能知道海是个什么样！”修河哥用盲眼翻了他一眼，说五叔你这是瞧不起侄子，我不能看，还不能听吗？

你是没到过绥中啊，那海大了去了，咚咚的，没日没夜地响，活像二郎神敲天鼓呢。

那是我第一次听人谈起海，准确地说，是听一个盲人谈起绥中的海。就在修河哥眉飞色舞的描述中，我的名字呱呱坠地，它是我的另一个我，在概念的意义上，来自绥中的海岸，伴着天鼓的声响。

年轻的修河哥，那些年他每年都要去两个地方，一是北边的科尔沁，一是南边的绥中。绥中有大海，科尔沁有草原，它们不仅让风华正茂的修河哥心驰神往，也让童年的我多少次耿耿难眠。我曾梦想过有一天自己也变成盲人，跟着修河哥南来北往地走，要不就像前村的义州哥那样，给修河哥领道也行。长大后我读惠特曼的《草叶集》，最喜爱的就是其中的《大路之歌》——

走啊，带着力量、自由、大地、暴风雨、
健康、勇敢、快乐、自尊和好奇……

我想，走在路上的修河哥至少是快乐和自尊的，或者，像他的名字所昭示的，他就是一条河，从辽西边地流向草原，再从辽西边地奔向大海。

实际上，有一段时间我们真的只叫他河哥，那是在“文革”岁月，听见到处有人喊“反帝反修”，“斗私批修”，修河哥闭门思过，沉吟不语，三天后主动提出要简化自己的名字，让我们直接叫他河哥。这样宣布的时候，我们看到他脸上有一抹庄重得近乎绚烂的表情。

河哥——许多年后，我发现这个断简残编的名字更让我感到心动，“昨夜微霜初渡河”的河哥，“回望高城落晓河”的河哥，正是他，让我对丘陵以外的世界充满了向往。更何况，河哥带回的海螺是那样的奇美，带回的海梨是那样的甜脆。海梨就是绥中特产的白梨，河哥每次从绥中回来，都要当稀罕物分给大家。这种白梨的滋味是老家的山梨无法比拟的，老家的山梨里面酸酸的，外面麻麻的，而且皮厚得像层布。因为有了山梨，白梨就被我们称作海梨。山梨是黑的，海梨是白的；山梨是酸的，海梨是甜的，这在我当年的联想中，就仿佛山是黑的，海是白的；山是酸的，海是甜的一样。记得有一次过中秋节，母亲把一颗海梨放在一堆山梨中间，让我和姐姐说说考试分数，结果姐姐的分数高，得到了那颗王冠似的海梨，而我却只能啃山梨，差点儿把牙酸倒了。不过牙酸倒了也不怕，吃一口海梨就能把牙扶起来。

三

在绥中，我发现自己很难掩饰如归故里的亲切感。其实我的老家离这里很远，如果跟随那只从海边窜回山里的野兔，至少要翻过十五个山头，才能找到我童年的足迹。但不管是因为我的名字，还是因为修河哥，初次到这里的我，心中却充满了浓烈如酒的乡愁。

你好吗，故乡的海？

七月正是渤海湾的低潮期，海水普遍显得浅而透明。我们住在海边的度假村，这是一个梨花院落，而且房间的果盘里就放着白梨。品尝这久违了的白梨的滋味，想起童年往事，眼睛不免有些湿润。出门不过二百米，就是大海，虽然海水不可能是甜的，但浪花确实很白，还有修河哥所说的天鼓之声，仍在那里不舍昼夜地轰响着。

早晨打开窗帘，你会想到一句古诗："帘穿海燕惊飞去。"

绥中的鸟就像是鸟中的模特，环肥燕瘦，各具风姿。汹涌的海面和轻软的海滩，都是它们表演的舞台，在天空低翔时，又肖似动画中的角色，显得夸大而逼真。甚至有时连它们的眼神都楚楚可见，海燕的睫毛秀美，眼神里充满了热切的渴望；海鸥似架着一副黑边眼镜，需要不断用翅膀去扶；而沙鸥的眼神，则如凝了一汪清澈的秋水。

它们所背负的青天，美得就像从前时代的羊脂玉。

辽西，可能自古以来就是盛产大鸟的地方，比如近年在我老家的大山里出土的龙鸟化石，就震惊了世界，而龙鸟与渤海又有很古老很奇特的关系。渤海古称"沧海”，又称“北溟”，庄子在《逍遥游》里写的“北溟有鱼，其名为鲲”，据说所指的就是渤海。海里的鲲鱼和地上的恐龙，最后都变成了鸟。所不同的是，鲲鱼变成的鸟要比自己大得多（“鲲之大，不知其几千里也。化而为鸟，其名为鹏。鹏之背，不知其几千里也”），而恐龙变成的鸟却比自己小，而且越来越小，最后小成了现在的沙鸥和海燕。这就是神话和历史的区别。想到娇小的海燕在远古曾是不可一世的恐龙，心中倏然掠过异样的感觉。

海燕落处，海滩就像雪白的沙洲，缓缓地伸向海里，四百米之内，水都高不过少女的腰际，波浪就在那个高度上嬉戏，使整个大海显得言近旨远，风情万种。

浪碧沙白处，一个男孩裸身伏在那里，正勤勉地雕塑着哈利·波特的城堡，刚见规模，就被哗哗涌来的潮水淹溃。于是男孩换个地方，又开始雕塑一条童话船。如是再三，男孩都是沧桑无倦的神态。而离男孩不远的地方，一只非常好看的青花瓷瓶在阳光下静静地斜倚着，也是一副潮来不惊，潮去不语，与男孩比着耐心的样子。

那只瓷瓶蓝白相间的色调和哲思飞动的气质，我觉得恰可以象征这里的海。海和海是不一样的，正如蓝和蓝也是不一样的，有的海像景泰蓝，有的海像青金蓝，而这里的海，则像极了中国的青花，它很蓝，却蓝得像被水漂洗过似的，沉静而清雅。

我随手捡起瓷瓶，对着阳光端详了半天，然后把它原样放回到沙洲上，又随即想起一首很早的英文老歌——Thank you, so blue，意思是“谢谢你，这样蓝……”

可这样的蓝色，这样的美景，当年的修河哥能领略得到吗？我不禁这样问自己。作为一个盲人，他大概只能坐在沙洲的一角，像古希腊的荷马似的，静静地听着海浪拍岸的天鼓之声，包括近岸的树，他也只能凭借树上的鸣蝉，捕捉一丝半缕南风或西风的消息。

修河哥——河哥——荷马，想到这里我突然了悟，那个为我找到正确命名的人，他的正确命名应该是荷马。荷马哥，从现在开始，我决定就这样称呼你，从现在开始，从故乡的这片海开始。

四

在绥中的历史上，荷马哥肯定不是第一个到这里打卦唱曲的盲人。绥中在清光绪二十八年建县，而早在明代已是要塞，六分青山，三分碧海，农桑渔业，逐水而兴。盲人们从关内关外来到这里，自然都是为混口饭吃。在辽西长大的荷马哥也是如此，所不同的只是，荷马哥比所有的盲人都更像荷马。

盲人说唱，自古有之，民国诗人郁曼陀《小院》有云：“三更灯影风廊寂，静听盲人说鼓词”，可见当时风气之盛。解放后虽力倡移风易俗，民间却仍不乏喜好者。而在整个辽西地区，说唱最有名的就是荷马哥。

荷马哥开始唱曲的时候，先闭起眼睛（盲人也会闭眼睛，就那神态），并把双手静放在琴弦上，这种姿势，我怀疑他是在科尔沁草原上，向蒙古族的歌手们学的，就像史诗《伊戈尔远征记》所描述的那样："歌手把双手放在琴弦上，如同放苍鹰去追捕猎物。"然后，声如裂帛，歌手才高贵而苍凉地说唱起来：

研研墨膏膏笔无从下手，
闻听说关东城地面太宽……

这段唱词叫《一枝花捎书》，我小时候在老家听荷马哥唱过。是说有个山东或河北的小媳妇，丈夫闯关东多年不归，她想托人捎封家信，却又不知捎到哪里，于是就点出了许多关外的地名——

出了关你就先到绥中县，
中后所王宝镇大海连天，
锦州城义州城不通御路，
有杏山和松山紧紧相连，
小凌河大凌河土默特右，
科尔沁吕阳驿广宁平山，

十三店中安堡小黑山镇，
半拉门新民村巨流河宽……

唱了半天，还没到当时的奉天如今我家住的沈阳，到了沈阳，这信也得继续往北捎，经铁岭、昌图一直到吉林、黑龙江，如果不限制，还可能再捎过中俄边境，搞不好就到莫斯科了。

这段唱词没有情节，魅力就在于点地名。而对于偏远乡村的百姓来说，唱词中有没有祖辈居住的村名县名，或这个村挨着哪座山，这个县流过哪条河，听起来都格外动尔丹心，热我碧血。而且，只要自己的村县州府被提到，地名点得越远，他们就越感到骄傲。这情形有点儿像查地图，比例尺越大，你能查到的地名就越显赫。

显而易见，最欢迎这段唱词的是绥中人，因为不管关东地面上有多少村县州府，首当其冲的总是绥中，就像一群大雁往南飞，绥中就是那只领头的雁。可以说，这里不仅是闯关东的起点，也是东北历史文化的一个原点。而当年的荷马哥，就是坐在这个原点上，目送归鸿，手挥三弦，欢度着他幽暗而奇异的青春年华。这个深受爱戴的盲人歌手，他歌唱的时候全神贯注，对大海看都不看，但谁都知道，他心中装满了对大海的爱。

五

中午海边最好看的景致是树，中国民俗有“赏午”之说，赏午就是赏树。周邦彦《满庭芳》词：“午阴嘉树清圆”，是夏天独有的审美情趣。绥中的果树多，苹果、白梨尤负盛名。四五月间，梨花千树，那雪白的梨花有时都会吹落海中。但此时是七月，七月绥中最可观赏的是槐树，城里村外，远山近岸，到处槐花飘香。我对槐树一向情有独钟，是因为古诗中有“落叶添薪仰古槐”的名句，也因为在英文中它叫 Chinese scholar tree，译过来就叫“中国学者树”。这是比较典型的中国树种，而且它和西方的橡树一样，喜欢独自生长，村子里有一棵槐树，就撑起了整个村子；山坡上有一棵槐树，连庄稼都显得风雅。

除了槐树，绥中的嘉树还有核桃树，在这个季节果实正毛茸茸地绿着，树大根深，浓荫匝地。想起莎士比亚《麦克白》中的一句台词：“水手的妻子们，把核桃放在双膝。”可见核桃与大海有某种特殊的缘分，至于为什么放在双膝，那就不得而知了。

海风比阳光还要干净。风吹过来，树影婆娑；风静止了，树影还在摇曳。不知道这种景象是否普遍，都说树欲静而风不止，但在海边，即使风停下来，所有的树却似乎还在配合着海的波浪，轻轻摆动。这让人感到，树与海的关系，有时会超出树与风的关系，或者说，海是吹动树的另一种风。

不仅如此，海边的生态和树木品种，也往往会影响到海水的色调。比如在美国东海岸，人们喜欢用紫罗兰来比喻那里的浪花；在荷兰，阿姆斯特丹的居民觉得海水更像薰衣草；而在俄罗斯，大作家契诃夫曾坚持认为，雅尔塔地区的海水是温暖的丁香色。那么，绥中的海水是什么色调呢？也许它应该是春天像梨花，夏天像槐花，早晨的时候像苹果花一样朦胧，黄昏的时候又像落满了银杏的叶子。

契诃夫最喜爱的地方是雅尔塔。他在那个迷人的海边给朋友写信，说海边有一座夏天的花园，洁白又美丽，不仅开满了白色的樱桃花，姑娘们也都穿着白色的衣裙。但接着他却出人意外地写道：花园外面，天正下着雪。

这种“镶着雪花的夏天”，该多么令人向往。

绥中海边的夏天，那外面是不是也镶着雪花呢？七月的海风带着咸味，偶尔真透着丝丝清凉。远处几个姑娘的裙子被风挑逗起来，相互嬉笑着捋平，想起古代乐府中就有“罗裳易飘飏，小开骂东风”的句子，不禁感动，无论什么时代，风总是风的样子，女孩总是女孩的样子。

离海边不远的地方，有一座气象峥嵘的山丘，上面站着一位神闲气定的老人，他自我介绍说，他就是我们脚下这片遗址的看守人。问是什么遗址，答曰“碣石宫”，也就是秦始皇、汉武帝当年到此巡游的行宫，并说其面积之大，远远超过阿房宫。老人健谈，且极博学，不仅能根据发掘时的具体情况和数据，指点我们看整个遗址的规模与细节，而且还熟知古人的“天子明堂”之制：“布政之室，上圆下方，体则天地，在国正阳。窗闼四设，流水洋洋……”我们听了都不禁折服。老人的身后，是一片苍翠的松林，海风吹过，散发着秦皇汉武时代油松的味道。

老人一边雄辩地讲着，我们一边雄辩地点头。就凭这个老人，没有人会不相信，巍峨的秦始皇、汉武帝都确曾“驻跸”过这个平缓的山丘，“东临”过这片浩瀚的海域。至于为什么叫“碣石宫”，老人回头一指：“欲知苏小小，君须到钱塘”——

这里是绥中的万家镇，一组石门状的巨大礁石，如淡蓝浅海上一树紫荆，就是闻名中外的“碣石”了。面对碣石，我们一下子明白了老人的风趣，因为根据当地人的说法，碣石是孟姜女的化身，对此他们祖祖辈辈都深信不疑，称为“姜女石”。所以老人的意思是：欲知苏小小，你得到钱塘去；欲知孟姜女，你得到绥中来。

孟姜女，这北方的苏小小，平民的苏小小，因为一个风趣的比喻，她的故事在我的想象中也变得风姿摇曳起来。

六

许多年前，荷马哥就在这里说唱过孟姜女的故事。

那时他每次从绥中回老家，都要给我们讲许多海边见闻，讲得云山雾罩，就像是李白诗中写的“海客谈瀛洲，烟涛微茫信难求”那样。比如关于海鸥，他说这种鸟能预报天气，落在沙滩上，定是晴天；落在田地里，必是雨天。还有关于女人，他说海边女人最奇怪的是头发，不论晴天雨天，总是湿漉漉的，从你身边一过，水珠子就会甩到你脸上。

我们不信，他就让我们问义州哥。义州哥不仅点头认可，还低头红脸地补充了一句，说姑娘们的眼睫毛也是湿漉漉的。后来我们才知道，义州哥已经在绥中处上了对象。

再后来，义州哥结婚了，我们看过那姑娘的照片，颇有海岛女民兵的风采。就和义州哥开玩笑：新娘子的头发湿不湿呀，不过眼睫毛倒挺湿的呀，等等。义州哥脸红不语。我们这样嬉闹的时候，从来都不去想荷马哥的心情，毕竟，荷马哥是个盲人。

有一回，荷马哥拿出一副写好的对联，说是让人从山海关什么地方抄下来的，问我和姐姐该怎么念：“海水朝朝朝朝朝朝朝落，浮云长长长长长长长消”，结果我和姐姐谁都没念对。那时我们都在读中学。

借着对海水和浮云的感慨，荷马哥给我们讲起了孟姜女的故事，如何千里寻夫范喜良，如何哭倒长城万里长，后来又如何碰见了秦始皇，等等。虽然都是家里人，荷马哥也忍不住要唱上两句：“十五的月亮圆又圆，孟姜女生得赛天仙……”现在我知道，这可能就是他在绥中说唱的版本：“大雁南飞也有北归日，你为何一去不回家门……”“三百里黄沙八百里坡，拼死拼活要见我喜良哥……”

少年的我，与其说是被孟姜女的故事感动了，不如说是被荷马哥那年轻而又苍凉的声音所震撼，就像美国诗人朗费罗曾被一首拉普兰歌谣所震撼那样：“少年的意志是风的意志，年轻的思想是悠长的思想”——这歌谣让诗人铭记了一生。

我问荷马哥：“孟姜女真的被秦始皇逼得跳海了吗？”荷马哥不说话。实际上在他的讲述中，孟姜女最后是逃掉了，就像白毛女从黄世仁手里逃掉那样。不仅如此，按他的说法，范喜良在修长城的过程中还被允许回家探过亲。这显然是荷马哥自己编造的情节，但我们非常喜欢听，特别是范喜良回家见到孟姜女的那几句唱词，让人心里又辽阔又忧伤——

红苹果香来海棠果脆，
孟姜女的脸蛋儿梨滋味……

许多年后读卡夫卡的《中国长城建造时》，我发现，这个从未到过中国的犹太小说家比荷马哥走得更远，他写道：中国皇帝在修建长城时，其实是以“旅行施工”的方式进行组织和动员的，民夫们在某个地方完成修建后，会被派到很远的地方去完成新的任务。这样他们就加入了空前壮观的旅行，而在此之前，他们还从未看到过祖国是这样的辽阔、富饶、美丽。更重要的是他们还可以中途回家探亲，与妻儿团聚，在田园生活中得以恢复体力。不仅如此，参与如此旷世工程的荣誉感，父老乡亲对他们的钦佩和恭敬，也都让他们干劲儿倍增。于是，他们就像满怀期待的孩子，重新投入伟大事业的心情已变得急不可待，往往假期未满就提前返回，虽然与故乡和妻子告别的时候有点儿依依不舍——

沟里头下雪沟外头白，
孟姜女穿着一对水红鞋……

这是内蒙古那边的爬山调，是荷马哥从科尔沁草原上学来的。荷马哥盛年独处，以歌为伴，年复一年，总是春夏到海边，秋冬到草原。秋冬的草原已不见了风吹草低的景象，但荷马哥反正视而不见，他怀着微弱的爱情，坐在牧人的马车上，用歌声搅拌着草原和大海，并试图以这两种元素，重新讲述他在幽暗中所理解的历史和生活，包括孟姜女和秦始皇的故事。

七

孟姜女的意志是风的意志，秦始皇的思想是悠长的思想。

一边是秦砖汉瓦的碣石宫，一边是“碣然而立”的碣石，我们在那片海滩上流连了很久。我忽然想出上面这两句话，觉得不太合适，却又挥之不去，就那样执拗地让我想着。

碣石，学名海蚀柱，英文是 columnar inscription。

在一家海边小饭店的门前，我们要了几杯啤酒闲坐聊天。之所以选中这里，是看中它前边有一棵核桃树，左边有一棵老槐树，构成了复杂而斑驳的浓荫。而且饭店的名字也别致——“左岸农家菜”，既能让人想到巴黎塞纳河左岸的清流高雅，又明确地告诉你这是中国的辽西，具有这片土地传统的质朴与实在。

近景：一个年轻的画家在海边写生。中景：一个满头白发的学者坐在海边的摇椅上，似乎在读着一本线装书。远景：一个身穿红裙子的姑娘正牵着一匹白马，从优美的海潮线中踏浪而出。

远观碣石，与其说它像一组门，真不如说它像一棵树。这孟姜女化成的树，忠贞爱情的火炬，它燃烧的枝叶披拂如燕山紫荆，更像古代神话中会唱歌的绛树。有关绛树的记载，最早见于《淮南子》，后人有“绛树摇风软，黄鸟弄声急”的诗句，也有“绛树无花叶，非石亦非琼”的诗句，究竟是神木还是珊瑚，已无可考。但绛树在魏晋初年又成了一个歌女的名字，则有史录可证。“绛树摇歌扇，金谷舞筵开”，据说她唱歌时能同时发出两种声音，史称“绛树两歌”，传奇至今。

魏武帝曹操应该听过绛树的歌，因为歌女绛树就生活在他的时代。说不定绛树所唱的就是他的千古名篇《观沧海》——“东临碣石，以观沧海”，这么壮美的诗句，让绛树以神奇的歌喉唱出，那才叫风华绝代。

显而易见，曹操“东临碣石”的准确地点也应该在这里，他是中国历史上继秦始皇、汉武帝之后东巡此处的第三位帝王，更准确地说，他那首《观沧海》可能就是在这“碣石宫”里写成的。当地人至今流传着“曹操三谒碣石宫”的故事，第一次是登山望海，第二次是横槊赋诗，第三次是听绛树唱歌……

我们这样聊着，不知什么时候，那个穿红裙子的姑娘已从远处走了过来。她看都没看我们一眼，就独自在一旁坐下，也点了一瓶啤酒。她的那匹马也同样高傲，在核桃树下扭头望海。这是一种很怪的情景，想起英国作家劳伦斯所写的撒丁岛上的姑娘，说她们宁肯揪下前额上的一缕秀发扔给你，也不愿正眼看你。

等红裙子起身上马准备离开的时候，我们才注意到她的裙子其实是水红色的，正如她的头发是水黑色的。水黑色，多么离奇的想象！这时候如果她扬一扬手，说不定真会把一缕秀发或一串水珠甩到我们脸上。荷马哥说得对，绥中遍地都是头发湿漉漉的女子。

有一个德国神话，说河神是个年轻的女子，有一年圣诞节，她感到寂寞，就跑到了乡村集市，但人们很快就认出了她是河神，因为她的裙角正一串串地滴着水珠。

产生这个神话的地方，我想不太可能是海湾，因为在海湾，几乎所有年轻的女子都水珠串串，河神很难被认出来，于是她只好快乐地隐匿了。

八

我从未见过荒原，
也从未见过海洋，
却知道石楠的样子，
也知道波涛的形状。

——艾米莉·狄金森

上大学的时候，老师给我们讲这首诗，说狄金森是一个闺秀式的女诗人，生活在十九世纪美国的马萨诸塞州，平生足不出户，所以她可能真的没见过大海，她甚至也没有过爱情。在这首诗中，她实际上是以一个盲人的视角来想象荒原和大海的。

我可以这样理解老师的话：没见过大海和没有过爱情在某种意义上是相等的。但问题是，像荷马哥这种情况，连续二十年（这是我们的大致估算），每年都如期来到海边，他到底是见过大海的人，还是没见过大海的人呢?

连续二十年，这需要一种怎样的痴迷。英文中有个词叫 sea fever，中文可译为“海瘾”。我想荷马哥就是一个有“海瘾”的人，他每年都和大海有个约会，就像他每年都和草原有个约会一样。

这片土地一定清楚地记得，那些年每到四月，当渤海湾的潮头和燕山茱萸的花瓣像刚被烟头烧过，还未真正被点燃的时候，那个丘陵边地的年轻盲人就如期而至。他点划着一根细长的盲杖，走着荒草丛生的小路，而被他走过的小路，倏忽之间，就在他身后变绿了，就像是一条条绿色的小河。

荷马哥走遍了绥中的山山水水，随时随地，都可以“驻唱”几天。调儿是现成的，二人转、爬山调、大鼓书，随心转换，而且他还有个绝活，能现编词，不管走到哪儿，都能唱出那里的风物与传说。比如在九门口，他就给乡亲们唱明代蓟辽总兵戚继光如何修筑这段“水上长城”的往事，中间穿插一片石、点将台、望海楼的传说，再感兴几句陈亮的《水调歌头》：“尧之都，舜之壤，禹之封。于中应有，一个半个耻臣戎……”声如金石，感动着千古英灵，万顷风涛。而到了永安堡，他就唱小河口长城的来历，以及那块“孤石镇远”的将军石的故事。这时可能会有个女子站起来说，先生，给我们讲讲义乌人吧。荷马哥说好，沉思片刻，就唱起了义乌人从江南来此筑城戍边，美眷如花浩荡随行，后来奉旨留守关外，子孙繁衍昌盛的历史——

> 望海楼底通着大海，
> 前卫斜塔证着姻缘。
> 义乌人来自江南地，
> 修长城刻下连理枝……

这就是当年的荷马哥，他能讲述金戈铁马的历史，也会歌唱缠绵悱恻的爱情。但他自己是否经历过爱情，却从来没有人知道。

想起法国画家莫奈的故事。说莫奈在一个桥边写生的时候，不经意地发现了池塘里的睡莲，而此后的二十年间，他年年都要回到这里，就为了画那些梦幻般的睡莲。这给人一种意象，仿佛他毕生都是和睡莲、池塘、云朵在一起似的。

很长时间我一直喜欢这个意象，不知在绥中的大海上，是否也有让荷马哥魂牵梦绕的睡莲呢？

黄昏时的大海波澜不惊，夕照下的湾水，与其说漂浮着梦幻般的睡莲，毋宁说其本身就有某种睡莲之美。

许多人在放风筝。未等夜幕降临，人们又开始放孔明灯。孔明灯也叫吉祥灯，实际上是风筝的一种，清张劭《纸鸢》诗云“昏黄人在楼头看，添个灯笼在天边”，指的就是这种风筝。

夜渐渐地深了，远处的山峦仿佛都穿着这地方常见的暗蓝色裤子，烟斗明灭的，静观这里的夏夜。水边的什么地方，海鸟的栏门已经关好，幼鸟们都头枕着翅膀睡着了，而母鸟仍不放心，她要亲自查看一下，才长舒一口气，放下心来，亲了亲她的孩子。也许在海鸟的睡梦中，早已没有盲人在哼哼呀呀地歌唱了。一些道路蜿蜒上山又蜿蜒下山。山中岁月穿行在海上，而岁月的热情和冰冷，就像一方人的生生死死，都是合理并充满尊严的。

九

黑龙江作家阿成，喜欢用两句话来概括东北文化，即“白山王气，黑水霸图”。但我认为还应该加上一句：“辽海伟业。”没有海的东北是不完整的，如果说东北是一片神奇的黑土地，那么正是海，唯美主义地为它镶上了一道更神奇的蓝边。而从地图上看，这道蓝边恰好是从绥中落笔的。

这道蓝边用法国人的话说，可以称之为“美岸”（Coste-Belle）。“美岸”一般与海湾有关。十八世纪的法国历史学家米什莱在他的《大海》一书中这样描述：“海水一进入海湾，就人性化了，波光粼粼，好似在纺麻，或者在织布。”

如果说绥中的渤海湾也在织布的话，那一定是北方农家的蓝花布。记得小时候，几个姐姐都喜欢穿蓝花布小褂。我羡慕不已，为此哭闹了几场。母亲没办法，后来就给我做了一条蓝花被。我盖着那条被子看书，盖着那条被子做梦，盖着那条被子长大成人。盖到当兵的时候，当兵回来还接着盖了好几年。所以我一直怀念那条被子，蓝底白花，龙翔凤舞，那种庄稼地的气韵，那种老中国的朴素，在我心中，就如同一条蓝莹莹的大河。

眼前的渤海湾，看上去也就像这样一条大河，蓝花布的大河。

正是这条大河，让辽宁乃至整个东北，成了一片镶着蓝边的黑土地。

当然绥中境内也有河，六股河与九江河。六股河古称蒐集河，它就像个收藏家，一路蒐集了六股长流，扭结成北方河神的大辫子，雍容而性感地扑向大海。而与之相比，九江河似乎也不遑多让，著名的“九门口”长城之所以被修筑其上，可见并非蕞尔小河。荷马哥当年曾对这两条河赞美备至，说六在北，九在南，果然是风水宝地。他还随口吟诗，说是“六六雁行连八九，只待春归消息”。

春天的绥中，会是什么样子呢？

一个巨大的沙盘摆在我们面前。解说员介绍，说这是正在建设中的一个开发区，已被省政府正式命名为“辽宁东戴河新区”。命名的理由很简单，绥中离北戴河很近，离南戴河也不远，从地理方位上看，正位于古称“渝水”的大戴河之东，也就是河的右岸。

海的左岸，河的右岸，从沙盘上看，整个新区就像一柄绿沉沉的玉如意，而在这绿如意的柄上，则嵌着一小片柔丽的粉色，问是什么标志，解说员说是桃林。为什么是桃林呢？答曰准备新建渔港。桃林深处的渔港，可能就是古诗中的“桃花坞”吧，这个美丽的创意，让我们决定去看一眼绥中的码头。

正是休渔季节，海面上是看不到船的，几乎所有的船都集中在码头上。很大的码头，几百条渔船，桅杆林立，帆影片片，而船体上的斑驳锈迹，又铭记着海上的风涛和劳作的艰辛。实际上，船与船是不同的，船和它们的主人一样，各有各的故事，也各有各的诗行。问码头，你的小船中可有“灯火雨中船”“爱月夜行船”“隔苇上秋船”？你的大船中可有“春山书画绿阳船”“夜半钟声到客船”“天子呼来不上船”？码头笑而不答，其意若曰：你说的这些船，只不过是诗中的船。

可是，诗中的船，同样也是船，而且是盛满希望和梦想的船。我想起了那个在沙滩上雕塑童话船的男孩。如果我是那个男孩，我会在沙滩上写出泰戈尔的诗句：“妈妈，如果你不介意，我长大了，要做这船上的船夫”吗？

而如果我是那个男孩，那荷马哥也就还是年轻的荷马哥，他会陪我一同来看这里的海，来看这里的船吗？

还有桃林。当地一位作家告诉我，那片规划中的桃林，其实主要意在表现夸父追日的主题，即《山海经》里所记载的，夸父与日逐走，渴欲得饮，北饮大泽，未至而死，所弃旅杖，化为桃林。我问，这神话与绥中可有关系？答曰当然，北方渤海，即夸父欲至未至的北方大泽。这种解说，或有牵强，但我宁愿相信。从神话学的角度看，夸父的形象无非是人民追求光明、理想、幸福的象征，这是对春天的追求，前赴后继，死而不已，千万年的旅杖，该化作多少桃林。

那么，这片规划中的海岸桃林，有没有一棵桃树是属于荷马哥的，是荷马哥的盲杖所化呢？这样想着，不禁悄然泪奔，仿佛荷马哥面向大海讲过的故事，面向长城唱过的歌谣，都刹那间桃花朵朵地开放了。

告别绥中的时候，我们看到一些设计别致的海景房、豪华气派的商务楼已经在海边矗立起来，而不远处仍是大片朴实茁壮、日益成熟的庄稼，三十六陂正在开花的高粱，二十四桥正在抽穗的玉米。那里是荷马哥的绥中，而这里，东戴河即将掀开新的历史。

浩渺的海湾，像黑土地的蓝花领巾，在这里随风颤动，洪波涌起。

在军营那边

那年八月，我们几个文人在几个军人的陪伴下，驱车向北，到大山深处的军营去打靶。初秋的辽北风色华美，风物高闲，我们在车上也各个人淡如菊了，谈笑风生的样子都颇具韵致。军人中有位年轻的女护士长，她坐在我前面，回过头来，用某种探问病情的语气问我，你当过兵吗？他们说你也当过兵，真看不出来呀！我说是，连我自己都看不出来了。这时车上没有人发现，我的眼神已背井离乡地走向遥远，并穿上了一种南方的忧郁。

“大半个晚上我看书，冬天我去南方”——T.S. 艾略特《荒原》里的这句诗，仿佛就是为我写的，或者说，我就是在这句诗中间标着逗点儿的地方去当兵的。那是1972年冬天，从中学毕业不到一年的我应征入伍，部队的驻地在湖北武汉。临行那天早晨，母亲特意为我包了饺子，父亲在一旁默默吸烟，姐姐要送我到公社集合。父亲说，武汉是个大地方吧？姐姐说，可不，老大了，也老远了。现在想来，武汉的确很大很远，它三镇鼎立，大江东去，烟波浩渺，而且还有闻名遐迩的黄鹤楼——“黄鹤一去不复返，白云千载空悠悠”，连毛主席都说过，他喜欢住在那个“白云黄鹤地方”。唐风宋韵的武汉，九省通衢的武汉，辛亥革命的武汉，崔颢的武汉，孟浩然的武汉，毛泽东的武汉，千古之下，也许它就一直在那么放飞着黄鹤，款留着白云吧。

我们的部队是地空导弹部队，又称空军第二炮兵，我们是驻守武汉的一个独立师。至今，我还能哼唱出当年那首军歌：“毛主席给我倚天剑 / 战士持剑卫蓝天 / 二高炮战士豪情满怀 / 严阵以待，保卫祖国江山……”倚天剑，又称蓝剑，是指我们全兵种为之骄傲的战略导弹，但说来惭愧，在整个服役期间，我却从未见过这种神话般的武器是什么样子，因为新兵连训练一结束，我就直接分到了师部警卫排，我的职责只是站岗值勤，摸爬滚打，我的武器只有手枪、步枪、冲锋枪和后来的军事地图与绘图笔。

在那个长江边上的军营里，唯一让我们感到欣慰的就是可以经常看到女兵，那是留在师部的最大优越。师部医院的女兵，师部通讯连的女兵，师部宣传队的女兵，她们蝴蝶般飘飞的身影，使我的军旅生涯变得摇曳多姿，足可追忆。站岗值勤的时候，最盼有女兵经过，这时我们就会格外打起精神，目不斜视，做出一副威武之师文明之师的样子。坦率地说，正是女兵的存在使我们很少想家，也使我们的身心日益成熟。而且，我开始渴望成为一名军官，因为我发现，女兵们在年轻的男军官面前往往表现得更加羞怯与兴奋，她们向男军官投去惊鸿一瞥并举手敬礼的样子几乎令人陶醉。但我不喜欢那些做首长状还礼的男军官们，尤其是那些把军装穿得像女兵一样合身的男军官们。我想男人嘛，穿军装总要大气、威武，而只有女兵，才有资格和权利把军装穿得那么整洁、熨帖、轻巧、灵动。

忆江南，最忆是军营。忆军营，最忆是女兵。我知道，这样说多少会伤害我的那些朝夕相处的战友，因为当年，是他们和我一起摸爬滚打，野营拉练，擦眼抹泪地想家的，而那些女兵，却往往被娇惯得傲气十足，对我们这些小土包子兵是连看也不正眼看一下的。但尽管如此，我相信我的战友们和我一样，还是特别感激当年的女兵们。我常想，历史上最早让女兵走进军营的人，其贡献可能要超过最早提倡男女同校的人，不管他是成吉思汗还是拿破仑，是蒙哥马利还是巴顿，他都堪称是最伟大的诗人和人道主义者，因为他不仅懂得战争、武器，也懂得军人的心。或者，他还懂得军营生活所必不可缺的光与色彩——江南多雨，梅雨季节我们都穿统一发的橡胶雨衣，而女兵们却公然打出了她们的绿色小伞，不正是那些小伞吸引了我们，让我们憨厚的脸上也雨后春笋般地开出了矢车菊样的小花吗？还有那些师部医院的白衣天使们，在当年，那该是怎样动人的白色啊！就为了那白色的诱惑，我们不是都曾有过盼望感冒、装作发烧，以便能强词夺理地走进医院，红头涨脸地让女护士摸一摸额头的光荣经历吗？是的，谁能让我们忘记，在江南的军营里，女兵们背立梧桐的身影，曾给了我们多少生龙活虎的遐想！

面包车在我的遐想中行进，开进大山，就看到了现实的、新世纪的军营。军乐队在奏响乐曲，战士们在列队欢迎。多么年轻的战士，就连他们的首长也是那样的年轻！这时我才意识到，自从离开部队，许多年来我还是第一次走进军营呢。而且，自己大概比较显老了。爱老老吧，天若有情天亦老。不过，倒也希望他们能一眼就看出我是个老兵，要把我当成二战老兵才好呢！

开始打靶了。靶场设在离军营不远的山坡上，面积不大，却设施齐全，部队的同志给我们准备的是手枪。轮到我打的时候，就恍如有一阵隔世的风扑面而来，我为又一次拿起真正的武器，触到那熟悉的枪柄的凉意，闻到那熟悉的枪油味而心头发热。当年，我曾多少次这样练习打靶啊！和我的那些来自五湖四海、说话南腔北调的战友们一起，每天都流着年轻稚嫩、玲珑剔透的汗水。我当年的那支枪是五四式的，它沉稳有力，造型优美，楚楚动人，在南国的烈日下熠熠闪光。我曾经多少次梦见过那支枪，梦见它被谁遗忘似的仍在原地，并不时发出扣动扳机的声响。也许，我月落乌啼的记忆和涛声依旧的思念，就足以扣动那梦中老枪的扳机了吧？

成绩还好，及格。我听见年轻的战士在清脆地为我报靶。

在当年的军营，我大概只能算一个及格的士兵吧，而远远不是优秀的。这同打靶没有关系，同投弹刺杀、站岗执勤、队列训练、军容风纪都没有关系。总之是无论我怎样表现，却终归不是优秀的。虽然我是那么喜爱当兵，喜爱武器，喜爱军装，喜爱军礼，喜爱军事地图——参军第二年，我就从警卫排调到师司令部，成为作战科仅有的一名绘图员，在这个职位上，人家说好歹干干，到年头也能混上个参谋干事当。可我却偏偏成了例外，我没有抵达近在咫尺的目标。从警卫兵到绘图员，我实际上只有三年当兵的经历，服役期刚满就复员回到了我的辽西故土。这在当时只能有一种解释，我天生就不是当兵的好材料。

也许我只是个天生的书呆子。我们的作战科科长，胡太玄胡科长，是我在整个从军过程中所遇到的最可尊敬的一位首长。我离开部队前他曾特意送给我一套当时十分珍贵的《鲁迅全集》。这套《鲁迅全集》至今仍精美地放在我的书架上。我后来想，胡科长是有权决定我去留的人，但他没有坚持留我，这是因为他知道，一个心仪鲁迅或曹雪芹的士兵不可能在军营里出落得多么优秀，他知道我有一颗书呆子的灵魂。

我抱愧军营，我觉得军营以其独特的标尺验证过我的平庸。所以后来每当需要填写生平履历，我都宁愿选择“服役”二字，因为我的确只是一个为国家服过兵役的人，及格了，通过了而已，我没有为军营增添过任何光彩。然而我又反复思念军营，也常常梦见军营，我对军营怀有一种书呆子式的迷惘而复杂的乡愁。是的，如今的我更日趋平庸，人们在我身上已看不出一点点当兵的影子了，但许多年来，我其实一直兵心未泯，兵心耿耿，兵心无眠。如果有当年的首长、战友相问，我愿把这片“兵心”放进玉壶之中，为他们满满地斟上几杯，然后并泡沫而干之。

辽北大山里的军营充满了绿意，但我发现，这里和我们当年的军营其实无法相比。我们当年的军营不仅是绿色的，而且绿得清秀、淡雅、洁净，那庭院深深的营房，那苍翠欲滴的梧桐，那军姿挺拔的首长，那飞来飞去的女兵，想起来总让人感动和难忘。在江南，在武汉，在那个白云黄鹤的地方，女兵们就像“三秋桂子、十里荷花”，她们的娇嫩造就了我们的坚实，她们的高傲点缀了军营的威严。

请理解我这样反复提到的女兵吧，君不见普鲁斯特的那史诗般的巨著《追忆似水年华》，其中一部就是《在少女们身边》。而我，当年就是在女兵们身边完成服役的，我说过，正是那些女兵的存在，照亮了我对军营的整个记忆。我尤其记得，在即将离开部队的前两天，一个女兵还曾主动同我说过话。她的名字已经忘记，但肯定是位武汉姑娘，长得晴川历历，芳草萋萋。当时刚吃过午饭，我正在外边的水池边洗碗，她走过来——听说你要复员了，是吗？我说是，接着继续洗碗。随后她扬了一下手里的碗，像是一个告别的姿态，她说，别忘了给我们写信啊！那一刻，我突然感到，自己就变成了她手中的碗，被她轻轻地洗过，被她柔柔地扬起，我变得光洁而晶莹。是的，芳草萋萋的女兵，或用普鲁斯特的话说是“女性的纨绔子弟”（多么蹩脚的措辞），在1976年春天，在那个遥远的军营的中午，我确信是你的手臂挥动了我，也许正是你那漫不经心的挥手，让我有了重振雄风，再次创业的向往。

可能就是因为女兵的鼓励，我离开部队的时候并没有太多伤感，作为同年入伍的兵中最早离开军营的人，似乎还有点儿激动和自豪。军营虽美，终非吾土，归去来兮，故园书好胡不归，父母年迈胡不归。我义无反顾，豪情满怀，我甚至没有预先写信告知家里。晨光微露时分，营区深处白杨玉立，战友们都忙着出操上岗，我开始起程，天涯孤旅，芳草连天，从武汉到北京，又从北京换上直达列车，就无比快乐地回到了我的辽西老家——

故乡破旧的房屋令我神往，
我多么渴望回到慈母身旁，
在通往古老的佐治亚州的道路上，
美丽的木兰花斗艳争芳……

许多年后，当我在美国大学的校园里偶然读到这段英文诗，仍然觉得自己当年的快乐无可谴责。1976年，惊蛰刚过，残雪犹存，但当我只穿一身军装，没有领章帽徽，同三年前离家入伍时毫无二致地出现在父母面前时，我从他们宽宏慈爱的惊喜中看到了苍老无言的失望，这让我顿感无颜，并内疚不已。当兵三年没探过家，父母连看都没有看过我戴上领章帽徽、作为正式军人的样子，更没有过一次向亲友炫耀有个当兵儿子的机会，为此我真是空前的内疚。但我只能努力做出欢天喜地、见多识广、成熟懂事儿的样子。只有一次，当母亲一个人在夜深人静的灯下问我，因为啥从部队回来，是不是太想家了没出息时，我忍不住流下了眼泪。我的眼泪滴在母亲那有些破旧的衣襟上，我说妈妈，好妈妈，别问了，反正你儿子没犯任何错误。

是呀，我能犯啥错误呢？在复员之后相当长的一段时间里，我自己也不断追问自己。直到有一天，当我翻开胡太玄科长送的《鲁迅全集》，翻到《从百草园到三味书屋》，我欣喜地发现，鲁迅先生其实早就有过和我同样的迷惘，因为他写道："不知道为什么，家里人要将我送到书塾里去了……也许是因为拔何首乌毁坏了泥墙吧，也许是因为将砖头抛到间壁的梁家去了吧，也许是因为站在石井栏上跳了下来吧……都无从知道。总而言之，我将不能常到百草园了。别了，我的蟋蟀们！别了，我的覆盆子和木莲们！"

不知道为什么，也不管为什么，总而言之，鲁迅和他的百草园，我和我的军营，就这样都别了。而我和当兵前一样，又恢复了每天晚上看书的旧习。看书，去南方，从南方回来还是看书，这就是我生命的一段历史。在七十年代中期的难忘岁月，中国发生了许多惊天动地的事件，但无论什么时候，我都在努力看书，我把所有能找到的书都看得书页翻卷，韦编三绝。看了《鲁迅全集》，看了《别了，武器》（又译《战地春梦》），再后来，看了《追忆似水年华》……

美国批评家约翰·玛西在《文学的故事》中写过诗人爱伦·坡的故事，他说这位杰出的美国诗人从不因贫困而悲叹，也不因被忽略而伤感，那都是他所不屑的。诗人生活中的一个悲剧是这样的：他曾当过一段陆军士官生，而多年之后当他妻子临终时，床上所盖的唯一的东西，还是他的那身军服。我是在某个下雪的日子读到这段话的，突然不觉呆住。

我几乎从来没给首长和战友们写过信。我知道，战友们会陆陆续续都从部队走的，女兵们也同样会离开军营。想到穿着那样合身的绿军装的女兵也会离开军营，我由衷地感到军营有它冷漠无情的一面。兵嘛，铁打的营盘流水的兵，谁都会走，女兵也会走，碧绿的白杨也会走，不是吗？

忆得绿军装，处处怜芳草。

日照军营，月照军营，新兵们一茬茬地守卫它，老兵们一茬茬地怀念它，而每个老兵，可能都有他不同于别人的怀念方式。军营，你以为你是谁吗？时隔多年，我没有像爱伦·坡那样贫困，也没有像爱伦·坡那样伟大，不过我至今仍整洁地保存着当年穿过的军装，因为，那纯正的绿色不仅让我怀念已逝的军中岁月，也让我经常提醒自己，一个人只要曾经是战士，那他就再也不可能不是战士。法国哲学家萨特说：“我独自一人，却像攻克城池的军队一样前进。”我觉得自己就是这样的，即使一个人走路，也仿佛是行进在兵车隆隆、铿锵浩荡的行列中。

芭蕉远上白云

这个月，我们最喜爱的那个岛繁花尽放，
金凤花、红三叶草，以及紫苕，
水兰依然热烈，雏菊斑驳，而小米草，
芬芳的蓬子菜，炽烈如满天星。

还有许多花草，都归来了，它们用欢乐描绘草地。金翅雀也重返故地，白颌麻雀会唱五个音符的歌……五月的一天，当我译完美国女诗人伊丽莎白·毕肖普的这首《北黑文》，恍然有一种似曾相识的感觉，想起来了，正好在十年前，一位美国学者曾以和诗人毕肖普同样的语气，向我描述过一个地方，而我当时只向他提了一个问题：那里有芭蕉吗?

这个问题，我也很想提给毕肖普。

一

作为北方人，我对于芭蕉的喜爱，真可谓是“情不知所起，一往而深”，自己也说不清为什么。这就像某天早晨吹着小风，我到单位上班，看见一个穿迷彩服的小伙子在街上绕来绕去，腋下夹着一卷老画，漫不经心的样子，画的一角斜露，逸出画名——《南乡旧梦图》，就立刻亲切得不行，就不惜花了上千元买下来一样。而且几乎没讲什么价。这是我迄今收藏的唯一画作，朋友们看了都见笑，说我被骗了，我说，总算是高仿吧。其实对我来说，高仿还是低仿也不重要，就是喜欢，仿佛这幅画放在家里，家里就有了一份江南的温润和清雅，或者，用法国人类学家列维·斯特劳斯那本代表作的书名来说，有了一份“南国闲愁”。

有个自称懂易经的人，曾断言我今生命中缺水，说“风道北来，天乃大水泉”，北方是属水的，所以，你这辈子的生活与工作，均应是近“玄武”而远“朱雀”也。我和此人的相遇是在从沈阳到黑龙江漠河的火车上，是那种又老又慢、憨实可爱的绿皮火车，全程约三十多个小时，到漠河之后还要到北极村，总之是一路向北，北而又北，因此他这番话深得我心。想一想很有道理，我的大学和研究生学业是在吉林长春读的，而参加工作则基本上是在沈阳，如果以我的出生地辽西为坐标，那我的人生道路确乎是与北有缘，向北而在的。

不过也有例外，尤其无可回避的是，我参军当兵是在南方，而大学毕业后到美国访学，去的虽然是中部，也偏偏有个南字——南伊利诺伊大学。即以我多年生活与工作的沈阳而论，其位置虽在中国东北，但就整个东北的地理而言，沈阳又是偏南的。我想这才是我人生真正的秘密，一个北方人，一颗北方心，但这颗心总有它特别的一角，那里生长着美丽的芭蕉，也生长着我的“南乡旧梦”或“南国闲愁”。

二

最早见到芭蕉是在武汉当兵的时候。那是 1972 年冬天，快过春节的时候，我们从雪花纷飞的辽西老家集合出发，坐上一列闷罐火车，两天两夜被运到了武汉。是的，我们那批新兵是被从北方运送、运输到南方的，上车时大地白茫茫，下车时大地绿茵茵。所以我在给姐姐的家信中不无造作地写道：我们失去了一个冬天。

从骏马西风的塞北，来到了杏花春雨的江南啊，红了樱桃绿了芭蕉啊，芭蕉叶大栀子肥啊。

其实武汉的芭蕉并不特别多，直到新兵训练快结束的时候，我们到街上的公园去合影，才第一次见到了这种植物。那几株芭蕉高高大大，叶绿花红，不知是不是美人蕉，让我们这些北方新兵心中异样，不太敢睁眼看，就像上学时不敢看城里下乡的女生，参军后不敢看卫生队的女兵似的。但不敢看毕竟也看了，有人还动手摸了摸那肥绿的叶子，可能都觉得既美丽，也忧伤，而且还多少有些性感。

许多年后，我读到美国诗人兰斯顿·休斯的一句诗：“漂亮得像个女人似的南方啊”，就想他说得真对，在南方，连芭蕉都漂亮得像个女人。

新兵训练后被分配到师部的警卫排，师部很大，原是省公安学校的院子，在硚口区古田四路。也许是怕扰乱军心吧，师部大院佳木葱郁，杂花生树，却很少能见到芭蕉。在我的记忆中只有一株，种在首长的住宅区。准确地说，是在师长和政委家小楼的中间。这株芭蕉比公园里的那种还大，虽然旁边植有几棵梧桐，显得很隐蔽，但仍难掩它的倩影，特别是阔大的叶子，许多年后我才知道，那叶子大概是可以作“蕉书”的，如清代屈大均《草语》所记，这种芭蕉“其叶必三，三开则三落，落不至地，但悬挂茎间，干之可以作书”。

但当时是想不到这一点的，虽然因为想家，我几乎每隔一两周就要写封家信，但绝想不到可写在芭蕉的叶子上。不过这样的叶子，却让我不自觉地传承了中国文人的另一雅趣，那就是听雨。警卫排的任务就是站岗值勤，而我最喜欢的哨位就是首长的住宅区，在这里站岗，与在师部大门口站岗是不同的，在大门口站岗要挎冲锋枪，而且要昂首挺胸，目不斜视，站成一尊雕像；而在首长的住宅区，则可佩带手枪，并且是流动哨，可以适当地漫步。更何况还有那株芭蕉陪伴呢。李清照《采桑子》词云：“窗前谁种芭蕉树，阴满中庭。阴满中庭，叶叶心心，舒卷有馀情。”是啊，谁种的芭蕉树呢？每当我走过首长们的窗前，都忍不住这样猜想。

我们把这个哨位称为“芭蕉哨”。

特别是下雨的天气，本来是听雨而眠，半夜被叫起来换岗，到哨位还是听雨。李清照那首词说北方人是听不惯雨打芭蕉的，其实正相反，对我们这些北方新兵来说，芭蕉上的雨声是最动人的音乐，也是最新奇的诗，那种时疏时骤、时散时密，或温柔敦厚，或轻盈跳脱，或沉郁顿挫，或晶莹剔透的敲击，好像就是我们对远方亲人的诉说，诉说着我们参军当兵的全部意义和理由，保家卫国，男儿本色；走南闯北，开拓人生；白昼练武，子夜执勤，这些都是理由，还有想家，仿佛想家也是当兵的理由之一，因为如果不当兵，我们能这样有滋有味地想家吗？而如果不想家，那还算是真正的当兵吗？而在多雨的江南，多雨的武汉，多雨的军营，那夏夜里的芭蕉雨，伴着当地特有的清脆蛙鸣，好像既触发和加重了我们的乡愁，同时又缓解和安慰了我们的乡愁，使我们的想家变得隐忍而成熟，并赋予其合理性、尊严感和一种高贵深广的格调。

“黄鹤一去不复返，白云千载空悠悠”，唐人崔颢的千古名句，构成了武汉三镇的底色，给人的印象，那是一座黄白相间的城市。但我知道，武汉还有绿，那种绿与军营有关，也与军营里的芭蕉有关。其实没有人注意到，我们上世纪七十年代的军装，配着红领章和红帽徽，和一株绿叶红花的芭蕉何其相似。所以，与其说我喜爱芭蕉，不如说我是在怀念当年的军旅生涯，虽然只有三年，但对我来说却是最珍贵的经历，而旧时的军装和南国的芭蕉，在我的回忆中总是执拗地融为一体，并最终变成同一的意象。

江南忆，最忆是雨天，军营深处芭蕉哨，青春无语红绿间，何日再重还——许多年后，当参过军的经历在人们心中已变得无足轻重的时候，我仍然满怀惆怅，把这样的诗句用微信发给战友。

三

春天，遂想起江南，多湖的江南，多雨的江南，多芭蕉的江南，每当回想，心情都是绿茵茵的，湿漉漉的。偶然碰到一篇文章，《“江南”怎么译》，也津津有味地读。说来说去，最通行的英文译法，也不过是“Area South of the Yangtze River”，即“长江以南地区”。可这样的译法，和我记忆中、怀念中的江南绝不相似，和唐诗里的江南，宋词里的江南，乾隆皇帝的江南，曹雪芹《红楼梦》里的江南，更是相去甚远。而且也不准确，长江以南，以南到什么程度呢？比如福建海南，广东广西，也是长江以南，但以南得太远了，就有了问题，不宜再称为江南而应该是所指更广的南方或南国了。诗人们都说诗是不可译的，江南是诗，故江南也不可译。那种水巷小桥的风韵，竹林曲径的风姿，粉墙芭蕉的风神，一译，就全丢失了。

实际上，芭蕉本身也不可译，作为一个学过多年英语也教过多年英语的人，我知道英语在词汇上是有缺失的，像“芭蕉”这个词，它负载着中国人特殊的文化乡愁和诗性感悟，在英语中却没有对等的表述，只有一个让我们难堪的词组——Japanese banana，直译过来竟是“日本蕉”。最早查到这个词组时，我几乎要跳起来，喊起来，但后来一想，这可能不过是文化传播的问题，比如，日本十七世纪的俳句诗人松尾芭蕉，他种芭蕉，爱芭蕉，不仅自己以芭蕉这个名号写诗，连他的隐居之所也叫芭蕉庵，说不定正是松尾芭蕉的俳句，或他与芭蕉的故事，或仅仅是他的名字，传到了西方，西方人才由此知道了芭蕉这种很东方的植物，以其叶子大，果实小，不同于普通的香蕉，故称“日本蕉”以名之吧。

但还是莎士比亚说得好：What’s in a name——名字算得了什么呢？无论就其历史的久远、品种的多样，还是就其文学的表现的成熟而言，中国的芭蕉在世界上都算得上是无与伦比。所以，还是让我们学会前辈古人的文化自信吧，他们吟咏芭蕉的态度是遗世独立，睥睨万物的——“芭蕉为雨移，故向窗前种”；“芭蕉开绿扇，菡萏荐红衣”；“芭蕉不展丁香结，同向春风各自愁”……

总之，在江南，在南方的中国的许多地方，我后来都看过芭蕉。比如在厦门，在南京，在西双版纳，感觉上好像厦门的芭蕉大而葱郁，有海风气度；南京的芭蕉小而飘逸，像六朝佳丽；而西双版纳的芭蕉，似乎普遍有种淡金色，如透着泼水节沐过的佛光。但给我印象最深的，还是杭州的芭蕉。2008 年夏天，我到中国作协杭州创作之家度假，半个月时光，终日徜徉于荇水荷风之间，流连在芭蕉树下，特别是创作之家小院里的那株芭蕉，就像济慈所说的“一整杯南国的温情”（a beaker full of the warm South），让我们每天晚上都流连不已，如饮甘醇。

杭州创作之家的小院虽不算大，却诸景皆备，回廊幽静，天井落星，下雨时潇潇飒飒，池中小鱼奔窜，观之悦目。出门到院里，则有一树古樟泼荫，树下有石桌石凳。对面的月亮门旁，就是那株芭蕉，状如高脚杯，叶子皆如长形荷叶，田田的，绿绿的，格外清爽文静。就连雨声，落在这蕉叶上，也同样显得文静，无论瓢泼大雨还是涓涓细雨，听起来都如书生夜读，一派文静。

晚上睡觉前，我们就坐在那古樟下的石桌前，纳凉、听雨、聊天。经常和我聊天的是老叶，南方某大学教授。聊着聊着，会有一枚樟树叶落在石桌上，仿佛也想加入聊几句似的。而“书生芭蕉”在那边兀自夜读，似乎各不相扰。

老叶是教外国文学的，尤其对美国文学有研究，张口海明威，闭口福克纳的。但雨声如潮中，我突然有个感觉，就是每当老叶谈海明威的时候，好像雨声就比较大，而只要他一谈起福克纳，雨声就变小了。福克纳是美国南方的文学大师，似乎美国南方的故事，中国南方的雨也爱听。比如，老叶谈到《押沙龙，押沙龙》，就情不自禁地朗诵起小说主人公的话：“给我讲一讲南方吧，说说那里的气候，说说那里的人们，他们为什么住在那里？或者，他们为什么活着呢？”那一瞬间，我觉得雨和芭蕉都没有了声音，仿佛被问的是它们，而它们一下子都被问住了似的。

对了，需要说明一下当时的背景。那是个不同寻常的雨季，后来我在一篇文章中这样记述：“其时四川的特大地震仍有沉沉回响，而南方的洪水又滔滔欲泛，包括杭州在内，几乎每天都有暴雨或大暴雨的预警。那些天，住在距西湖不远，位于灵隐寺旁、北高峰下的创作之家小院里，我偶或想起鲁迅先生当年在广州编校《唐宋传奇集》时写下的几句话，遂戏仿之：时大震惊天，煌煌众志，洪水遥叹，余在杭州。”

四

《圣经》上说："好天气出自北方。"

我第一次知道这句话，是在从伊尔库茨克到莫斯科的飞机上。那是我和一些作家去俄罗斯观光，而非常偶然的是，当俄航班机在辽阔的西伯利亚上空盘旋，当我正试图从窗口俯视下面清澈而神秘的贝加尔湖时，却听到了这样一句英文：

> Have you ever heard that—— Fair weather comes out of the north？ It's from the Bible.（你可听说过这句话——好天气出自北方？是《圣经》里说的。）

我这才注意到，原来坐在我旁边的那位彬彬有礼的先生，他并不是俄罗斯人，他会讲非常流利的英语。于是我赶紧搭话，说以前并没听说过这句话，但这句话很像是真理，看这西伯利亚的蓝天就知道，北方真是太晴美了。

也许我还不算太笨的英语让他有些意外，他非常友好地伸出手，主动介绍说他叫杜克，威廉·杜克（William Duke），来自美国的北卡州。我说那你的名字太好记了，因为杜克大学正好也在北卡州。杜克笑了，说杜克大学的确是美国南方的名校，不过他可不在大学工作，至少不在杜克大学工作，而是在某个研究机构任职，是自然生态方面的研究机构。

我连连点头，觉得研究生态的人，到俄罗斯，是最恰当不过的了，这里有希施金和列维坦的风景画，还有普列什文的《大自然的日历》，雷昂诺夫的《俄罗斯森林》，但杜克先生好像并不熟悉这些作品，他很茫然，只是出于礼节，耐心地听我像个文艺青年似的说话。不过有一个词他纠正了我，那就是“巡回展览画派”，他认为，这个画派译成英文应该是Wanderers，也就是“流浪者”（后来证明，杜克先生是对的，他所说的英文译法不仅是规范的，而且也更准确地揭示了那个十九世纪俄罗斯画派的自发性、民间性和非官方的本色）。对此，同样是出于礼节，我没有争辩。

从伊尔库茨克到莫斯科的航线很漫长，有六七个小时，这期间我们时而沉默，时而小睡，时而吃点儿东西，时而看外面的白云朵朵，以及数千米之下的俄罗斯大地。但杜克先生显然并没有我那样的兴奋，他目光中似乎还有另一个远方，后来他告诉我，他这次只是顺便到俄罗斯，他此行的真正目标是朝鲜半岛（Korean Peninsula）。

他说他这次的具体任务就是考察“三八线”（38th Parallel），也就是韩国和朝鲜之间的那条军事隔离带，那是个狭长的无人区，自朝鲜停战以来半个多世纪，从未有人踏足过那片土地，因此，那里实际上已成为生态保护区了。接着他就开始描述，脸上洋溢着一种如数家珍的兴奋与激动，包括那里的各种树木，各种花草，成群的野生动物，还有鸟儿，他似乎对鸟儿更情有独钟，每说到一种鸟儿就变换一种口形，来模仿它们不同的叫声，啁啾的、呢喃的、叽叽喳喳的，甚或是短促和悠扬的。我承认，自己被感动了，为这位生态学者的忘形之态，为他流连不已的另一个远方，而一个美国人，不远万里，到朝鲜半岛来关心人家的莺飞草长，这件事本身也是不太寻常的。

杜克先生长得高而瘦，言谈谦和而坦率，他说他和他所供职的研究机构所关心的，就是如果一旦这半岛上的南北统一了，无人区变成旅游区，三八线上的生态环境是否会遭到破坏。南北统一，这种担忧让我觉得很特别，过了一会儿我问他：那里有芭蕉吗？

芭蕉？他显然没想到我会问这样的问题，而我为了用英语表达芭蕉这个概念也是颇费周折，先说香蕉，即banana，然后再强调所谓芭蕉，就是那种叶子很大、果实很小的香蕉。杜克先生听了半天，似懂非懂的样子，摇头说：大叶香蕉？我在那里没见过。

实际上我暗自庆幸，杜克的似懂非懂正合我意，因为他始终没说出可能会造成尴尬的那个英文词组，也许他压根不知道芭蕉的英文表述是“日本蕉”。于是我索性知难而上，借题发挥起来，我说那个地方没有这种植物，但那地方本身却很像这种植物，接着，我就给他背诵了唐代钱珝的《未展芭蕉》诗：“冷烛无烟绿蜡干，芳心犹卷怯春寒。一缄书札藏何事，会被东风暗拆看”——然后连解释带翻译，我说你看，你考察的那条隔离带不是很像这首诗里的大叶香蕉吗？叶子卷着，不肯舒展，因为怕天寒啊，怕破坏啊，这大叶香蕉像一支绿色的蜡烛，也像一卷隐秘的书信，不愿被谁读到，哪怕是春天里的风。

唐代？杜克这次好像是听进去了。我说对啊，唐代，史称大唐，是个了不起的朝代。于是杜克开始掏出小本记录，包括那首诗里的意思，让我反复解释。终于他恍然大悟道：你的比喻很有趣！然后又伸出大拇指说：“你们中国的大叶香蕉真美，你们中国的大唐诗歌真棒！”

英语中的“真棒”是great，这让我很开心，因为我知道更多的时候，great还可以译成“伟大”。

五

阿赫玛托娃在评价他的同时代诗人曼德尔施塔姆时说：“他永远对南方、大海和新的地方感兴趣。”但我与此不同。我是永远对北方感兴趣，而南方却更像是一种怀念。

关于“好天气出自北方”这句话，我后来特意查了《圣经》，英文版确实是这样写的，在《约伯记》第三十七章，但中文版却不知为什么，译成了“金光出于北方”。我曾在网上请教过大学同学春雨牧师，问为什么有这样的差别，春雨说，好天气总是阳光灿烂的，和金光有联系啊。那么南方就没有好天气吗？春雨对此沉默许久，之后回复说，或许南方有更好的天气啊，南方有时是深不可测的，英语中有个词叫“深南”——deep South，你不知道吗？

哦，深南，我喜欢这个词，一往情深深几许，深南处处芭蕉雨，去年我到广西南疆，好像一下子就找到了那种“深”的感觉。

那是《南方文坛》杂志的一次学术性会议，开会是在南宁，会后的采风考察，主办方组织我们去看著名的花山摩崖石刻。花山靠近南疆，我们就从南宁出发，一路南行。这就是所谓的深南了，我想，一路木棉挺拔，榕树苍劲，云水茫茫，而芭蕉简直是太普通了，路边有，村头有，山崖水畔，随处可见，普通得就像是野生野长的灌木丛，就像是我们老家辽西的榆树茅子。但正是这样的芭蕉，让我感到了前所未有的震撼，它们有的被劈折，蕉叶零落，有的则被过往的车辆溅上了泥点儿，看上去是风尘仆仆的灰绿色。我确实从没有见过这样的芭蕉，它们不是风景树，不是听雨花，而是你见与不见，都在那里，活着死去，都在那里，真正具有人民性和生活感的芭蕉！

我把这样的感受告诉了老冯。老冯是广西著名作家，一路陪同我们。老冯说，我们这里的芭蕉不但是人民的芭蕉，还是战士的芭蕉呢，因为这里离当年的老山前线很近，过了花山就是老山，这里也驻过参战部队，老百姓当年都做过贡献。我说是真的吗？我当年的部队也是参战部队啊，虽然我复员早，没赶上，但我的战友们都曾踏过硝烟，有的就牺牲在这里，或许是这里吧。

想起美国一个很有名的纪念碑，碑文就是：This is the place.——“这就是那个地方”。

我用手机给战友群发微信，说亲爱的战友们，我在靠近老山前线的地方。但战友群里空旷而寂静，久久也没人回应。

天下起了雨。参观完花山峭壁上的摩崖石刻，我们开始返回南宁的时候，我才看到战友群的“箫声袅袅”发来了回信，这是当年的一位女兵战友，她其实也不是给我回信，而只是描述了战友们当年参战的一段经历。其中有这样的情节，半夜紧急集合，执行任务，急促的军号声把女兵们从睡梦中惊醒，五个丫头泥鳅打滚似的蹦了起来，黑暗中乱扯乱抓，慌乱中一个女兵捆背包的手连同另一个女兵的一缕头发一起拽了过来，后者发出了凄惨的叫声，那叫声划破夜空，余音袅袅，手电筒随之亮起，全乱套了。结果全班受到了严厉批评，负责女兵班的男兵班长还被撤了职。后来，在一次抢占高地的战斗中，他牺牲了。

男兵是扶着一株芭蕉树倒下的，就像扶着一丛灌木。

这就是女兵战友的故事，其简明扼要之美令此刻正在写作的我感到羞愧，我想我必须结束这篇关于芭蕉的文字了。那个男兵可能是和我同年参军的战友，也可能比我们更年轻。他倒下的时候，会看到芭蕉楚楚，远上白云，也会再次听到那个女兵战友血泪晶莹的尖叫吗？

而当这些发生的时候，我正在遥远的北方某个城市里读着大学，我的专业是英语，这让我多年以后，能够凭借一首美国诗歌引发的灵感，写下自己对南方的乡愁与怀念。这也是我唯一能做到的，因为正如毕肖普在那首诗中所说的，如果你不能改变你的诗篇，你的一切也将不能改变。

第三辑

有学员的日子，文学院才真正像个文学院。『水晶帘动微风起，满架蔷薇一院香』，秋天是文学院最美的季节。

老师与铅笔

教师节又到了，陆续收到学生们问候的短信。有三十多年前的学生，有二十多年前的学生，也有近些年的研究生和作家班学员。这与其说是证明了我的资格，不如说是提示了我的年龄，已知天命。回想自己的前半生，可以说当学生的经历和当老师的经历相互交替，而时间也差不多相等，都是近二十年。

我当过小学教师，中学教师，大学教师，还在偏远乡村当过近一年的耕读小学校长。后来到作协系统的文学院工作，也算是教师，巴乌斯托夫斯基（《金蔷薇》的作者，曾在苏联的高尔基文学院任教）式的。

我教过的学生很多，教过我的老师也很多，仅正式教过课的，屈指算来也有近百位。他们的名声和地位相差悬殊，有外国人，也有中国人，有知名学者教授，也有默默无闻的乡村民办教师。

老师们现在都到哪里去了呢？绝大部分都老了，有的甚至去世了。可我对他们中的任何人，至今都无所回报。教师节，想对他们说声谢谢，但久无音讯，对谁去说呢？所谓“渐行渐远渐无书，水阔鱼沉何处问”。

上个月大学同学毕业三十年聚会，我因忙于工作缺席，后来看同学传过来的照片，老师们都满座白发似雪了，而当年他们是那样的奋发有为，令人倾慕。包括一位美国外教，她当年给我们任课的时候正是风华正茂，就像纳博科夫笔下的洛丽塔，而看如今的照片，岁月的风霜也已挂上眼角，就像大自然最写实的铅笔画。记得这位年轻的外教本身就喜欢铅笔画，风格上效仿美国的哈德逊河画派，她曾给我们每个学生都画了张肖像作留念。

当老师的一般都很少用铅笔，早年的时候中国用毛笔，后来学西方，都用钢笔，而且墨水通常都用红色的，这样批作业，写评语，圈圈点点，就显得很有权威性，不像铅笔那样，只能轻描淡写，并且很容易被一块橡皮擦抹或篡改掉。师道传统，于此可见一斑。

但我知道一位赫赫有名、蜚声世界的老师，他却宁愿选择铅笔。

读英文版的《海德格尔哲学研究》，其中有一段特别提到了哲学家海德格尔和他的老师胡塞尔的关系，感慨系之，随译如下：

被称为“现象学之父”的大哲学家胡塞尔对他的学生海德格尔特别好，不仅教他知识，而且在他最困难的时候还鼎力相助，帮他出版著作，直到获得教授职位。

不过，海德格尔的思想后来已悄然背离了他的导师，并且把他的代表作《存在与时间》中献给老师的题词也偷偷删去。但胡塞尔对此却浑然不觉，过生日时还让海德格尔来主持。直到许多年后，胡塞尔老了，到海滨别墅度假，这时他躺在海边的摇椅上，听涛声阵阵，才读了他学生的大作《存在与时间》，也才忽然明白他的学生在思想上已离他有多远。于是他用颤巍巍的手，拿起一支铅笔，在书的扉页上用拉丁文写下一句话：Plato is my friend，but truth is a better one（柏拉图是我的朋友，但真理是更好的朋友）。

这个情节是令人感动的。海德格尔对世界的影响可能比他的老师更大，但胡塞尔却永远是师德的典范。在蓝天碧海之间，他用铅笔写下的与其说是对学生的不满和谴责，不如说是辽阔的反省和深远的自责。而之所以用铅笔，是怕碰伤了他们之间曾经有过的师生情谊吧，因为铅笔，写起来毕竟是很轻很轻的。

南极往事考

在金融博物馆见过南极元，也就是南极通行的货币。既然有货币，想必南极也发生过一些凛冽而温馨的传奇故事。

不久前看到一份英文资料，介绍二十世纪初英国人的一次南极探险。故事的主角叫谢格尔登，他是位爵士，从 1914 到 1916 的两年时间，曾率领一支皇家探险队穿越南极。不幸的是他们的船在冰裂中沉没，但队员们仍在寒冷的冰原坚持了五个月之久。当谢格尔登和他的两个队员乘着一支鲸皮筏划行了八百英里，然后徒步走过南乔治亚岛寻求救助的时候，奇迹发生了。以下是谢格尔登在他的回忆录《向南》中的一段陈述：

> 每当我回想那些可怕的日子，我确信是某种天意在引领着我们。不仅是引领我们穿越那些冰原雪野，也引领我们穿越了白浪滔天的海峡，那是在大象岛和南乔治亚岛之间。前行是极其艰苦而漫长的，仅翻过南乔治亚岛的那些

不知名的山峦和峡谷就花费了我们三十六小时，而整个行程中，我恍然觉得，我们同行的常常是四个人，而不是三个人。但我守口如瓶，没有对我的同伴泄露半句。不过后来沃斯利忍不住对我说了：“头儿，我有个奇特的感觉，好像一路上总有另外一个人和我们在一起。”这样的感觉，柯利恩说他也同样有过。我们知道要描述不可言说之事是犯忌的，也让人无能为力。但是，如果不说出那个贴近我们心魂的同行者，有关我们那次探险的记载将是不完整的，也是不公正的。

多么奇异的同行者，我们从小到大，同行的人可能不计其数，但像谢格尔登爵士所描述的同行者，应该绝不多见，或者即使有，我们也往往不会察觉，更不会追问。

近日因要写一篇文章，重读了一遍 T.S. 艾略特的长诗《荒原》。读到第五章《雷霆的话》，其中的一段不禁让我怦然心动：

谁是走在你旁边的第三人？
在我清点时，唯你伴我行
而当我远眺，总若另有人
在你的身旁，也悄悄地走
……

对于这段诗，艾略特有这样的注解："以上几行是由某南极探险队的经历而触发的，我忘记了是哪一次，也许是谢格尔登领导的那次。据说这些探险家在精疲力竭之时，常常幻觉到数来数去，总是多了一个队员。"

世间事儿真是充满了巧合，谢格尔登的经历和艾略特的诗，就这样在我的阅读中相遇了，并证明着彼此的存在、价值和意义。不过这里有个小问题，谢格尔登说的是共有三人，多出个第四人，而在艾略特这里却变成了共有二人，多出个第三人。也许艾略特的确没记清楚，也许因为他这是写诗，说第三人可能更恰当，不宜太精确。

一般情况下，我们都不会去南极，但谢格尔登的故事，也包括艾略特的诗，还是让我们感到一种大美，既惊心，又亲切。可能有人会认为，所谓多出来的第三人或第四人，不过是旅行者的一种幻觉。也许吧，但关键的启示应该是这样的：我们能否像谢格尔登那样，时常清点一下我们的同伴？我们能否像艾略特那样，时常问一问我们的同伴：那个人是谁？那个我们身边或许有之的奇异的同行者是谁？那个或幻觉或神秘的存在，他对我们的生活究竟有怎样的意义？

西方美人之思

刚过完清明节，我就去云南的西双版纳，参加在那里召开的2011年全国散文创作会议。“燕子来时新社，梨花落后清明”，晏殊这两句词大概说的是中原地方的物候，而在我们东北的沈阳，虽然清明已过，燕子和梨花却都还没有半点儿消息，大地仍是一派初春的寒意与苍茫。

从大东北到大西南，在飞机上俯视中华大地，想那蓝天白云之下，该掠过多少燕子，开过多少梨花。当飞机降落在西双版纳的景洪机场，已经接近晚上十点。甫出机场，果然听到了夜空中传来美妙的鸟鸣，而且那不是燕子，应该是比燕子更珍稀的鸟儿，或许是画眉吧。这“黑暗中的画眉”，一下子把我唤醒，发现自己正置身于“彩云之南”那奇异的碧绿芬芳中。

西双版纳可能真是一处钟灵毓秀的“选地”，也就是被神祝福过的地方。这里的山川景物、花草树木是奇异的，就连阳光也是奇异的，显得比别处情深意长。虽然不过是四月中旬，春风中俨然已有浓浓的夏意。梨花是金色的，芭蕉是金色的，澜沧江水也是金色的。诺基山秀，雨林风柔，竹楼人美——那成排成队、能歌善舞的傣家少女，与娇娇的风吹楠，细细的凤尾竹，青青的罗芙木，郁郁的依兰香，一起构成了西双版纳所独具的人文生态之美。水木清华中透着妩媚，河谷迤逦中显出丰饶，很多物种在我们东北别说看，恐怕听都没听说过。于是心情就有些自卑，难道我们那片环海的黑土地，就没有值得骄傲的风物吗？当然也有，比如我们那里有白桦林，有美人松，还有榆树，那几乎是每个乡村都有的“村上春树”。

实际上，西双版纳人就连历法也是独具一格的，他们除了公历、农历还有傣历，而我们是正好赶上了傣历1373年的新年，也就是一年一度的泼水节。看到澜沧江边那万人攒动的庆祝场面，我猜测在西双版纳人心中，因为有了泼水节，同在四月的清明节可能显得似有若无的。这也难怪，清明从节气上说，无非是清爽明亮的意思，而在西双版纳，这里的一年四季，哪一天不是这样清爽明亮呢？

会议期间，《散文世界》杂志主编找到我，邀我出席当晚在景兰大酒店举行的太阳魂冰酒品鉴会。

所谓冰酒，原来是葡萄酒的一种，英语是 Icewine，德语是Eiswein，如果音译过来，我觉得二者都可译为“爱斯文”，而且那酒瓶也特殊，杨柳细腰，静影沉璧，别有一种华贵的气度。面对这样的酒，不管你什么身份，总得要显出一点儿斯文和深沉来。这就是我们那天的品酒会，深沉而不乏诗意，特别是主讲者，云南太阳魂酒业公司的总经理陈勇先生，听他对冰酒历史的介绍，我们都有个共同的感觉，这位博士出身的总经理，也很像是冰酒的歌手或行吟诗人。

冰酒的出身类似童话里的灰姑娘。陈勇先生说，冰酒诞生于1794年的德国，正值晚秋时节，天气初肃，由于某种疏略，德奥地区的弗兰克尼葡萄园遭受了一场突如其来的严霜，成片的葡萄被冰冻在枝头，所有的人都为此痛心疾首。为了挽回一些损失，酿酒师将一部分冰冻葡萄压榨，并按当地传统方式发酵酿酒，却意外发现酿出的酒不但酒体饱满，而且果香四溢，沁人心脾。从此世界上有了冰酒，它真有点儿像葡萄酒中的灰姑娘，穿着水晶鞋，一路走向葡萄酒家族王者的至尊宝座。

诗人海涅写过《德国，一个冬天的童话》，我想对娇嫩的葡萄而言，那冰霜凛冽的秋天，其实也无异于冬天。那些“宁可枝头抱香死，何曾吹落北风中”的葡萄，想一想该多么可敬。在童话的意义上，仅仅把冰酒说成是灰姑娘是不够的，那些在寒风中瑟瑟发抖的冰葡萄，其实也多么像安徒生笔下“卖火柴的小女孩”。

这样想着，就觉得有一种火柴的味道，世界上最小最小的火焰的味道。喝下第一口冰酒，似乎舌尖就被“嚓”的一声点亮了，然后嗓子也被照亮了。那是被冰冻在枝头的冰葡萄，在用一根根火柴诉说自己美丽的信仰吗？然后，当太阳升起的时候，旁边就出现了星星。

世界上有三个国家的冰酒最负盛名：加拿大、德国、奥地利。

中国生产冰酒的历史并不长，主要分布在东北的通化与桓仁，甘肃的祁连张裕，云南的梅里圣地。我们那次品尝的冰酒，就是太阳魂酒业在滇西北香格里拉附近的梅里雪山脚下，澜沧江大峡谷附近，开辟庄园，精心种植，采用著名品种赤霞珠酿成的冰红葡萄酒。

陈勇先生希望我们能闭上眼睛，像欣赏音乐那样认真体会冰酒中的味道，他特别介绍了梅里冰酒庄的环境与风貌，说世界上唯有梅里雪山，是至今无人挑战登顶的处女雪山，无比圣洁，并且离这雪山不远，则是举世闻名的香格里拉。这样的介绍，本身就会影响我们的味觉。想这圣地冰酒，生在高原，心在高原，细细品味，其中确有风笛般的高原阳光的味道，版画似的高原河谷的味道，如果继续分辨，好像在那味道的深处，还有质朴的无花果在散布着忧伤，也有寂寞的甜樱桃在蜂箱边歌唱。葡萄酒的风味是与自然环境息息相关的，有的葡萄酒不仅有花香草气，甚至也有矿石和石油等独特的香味。但这些只是一个层面，还有另一个层面，冰酒作为葡萄酒中的上品，在其优雅、沉静的风味中，也必然会包括大环境的，乃至人文环境的、形而上学的元素。因此这圣地冰酒，显然还应该有“彩云之南”的味道，处女雪山的味道，香格里拉的味道——或许，还有某种英国小说的味道，因为我们不会忘记，香格里拉主要是凭借上世纪三十年代英国作家詹姆斯·希尔顿的小说《消失的地平线》而名扬天下的。

内陆高廻、三江并流的梅里雪山是藏区八大神山之首，太阳魂酒业的葡萄园周边，有月亮湾和飞来寺，那些优质的冰葡萄幼苗，不仅沐浴着雪山的阳光，滋育着河谷的月光，据说也是日夜聆听着山上小喇嘛们的诵经声长大的，那么，这意境苍远的雪域佛事，是否也会溶进冰酒呢？至少我相信是这样，那冰酒的风味是精致、优雅而苍远的，“溪中云隔寺，夜半雪添泉”，把酒斟入杯子里，清朗的诵经声即隐约可闻，只是并不显枯寂，或许是因为诵经人的稚嫩，偶尔你也可能会听到仓央嘉措那情歌般的诗句——“……圣洁的美酒，若用圣洁的誓约去喝，即可不遭灾难。”

明代大书法家董其昌，推断《清明上河图》的作者张择端是南宋人而不是北宋人。明末清初时的张岱也承袭他的说法，他在一篇题为《扬州清明》的散记中引董其昌的话写道：“南宋张择端作《清明上河图》，追慕汴京风物，有西方美人之思。”张择端是否生活在南宋时期暂且不论，我想说的是，清明时节在西双版纳，同样也让人顿生“西方美人之思”。

西双版纳是“西方美人”，梅里雪山也是“西方美人”，只是二者在我的印象中是如此不同。如果说西双版纳的美是绚丽而柔情万千的，梅里雪山的美则是华贵而气势非凡的，那红妆素裹间，该有多少天风浩荡。我希望有一天能去那里，哪怕仅仅为了体验卡夫卡的一句箴言——“这个地方我还从未来过：呼吸与以往不同了，太阳旁闪耀着一颗星星，比太阳更加夺目。”

卡夫卡是奥地利人，那里是音乐之邦，也是冰酒之乡。

从文化传播史的角度看，可以说所有的葡萄酒都是“西方美人”。近代的葡萄酒技术和标准传自西方欧美，而就物产而言，则是传自本土的西域，所谓“天马常衔苜蓿花，胡人岁献葡萄酒”，正是汉唐时期葡萄酒自西东渐的一种写照。但忽然觉得是这样，如果说名贵的葡萄酒总能让人感到陌生和惊艳，并象征着异质文化之美的话，那么历尽天华、饱经风露的冰酒，却又在名贵中让人感到质朴和亲切。比如这梅里雪山的冰酒，不管你说她有多少品格，多少风味，最让我感动的，却是其中像刺绣般精致的，竟有那么优雅的荒草味道，那么沉静的风沙味道。正是这样的味道，让我在这天堂一样的地方，为家园故土略感自卑的心情开始平复。梅里雪山的冰酒，她也许就像苏格兰诗人彭斯诗中的“高原恋人”，既让人思念远方，也让人感念故土。

当品酒会上轮到我发言时，我很想谈谈土地。土地是有尊严的，葡萄酒的历史可以证明这一点。西双版纳的生态这么好，风光美不胜收，却不能生长葡萄，生产冰酒，这在我看来是个遗憾。葡萄的生长要有适宜的土地，但她所选择的却往往是最贫瘠、最荒寒、最艰辛的土地。如梅里雪山，是那样神奇，又是那样贫瘠，沙石遍地，荒草萋萋，连风都是粗粝的，但只有这样的土地，才配得上雪山的神奇，也才配得上冰酒的神奇。可以这样说，世界上自从有了葡萄，特别是有了冰葡萄，那些相对贫瘠、相对荒寒的土地就被赋予了尊严，从而所有的土地都被赋予了尊严。

实际上我没有说出这些话，我只是这样说：这是一件很难忘记的事儿，在西双版纳，优雅的荒草味道，沉静的风沙味道，让人想起土地。

康德在我心中的样子

德国哲学家康德（Immanuel Kant，1724—1804）的名字，全世界都知道。有人说他是一条河，是哲学的源头之一。有人说他是一座桥，只有通过他，人们才能更好地思考。

康德出生在一个叫哥尼斯堡的小城，有趣的是，这个小城恰好有河也有桥。那条河宁静美丽，河中心有两个小岛，小岛与河的两岸有七座桥连接。于是就有人提出了问题：在所有桥都只能走一遍的前提下，如何才能把两个小岛都走遍呢？这就是所谓的“哥尼斯堡七桥问题”，因为有许多人孜孜不倦地尝试去解析，最后发展成了数学中的图论。

康德毕生都没有离开这个城市。在那里他不仅留下了大量的哲学著作，还留下了关于人与时间的神话。据说康德非常恪守时间，在哥尼斯堡大学，他每天的起床、上课、进餐和散步，都能准时到分秒不差。因此有人说：“哥尼斯堡的主妇们总是根据康德每天路过的时间校正钟表。”

康德在我心中，开始就是这样一个守时而可爱的老头儿。

但恪守时间的康德却没有想到时间的沧桑变化，第一次世界大战后，哥尼斯堡被归入苏联版图，更名为加里宁格勒，现属俄罗斯。如今，唯有以康德名义雕制的一座铜碑，被安放在哥尼斯堡的城头，铜碑上镌刻的铭文，是从他的《实践理性批判》中摘出的一段话——

> 有两种东西，我们越是经常和持久地思考它们，就越是对它们发出赞叹并心怀敬畏，那就是我们头上的星空和我们心中的道德律。

这段话作为康德的名言，可能比康德本身还要有名，或者说，这段话和它所言说的那两种东西一样，让人越是思考，就越是发出赞叹。我曾经亲耳聆听过温家宝总理引用这段话，那是2006年初冬，在人民大会堂，温总理给全国文代会和作代会的代表们作报告，我忘不了他引用这段话时的手势和目光，以及代表们经久不息的掌声。

其实关于道德问题，康德还说过许多有意思的话，比如：“道德不是指我们如何让自己幸福，而是指我们如何让自己配得上这幸福。”

这样的话也很深刻，但显然比不上前面的话，因为它不仅深刻，而且说得很美。汉语中还有一种文言的译法，我更喜欢：“位我上者，灿烂之星空；居我心者，道德之律令。”给道德律加一个字，变成道德律令，不仅语气上显得更加迫切、庄严、不可抗拒，而且因为对仗押韵，也被赋予了五千年古老汉语所独具的审美意味，那就是工稳和隽永。

因为有了这段话，康德在我心中的形象就不仅是可爱的，也是美的。他时而抬头远望星空，时而低头观照内心，可谓是俯仰天地之间，哲思流布宇宙。美国画家帕里斯有一幅著名油画叫《望星空》，画中那位坐在海边的少女，以及星空所展示的沉静浩瀚之美，可以说是对康德精神的最好诠释。

不过，去年春天我读到一首英文诗，它让康德在我心中的样子变得有些复杂了。这首诗的题目叫 The Third Wonder，即《第三奇观》，作者是美国诗人艾德温·马克海姆（Edwin Markham），诗很短，译成汉语，只有五行：

有两件事，康德说，会撼动我们的灵魂，
一是天上的星空，二是道德的精神。
而我知道还有件事，虽然不够明显，
但更令人惊心，那就是一无所有的人民，
年复一年，怀着巨大的沉默与坚忍。

说实话，这首朴素的小诗比一部长篇小说或电影更让我感动，它很雄辩，也很有力量，它对康德的话是一个小小的颠覆，至少是一种补充。真的，我们确实不应该忘了人民，这不是空话，因为，没有人民的星空能称得上星空吗？没有人民的律令能称得上律令吗？或者可以这样说，只有爱人民的人，才是能够俯仰天地，真正具有道德力量的人。我把这首小诗译出来发表，许多人感动了，书法家李仲元先生还将其写成遒劲的书法，共写两幅，赠我一幅，另一幅自己珍藏了。

我想，因为这首小诗，康德先生也许会感到一点儿羞惭，但其实也没有必要，毕竟这只是一首小诗，不足以动摇康德在我心中的伟大，它最多是告诉我们看问题可以有多种方式。这样想着，就觉得康德更可爱、更沉静、更浩瀚了，于是我对他也惭颜一笑，为自己译出这首诗表示歉意。

比树古老，比山年轻

文学院是我的一个梦。这个梦几乎是马丁·路德·金式的。

当年我其实有两个梦，一个是文学梦，一个是大学梦，它们在我少年时代的乡野和青年时代的军营都曾是同样的五彩缤纷。上世纪七八十年代，它们像事先约好了似的先后在我身边幻化成真，基本上都算变成了现实。恢复高考后，上大学读了本科和研究生，还在大学任过教，整整九年的校园生活，回想起来如同是纳博科夫当年回想剑桥，一言以蔽之：说吧，记忆。研究生毕业后本应继续留在大学，但新时期文学的魅惑是那样的难以抗拒，所以弃学从文，于 1987 年到辽宁作协工作，蹉跎至今。没有了大学那种宁静致远的视野和氛围，但混迹文坛，毕竟能亲身感受文学潮水的鲜活浪花及其内在自由精神的清新张力，虽然近年来文学有些边缘了，不过总体上，自我感觉尚好。有时也怀念校园生活，那也没办法，所谓“天下良辰美景，赏心乐事，四者难并”，或者就像美国诗人弗罗斯特所写的，清晨树林中有两条路，你走了这一条，另一条路就只能随风远去。

直到2006年初，组织上决定让我到辽宁文学院任院长，说实话，我因工作的艰难有过犹豫，但心里却是高兴的、感动的，我甚至都无法掩饰自己的喜悦。这难道不是命运的眷顾吗？这难道不是往日的重现吗？文学院——我在心里反复掂量这三个字，就仿佛它们是失落在草地上然后又回到掌心的三粒金丹，也仿佛是一个春天的童话，你走了树林中两条路中的一条，走着走着，另一条路也跟了上来，它们毫无丢失地带着各自的风景，交会成一条更宽更美的路，伴你前行。

我后来在自己的博客上写道：文学院之美，在于既有文学的根基，也有大学的风韵。世界上的大学不可胜数，但这样以培养作家为己任的文学院，却如孔乙己手中的茴香豆，“多乎哉？不多也”。而我所知道的只有三所，那就是莫斯科的高尔基文学院，北京的鲁迅文学院，还有沈阳的辽宁文学院。这当然是表达个人情感，因为这三个地方，在三年之间，都和我的生活发生了奇遇般的关联。2004年夏天，我随辽宁作家代表团到俄罗斯，在莫斯科访问了高尔基文学院，并与院长谢·叶辛先生进行了交流，那个被称为“俄罗斯作家摇篮”的小院，其影响非凡的历史与眼前的荒疏景象，令人久久难忘。2005年春天，鲁迅文学院举办中青年理论评论家高级研讨班，我又去学习了近三个月。至今也想不明白，已经读过研究生，并到国内外几所大学做过访学进修的我，是被什么力量吸引到鲁院去的呢？并且在那个研讨班里，自己还算不上学历最高的人，仅知名教授就好几个，博士、博士后都有。面对鲁院春天的玉兰和梧桐看雨，坐在那方镌刻着“风雅颂”三字的太湖石上听风，我想所谓文学，所谓美，可能就是要学会把许多貌似相同的东西分开吧，比如，大学是大学，文学院是文学院。而2006年，仿佛前两次经历是某种必要的预习似的，元旦刚过，我就被派到了辽宁文学院。

站在文学院那几乎堪称破败的大门前，我感到自己的文学梦和大学梦重合了，虽然有点儿差强人意，有点儿似是而非，但至少在某种意义上，它们变成了一个新的梦。我开始精心装扮这个梦，那种心气，就如同一个出走重归、心回意转的乡村女孩，从初春的田野上采来大把的野花，装扮她心爱的家园。文学院校址在沈阳近郊的陵东乡西瓦窑村，嫌这地名土气，改成位于北陵公园东侧，并注明北陵公园已列入世界文化遗产，听起来就好多了。文学院创建于1984年，先后培养学员近千人，那就说它具有年轻而丰富的历史，独特而广泛的影响。文学院没有校训，那就根据学员们的评价和赞誉，把它深情地描述为“作家摇篮，文坛黄埔，群星璀璨，若出其中”，并制作成铝合金大字，镶嵌在学员听课的大教室前面。小院内外，栽花种树，力求优美整洁。教室、宿舍也进行力所能及的装修。还有，走廊两边是中外文学大师的画像，让学员走进来就有文学殿堂的神圣感。大教室的墙壁上，整齐地挂上俄罗斯著名画家的风景画，从列维坦到希什金，都是我从北方图书城亲自选购的，色彩接近原版，木框装饰精美。让文学院有一道俄罗斯风景，这是我梦寐以求的效果，因为在我心里，这个不到七千平方米，仅有三栋旧楼的小院，却到处充满了温馨历史感，其强烈的叙事性和诗情画意的美，也唯有那种辽远深沉的画中风景才能表征出来——每年，当冬雪还未消融，就有萨伏拉索夫的《白嘴鸦飞来了》；然后是春天，是列维坦那寂寞中透着鲜亮的《三月》；然后是夏天，是希什金那清新而浪漫的《林中雨滴》；然后是秋天，在瓦西里耶夫那落叶如金的《河风乍起的日子》，年轻的作家们开始来到独属于他们的校园。

有学员的日子，文学院才真正像个文学院。“水晶帘动微风起，满架蔷薇一院香”，秋天是文学院最美的季节。我有时坐在自己的办公室，有时站在南墙边新栽种的白杨树下，看到学员们的身影从院门出出进进，不觉为这个简陋到有些寒酸的校园深感骄傲。可以毫不夸张地说，这是一个传奇般的学府，她在所谓正规教育的体制之外，建起了自己的丰碑。流年似水，这个不起眼的小院曾多少次姹紫嫣红开遍，朝飞暮卷，雨丝风片。她“既滋兰九畹，又树蕙百亩”，近千名学子，其中不乏在省内外乃至全国都堪称一流的青年作家和文学人才。这就像许多杰出人士往往出身寒门一样，所谓“自古圣贤多贫贱，从来纨绔少伟男”。

在文学院历届毕业的学员中，流传着这样一句话，叫“文学改变命运”。比如谁本来是农家妇女，后来成了专业作家；谁原来是打工的，现在却有作品被拍成了电影，父老们看了连声感叹；还有谁因为家穷娶不上亲，现在写东西出名了，不仅有了好看的媳妇，自己也在城里有了稳定的工作，等等，这些都是文学院久传不衰的佳话，构成了文学院历史的最具民间性也最具感召性的一部分。所以在文学院工作，我既感到责任重大，也感到意义非凡。特别是文学院每年都要举办的新锐作家班，作为省里批准立项的“文学新锐工程”，文学院全体职工不仅倾尽了全力，而且也付出了巨大的爱心与期待。从课程设置、教师聘请、吃饭住宿到组织他们进行社会考察活动，我们都真正做到了精心服务，一丝不苟。我经常想起巴乌斯托夫斯基，那个《金蔷薇》的作者，他就曾是高尔基文学院的教师。也许正因为这样神圣的职责，他对文学的思考才那样优美动人，高尚、纯洁、饱含着对年轻作家的情感，每一篇都像春雨般晶莹剔透，也像秋野般宁静深远。

新锐们在文学院的梦里，文学院在新锐们的心中。2006 年第四期新锐班，2007 年第五届新锐班，还有

2008年的，2009年的，2010年的，总计几百名学员，我不敢说记住了他们每个人的名字，但我能记住他们每个人歌唱和微笑的样子，思考和流泪的样子。我知道他们到文学院学习很不容易，有的因为请假来学习，都要面临着下岗失业的考验；有的家里孩子无人照看，甚至有的来之前，亲人还在手术后的病床上。而正因为这样，他们对文学的那份执着，对文学院学习机会的珍惜和留恋，都不仅是动人的，甚至也是迷人的。每次的结业典礼上，最令人难忘的不是他们的发言、感言、赠言，而是他们眼中倏然闪过的泪影和径直滴落的泪花。我知道他们的心声，对他们而言，文学院就是他们的大学，就是他们的母校，就是他们朝花夕拾的“三味书屋”，也是他们欢乐无限的“百草园”。

2006年10月和2007年4月，印度文学院作家代表团和美国洛杉矶华文作家代表团先后来到了辽宁文学院，这是文学院前所未有的光荣。我们举行了欢迎仪式，重点是安排他们和新锐作家班学员座谈交流。在我代表文学院所致的欢迎辞中，无论是用英语还是用汉语讲的，那种对文学院及其历届学员们的自豪感都无不溢于言表。在与印度作家代表团团长拉姆达先生的短暂交流中，他问我，你希望你们的文学院最像世界上哪一所学府呢？我说，当然是俄罗斯的高尔基文学院，中国的鲁迅文学院。他说，还有吗？能否举一所正规的学府？我说，那就是巴黎高师了，我希望我们文学院有一点儿巴黎高师的精神气质。不过，我对他说，我不太赞成正规不正规这样的说法，因为我的梦想是马丁·路德·金式的，那就是让世界充满平等。拉姆达说，我深深理解，你说的马丁·路德·金博士，他有点儿像我们印度的圣雄甘地。

在与洛杉矶华文作家的交流中，谈到了中美两国语言教育的不同现状。我说，美国有许多名牌大学，但却没有一所专供作家负笈的文学院，这是这个国家还不足以让人特别羡慕的诸多问题之一。华文作家们大都不乏幽默感，如吴玲瑶女士，王克难女士，她们听我这样说先是愕然，之后就大笑起来。

总之，我就是这样热爱我的工作和我所工作的文学院。建院二十多年来，我们的宗旨一直没有变，那就是集辽海文学精英而教育之，一步一步地发展壮大，正像一首美国乡村歌曲所唱的那样："比树古老，比山年轻，成长如微风。"而我相信，这神奇的微风就吹拂在历届学员们的心中，不管时间怎么变化，岁月怎么流逝，文学院的记忆总会带给他们意味深长的、清新别样的祝福。

毕肖普和她的“太阳狮”

只要还有一口气，我们就想
从另一个角度看太阳，
这是多么孩子气的事。

——伊丽莎白·毕肖普《旅行问题》

一

俄罗斯诗人巴尔蒙特说：“我来到这个世上，是为了看太阳。”这里的关键词是“为了”，因为所有来到这个世上的人，几乎每天都能看到太阳。而要把每天都能实现的事情当成生命的目标，这才是诗人的伟大之处。

但同样是看太阳，看的方式会一样吗？此则未必。按美国诗人史蒂文斯的说法，看鸫鸟都可以有十三种方式，何况是看太阳呢。

比如太阳的颜色，一般我们都认为太阳是金色的、红色的，但偏有人写过“白太阳”“绿太阳”“黑太阳”。肖洛霍夫在《静静的顿河》中写主人公葛利高里在埋葬了恋人阿克西妮亚之后，就看到了天空中旋转着一轮黑色的太阳，这个情节后来一直被教外国文学的老师们津津乐道。

还有太阳的状态。我们中国人习惯说“日出日落”，日出，也就是太阳升，或者太阳上山了；日落，也就是太阳落，或者太阳下山了，好像太阳没有其他状态，有之也无法言状，无须言状似的。但我知道太阳有一个最奇妙、最动人的状态，那是诗人艾青所写的——

太阳向我们滚来……

真是太美了！记得我第一次读到这句诗的时候，骤然感到一种美的汹涌，美的扑面，美的窒息，大半天不想说话，也说不出话来。

我后来不断向人这样推荐说——就好像你正站在大海边，就好像你正站在山峰上，穿一件黎明似的衬衫，披一条黑夜般的披风，眼看着太阳向你滚过来。

那是 1986 年，我还在大学读现当代文学研究生的时候。艾青的这句诗，好像是在严家炎主编的《中国现代文学史》中读到的，具体出自哪首诗不记得了，但书中有段话记得很清楚，说这首诗刚发表的时候，曾受到闻一多先生的质疑，闻一多问：“‘太阳滚向我们’，为什么不是‘我们奔向太阳’呢？”

闻一多先生，这位写过《红烛》的大诗人，说实话，我对他的质疑深感质疑，“我们奔向太阳”——这不是好不好的问题，而是算不算得上诗的问题，除非再加上几个字，这样写：我们举着红烛奔向太阳——方可不负他一世的英名，以及才华和品位。

还是“太阳向我们滚来”好。那一团伟大而神圣的火球，它竟然会向我们滚来，像一只足球那样，也像一头狮子那样，蹦跳地、顽皮地、乖觉地、天真可爱地、招之即来地、孤注一掷地向我们奔来，奔来做什么呢？是来和我们一起玩风筝吗？

二

美国女诗人毕肖普，也许是第一个把太阳比作狮子的人。

毕肖普出生在马萨诸塞州，童年在加拿大外祖母家度过。她是个特别喜欢行走的人，曾数十次在加拿大、美国及拉美、欧洲、北非之间漫游和迁移，并以独树一帜的作品确立了她在美国诗坛的地位。2009年春天，当我偶然读到她的诗集时，那种精确别致、清新冷艳的诗风立即引发了我的兴趣，不仅是阅读的兴趣，而且是翻译的兴趣。毕肖普一生只写了一百零一首诗作，我大约译了其中的五分之一，其中包括那首我并不太喜欢的《三月末》。

之所以不太喜欢，是觉得这首诗写得太散文化了。三月是放风筝的季节（美国亦然，趣也），而《三月末》是写几个人在海滩上寻找断线风筝，他们有一搭无一搭地走着，东拉西扯，并因天冷风大而缩头缩脑，中间穿插着散乱的观察和回忆。这样的诗，即使当成散文看也是没什么意思的，而我之所以决定把它译出来，可能仅仅是因为在诗的结尾，毕肖普用了一个惊人的比喻——the lion sun，“太阳狮”——

> ……他们可能一直在嘲笑太阳
> 这头老狮子，虽然此刻太阳正在他们
> 身后——这只在最后一次落潮时走过
> 海滩，并留下他巨大而高贵的脚印的
> 狮子，这只也许已把纸鸢掷上了天空，
> 以便和他游戏的狮子。

诗人设想风筝没有找到，是被太阳拿走了，留着自己玩耍。也许我译成“老狮子”是不恰当的，他实际上更像是一头小狮子，是属于“儿童放学归来早，忙趁东风放纸鸢”的那种贪玩的童狮，或是属于“人人夸你春来早，欠我风筝五丈风”的那种顽劣的幼狮。总之，他拒绝责任，拒绝成长，他就那样天真烂漫，狮头狮脑，圆圆滚滚，兀自在天空中前窜后跳、跑来跑去、乐不可支地玩耍，差一点忘记了要落山回家。

作为诗人，毕肖普以“高度客观性”的风格著称，她很少用比喻，尤其不爱用那种主观性强、情感夸张的比喻。但这一次她用了，而且用得恰到好处，她实践了自己在另一首诗中的宣言：只要还有一口气，就要重新打量太阳。

这让我想起了莫奈的名画《日出·印象》，有人说印象派就是“重新发现阳光”的画派，那是不是也可以这样说：所谓文学的创新，艺术的探索，在某种意义上就是对太阳的重新打量，对阳光的重新发现呢？

三

有了“太阳狮”，我们对太阳的想象就比以前更丰富了，或者说获得了一种自由。

在银河系的范围内，“太阳中心论”无疑是伟大的真理，但就我们的心灵而言，还是前哥白尼时代的“地球中心论”更让人感到踏实和温暖，否则，按照地球围绕太阳转的道理，我们就不应该再说太阳“升起来”或“落下去”，而应该说太阳“压过来”或“闪过去”了。但是不！那样说是没有人性的，一个太阳压过来或闪过去的世界是没有人性的，对于人的存在来说，注定永远不变的是“太阳照样升起”，它可以君临大地，但同时也必须附属于大地！

实际上，古人比我们更懂得这个道理，他们口传心授，想出了“后羿射日”的神话，意在警示后人，不要把太阳看得太神圣，太了不起。《圣经》中的描述更是大有深意，说神用七天时间创造世界，最早创造的是光：“神说：要有光。于是就有了光。”但这光是与太阳无关的，因为直到第四天，神才创造了太阳、月亮与星辰。西谚说：“人类一思考，上帝就发笑。”这是因为，上帝对于世界，本身已经有了很深刻的思考。

而更意味深长的是，根据《创世记》，不仅光先于太阳而被创造，植物，包括花草树木，也是先于太阳而生长的。我们中国“文革”期间有句歌词“万物生长靠太阳”，这与《圣经》的逻辑恰好相反。当然，宗教经典说的是信仰，不等于真理，我同意，但“文革”经典说的也是信仰，就等于真理吗？至少万物并不是只靠太阳就能生长，还要有雨露，还要有土壤，还要有人的殷勤劳作与呵护。

毫无疑问，太阳是人类生活最重要的光源，但却并不是唯一的，即使对自然光来说也不是唯一的。美国的列奥·施特劳斯（Leo Strauss）曾举过一个无可辩驳的例子，那就是闪电，闪电与太阳是无关的。而除了闪电，也许还有别的。威廉·福克纳的小说《八月之光》，那种天地之间的神奇光芒，就或许和阳光并无关系；还有三月之光，即诗人艾米莉·狄金森在《春天存在着一种光》中所描写的光，似乎也未必和阳光有关系。

阳光不是唯一的，太阳也并非是至高无上的。哲学家康德有一句名言谁都知道，他说世界上有两种东西，我们越是思考就越感到敬畏，那就是“我们头上的星空，我们心中的道德律”。为什么康德不说太阳而说星空呢？这很值得探究，也许在康德看来，太阳不用思考就足以让人敬畏，还是他认为，太阳无论怎么思考都不足以让人敬畏，还是他觉得，对太阳这种独一无二、高高在上的天体，还是保持低调一点儿的赞美为好呢？

四

我们可以赞美太阳，也应该赞美太阳。作为须臾离不开阳光和空气的人类，生命存在本身就决定了我们无可逃避的是太阳的赞美者。但是，一个民族如果只知道赞美太阳，仰望太阳，那是十分可怕的。

法国批评家罗兰·巴特（Roland Barthes）曾在1974年访问过中国，并留下了当时记下的所有笔记。这些笔记在他逝世后被整理成书，先在法国后在美国出版，英文书名为Travels in China，可译为《中国见闻录》，读之，像我这样年纪的“文革”亲历者，既有亲切感，仿佛穿越回青春年代；也有羞愧感，因为，那是怎样一个苍白而喧嚣的年代啊！在这本书中出现一个歌名：The Sun is Red。具体情节是这样，巴特和代表团一行被安排在南京师范大学看演出，一个女孩儿出来唱歌，有偌大的民乐队伴奏，但巴特的心思却并不在演出上，而是速写了一幅《木琴下的女孩儿双脚》，虽是寥寥几笔，却传神了江南女孩儿的风情万种，可巴特又偏偏注明说：“这双脚很规矩，表明了女孩儿对自己所唱歌曲的确信无疑。”确信无疑什么呢？——The Sun is Red，“太阳是红的”。

这到底是哪一首歌？我搜遍记忆也想不出来，《东方红》肯定不对，《太阳最红毛主席最亲》也不对，啊，也许是这一首，第一句是“天上的太阳红彤彤”，第二句是“地上的太阳是毛泽东”。这首歌其实并不出名，我之所以能记住，是因为它联系着我一个同学的命运。

刘国军学习一般，但非常喜欢唱歌，想起什么就唱什么。有一天我们刚下课，大家还未出门，他就唱起了这一首：“天上的太阳红呀么红彤彤哎”——“红呀么”属于语气词、郎当韵，本来没什么大用，但刘国军的厄运偏偏就藏身在这三个字的暗影处，他把“红呀么”唱成了“红他妈”，这样整句歌词就变成了“天上的太阳红他妈红彤彤哎”，而且声音很大，谁都听到了，我看见刘国军的脸在迅速由红彤彤变成白惨惨的，他傻了，我们也都跟着傻了。

从此他就成了批斗对象。记得那个夏天，我们曾多次批斗刘国军，班里批，学校也批，一直批到我们毕业。后来的情况就不清楚了，只是偶尔听老家来的人说，刘国军混得很惨，好像连媳妇都没娶上，而且眼睛不知怎么也瞎了。

太阳是红的，刘国军是瞎的。刘国军成了盲人。十七世纪的英国诗人弥尔顿也是个盲人，他说“黑暗是我的太阳，寂静是我的月亮”，想一想，很悲愤，也很无奈，一种浩大的凄美。

但前年夏天，突然有同学打来电话，说刘国军从老家来沈阳了，想找我们聚聚。见了面才知道，国军并没有瞎，他的眼睛只是看上去有点儿问题，瞎黢黢的，颇似盲人。国军很文静，也没有传说中那么惨，他个子瘦高，虽然头发灰白，有些显老，但摇摇晃晃的，颇似有几分仙风道骨。果然，国军说他这次到省里来，是参加什么周易研究会的年会的。问他眼睛是怎么回事，他说是装瞎装惯了，因为平时除了干活，还要给人家看个风水命相啥的，“你要是眼睛啥毛病没有，人家信不着啊”，不过他说，其实眼睛也确有毛病，是当年挨批斗时落下的，先是不敢看太阳，不敢看红色，后来有些年发展成色盲，再后来就成了雀懵眼，“我女人是玻璃花，我是雀懵眼哈”。

原来他也成家了。他说因为当年那件事儿，他是被学校遣送回村的，从此就什么机会都没有了，当兵不行，招工不行，当老师也不行，只能当老农民。身份不好，加上眼神不好，没人给当媳妇啊，只能打光棍儿啊，直到五十来岁，才算找到个搭伙儿的女人，还带来个丫头。

五

人是可以被比作太阳的。我们看莎士比亚《罗密欧与朱丽叶》，第一场，罗密欧就捂着伤口说：看那东方，朱丽叶就是太阳！——这是爱的极致，是一种美，但如果被比作太阳的是伟人和领袖，那就另当别论了，不是不可以，而是得当心，因为人的至高无上加上太阳的至高无上，会将许多美好的东西毁掉，至少会让我们变成雀懵眼。

也许在这方面，动物是没有问题的，比如动画片《狮子王》，每当辛巴站在国王崖上，太阳总是他最意味深长的背景，但辛巴仍然很可爱。

毕肖普的“太阳狮”可能并不想当狮子王，这也很好，他可以当风筝大师。

去年八月，我去北京开会，遇到了一件很有意思的事儿。那是一个由官方主办的活动，旨在加强两岸文学评论界的交流，有二十几位来自台湾和京沪等地的年轻学者和评论家出席。而我和其他几家刊物的主编之所以被邀请，是为了让我们选稿，主办者提前收集好两岸评论家的论文并寄发给我们，但作者是匿名的，让我们当场选取并发表评审意见。我选了五篇，其中一篇是关于诗歌的论文，作者对某位诗人的诗作《一头熊》给予了赞赏并展开评析，认为诗人把秋天的太阳比作一头熊，并进而隐喻在田野上劳作的父亲的形象，表现了突出的想象力。我很喜欢这篇文章，但在发言中也顺便指出，觉得作者的材料准备不太够，比如，既然他分析的是“太阳熊”的意象，就不能不提到毕肖普的“太阳狮”，因为前者显然是对后者有所借鉴的，等等。

我是即兴发言，并没考虑到作者是否在场。休息时，一个非常年轻、儒雅、秀气的年轻人找到正在外边吸烟的我，非常谦逊地鞠躬行礼，自我介绍说他叫蔡明谚，来自台湾成功大学，正在读博士。然后就不好意思地请教，说那篇评论就是他写的，而他确实不知道“太阳狮”，甚至也不知道美国女诗人毕肖普。他这样说，也让我有些不好意思了，我说这不过是个知识点的问题，很简单，回去上网就可以查到：“毕肖普——Bishop”，我把汉字和英文都给他写在纸上，并提示 Bishop 在英文中还有“主教”的意思。

几个月后，我陆续收到了五位作者重新发来的文章，而其中，蔡明谚的修改显然是更认真的，他不仅添加引证了毕肖普《三月末》一诗，对“太阳狮”的比喻作了阐释和发挥，而且还在注释中郑重地提了一笔：“此条材料由《当代作家评论》主编高海涛先生指出，特此致谢。”坦率地说，这位来自台湾的年轻学子让我不仅感动，也顿生敬意，都说台湾人讲传统文化，讲仁义廉耻，真是所言非虚，这包括生活，也包括做学问，“通灵深眷想，青鸟独飞来”，一瞬间，我觉得这条注释就像一只美丽的青鸟，伴随着中国古人的太阳传说翩翩飞过。

文章排版时，我本想删去这条注释，因为没必要，我也不需要被感谢。但又想，作者远在台湾，不便联系，在这种情况下还是尊重作者的原文为好。况且，保留这条注释，可能更会凸显这位年轻人谦逊真诚的品质，他那种仿佛传承于清代“乾嘉学派”的严谨求实、彬彬有礼的风格，对于我们周围普遍存在并日益严重的矫饰虚夸的学术风气，或许也不无反省和参照意义吧。还是大批评家布鲁姆说得好，他在《伊丽莎白·毕肖普：太阳狮》一文中这样评析：诗人设想“太阳狮”把纸鸢抛上天空，以便自己玩耍，是说明太阳有比孤零零地站着更好的事情要做。

我想同样，保留这条关于“太阳狮”的注释，也是为了它有更好的事情要做。

狮子在汉语中亦称狻麑，按辞典的解释，“狮”与“师”是相通的，但何以是相通的呢？却语焉不详，从语源学的角度，可能与佛教有关。不过要换个角度，我觉得也能说得通，那就是狮子比较可爱与好玩。苏东坡有诗曰“天真烂漫是吾师”，天真烂漫，这本身就值得学习，本身就堪为师表啊。

上世纪英国有一位叫鲁塞尔（Bertrand Russel）的哲学家和数学家，根据他的设想和推断，宇宙间可能存在着一把瓷茶壶，它绕着太阳旋转，只是这瓷茶壶太小了，任何望远镜都观测不到。这个设想也够天真烂漫了，看来太阳这头老狮子或小狮子不仅喜欢玩风筝，当它玩累的时候，也许还喜欢喝点茶呢。而当它悠闲地喝茶，这“太阳狮”就更像风筝大师了。

贝加尔湖与烟斗

伊市河风

西伯利亚是俄罗斯的天涯，贝加尔湖是俄罗斯的海角——在伊尔库茨克（Irkutsk）机场，甫下飞机，心里就从天而降地有了这句话。

我们那次的俄罗斯之行，就从这天涯海角的“伊市”开始，而随后的旅程，还将有莫斯科和圣彼得堡，像两道更丰美诱人的俄式茶炊在路上等待。但说实话，我觉得伊尔库茨克也不差什么，这座西伯利亚的第二大城，距举世闻名的贝加尔湖（Lake Baikal）不过六十俄里，仅这种位置，就足以让它风韵独具了。既是边城又是湖城，所以它被称作“伊市”恰如其分，伊市者，秋水伊人的城市。我们那次是乘俄航班机，落地时已晚上十点多了。虽然正是夏天，却感到夜凉如水，不用导游说，也知道那是因贝加尔湖：蒹葭苍苍，白露为霜，所谓伊市，在水一方。于是大家就兴奋着，到了宾馆也没有困意，时间已过午夜，仄出耳朵听，恍若郊外那大湖正水声动地。

在伊市，夜与昼的温差也许并不特别大，但给人的感觉却很悬殊。比如我们去的六月份，夜晚有点儿秋凉，而白天则一派春暖，并俨然有着滨海城市的清爽温润。早晨起来，沿着横贯市区的安吉拉河漫步，你真的很难相信，这里就是能令天下奇寒的西伯利亚。小时候，每当听广播里预报有西伯利亚寒流，就想起朔风千里、灵怪狂奔的可怖，就想起回家，在冰封老井、雪压柴门的时刻，家里总是春暖花开。在那些特殊年代的白天和夜晚，遥远的西伯利亚是被我们放在炕头上、藏在被窝里的童话，它是北方之神的巍峨居所，是寒流深不可测的源头，是调集风雪、升腾凛冽、运送白色、誓师冰冷的地方，或者说不定就有个叫西伯利亚的家伙，脾气很差，动辄发动气候侵略，它让我们每年的冬天都像战争一样爆发。

而此刻，在远东湖城伊尔库茨克，当六月之光像《胡桃夹子》中的女孩那样用真爱吻过大地，曾肆虐过整个冬天的凛凛寒风早已显得纯洁无辜，泪揩了，血消了，屠伯似的北方神逍遥复逍遥，我们看到的只是被解除了咒语般的绿色，那是西伯利亚特有的绿色，劫后复生，柔情无限，芳草芊芊，连紫丁香、白桦树都睁着绿汪汪的眼睛。

“草何其绿，土何其冷，葬我高原之恋人”，苏格兰老彭斯的诗句，我想用在这里是很合适的。但彭斯还应该想到的是，如果是真正恋人的话，那么不管在多冷的地方，其实都有死而复生的机会。

发源于贝加尔湖的安加拉河，银质项链般地挂在城市的脖颈上。可能有大半个上午吧，我们就沿着这条项链走来走去。那是一个工作日，但当地的俄罗斯人却似比我们这些游客还悠闲，他们有的夹着书本，有的干脆两手空空，好像他们既不是去工作也不是在回家的路上，而是到河边来思考与此相关的问题——到底是去工作，还是回家呢？这可能是俄罗斯人的特有气质，包括他们引为自豪的每座雕像，眉宇间都仿佛透着类似的追问和思考。比如加加林——我们在林荫道上看到了他的雕像——从那朝气蓬勃的神态上，就不难猜到是某个苏维埃时期的英雄，果然，有位路过的俄罗斯老太太告诉我们，是加加林！她用凝重的俄语几次重复这个名字，手指还微颤地指着雕像，好像不知道这样的英雄是值得羞愧的，不管你来自世界哪个地方。

我们的导游名叫列娜，据她介绍，伊尔库茨克是加加林的故乡，所以当地人是特别以他为骄傲的。在伊市，你最好别说你不知道加加林是谁，那可是人类进入宇宙时代的象征啊。虽然他后来是因飞机失事而不归的，但在俄罗斯，至少在这里，许多人都宁愿相信加加林还是留在了太空，或是已变成了星星。列娜走路的样子很轻，而且能讲猫声猫气的汉语，听起来怪异而神秘。

加加林，你寂寞吗？你想回家吗？在宇宙星空那座人类仰望的最高的高原上，草是否也是这样绿，土是否也是这样冷呢？

不远处的河边，有少男少女正靠着防波墙攀谈，他们每人手把一瓶啤酒，边谈边喝边唱。列娜告诉我们，时下俄罗斯最流行的一首歌叫《嫁人就嫁普京这样的人》，仔细听去，果然可以听见类似“普京”的两个字音被不断重复，既轻佻，又忧伤。而那条河水，实际上更像是旧俄时代的项链，沉实清亮，波光闪闪。

再往前走，白桦掩映的地方，所谓“人在深深处”，我们还分别遇见了两位俄罗斯姑娘。与刚才那些女孩相比，她们显得十分别样，就连她们的出现本身都是那样的闲情偶寄，漫不经心。先遇见的那个姑娘，脚下正牵着一只棕色的小狗，说是小狗，却似小羊，这使她很像昔日的牧羊女，心在高原、歌满青山的那种。第二个姑娘模样像小学教师，穿着制式的淡灰色衣裙，但不知为什么，她身边没有小狗，却会更让你想到契诃夫《带小狗的女人》，因为在她的眼神里，仿佛正有一只远方的小狗，也被她似有若无地牵着，那可是只风筝似的小狗呢。读大学时听老师讲过，《带小狗的女人》就是《安娜·卡列尼娜》的平民版，那么这两位姑娘，该又是这平民版中的山野版和校园版吧。当我们这伙人纷纷请她们合影时，两位姑娘都始终微笑着，像懂事儿的邻家女孩，前者有一点儿淡淡的顽皮，后者有一点儿淡淡的忧伤；顽皮如脚下的小狗左右蹦跳，忧伤如眼中的小狗上下飘飞。

这一大片天然的白桦林，像南迤北折的绿色回廊，连接着这个城市的右岸区、列宁区、居民区。而我们所处的位置，现在却记不清了。干脆就叫“三姊妹”区吧，因为在不到三百米的距离内，除了两位姑娘，我们还遇见了一个推婴儿车的女人。这个年轻的母亲是明亮的，在绿色背景下，她周身散发着印象派的光芒，或者她很像是一株正在成熟的美丽麦穗，她的婴儿则像她分蘖出的小小的金色麦粒。临别时，她还鼓励她的婴儿向我们挥手，那麦芽般的小手，我想总能把两三英尺的黑土地拱破吧。

契诃夫的《三姊妹》中没有这样的婴儿，那部经典的五幕剧，从头到尾，讲述一位已故将军的三个女儿，她们在莫斯科长大，后来流落到边远小城，所以她们总是怀念过去，梦想回到过去，直到她们相继老去。她们没有孩子，也许，让她们日思夜想的“莫斯科”就是她们共同的孩子。我相信，在世界上所有的边远小城，都可能遇见这样的“三姊妹”，她们就像小城特有的风景，以寂寂寥寥的怀念，年年岁岁的梦想，为小城的生活提供着批评与鉴赏的尺度，并增添了必要的高贵、浪漫、伤感与童话般的温馨。

那天的天气特别清爽，云朵也都落落大方，但河面上有风，是那种适于漫步，也挺让人怀旧的河风，淡蓝色的，闻起来兼有海魂衫和勿忘我的味道。就想起一幅油画，是十九世纪俄国画家瓦西里耶夫所作，题为《河风乍起的日子》。六月的伊尔库茨克正是这样的季节，河风乍起，衣袂飘飘。只是河面上已没有画中那样的老式帆船了，而大都是汽船和游艇，在远处闲荡地驶来驶去。

不过，那三个我们在路上遇见的俄罗斯女性，却仿佛是被那样的老式帆船运来的。她们的出现与河风有关，也与这个城市的历史有关。从前，那样的老式帆船在这样的季节，总是让河风把帆扬得鼓鼓的，一副朝发白帝，远道而来的样子。而对于伊尔库茨克来说，不仅船，其实一切都是远道而来的。远道而来是这个城市文化精神的最大特点。教堂和信仰，沙皇和诏书，革命与传闻，甚至连爱情和衣袂飘飘的女人，也是远道而来的。可以说，除了冬天和寒流，除了草原、森林和土拨鼠，伊尔库茨克没有什么不是远道而来的，它从一开始就是个远道而来的城市。关键在于，不论什么，来到这片安加拉河滋育、贝加尔湖恩养的土地上，虽是天涯海角，却很快就如归故里，芳草萋萋，勃发出新的生命活力。

因为那河，因为那湖，因为那拜占庭风格的建筑与中国风格的街路，这个城市在整体上就显得风物高闲，异于别处了。比如列宁广场，俄罗斯的每个城市都有列宁广场，这位苏维埃缔造者的雕像堪称林立，但在这里，至少我认为，那座列宁雕像的气度却有所不同，似表现着某种随遇而安、泰然处之的神态。这座列宁雕像正对着街角那座巴洛克风格的图书馆，那样天长地久的注视，会让人想起关于他的那些老电影，比如《列宁在十月》什么的，其中就有他在日理万机的工作和战斗中仍不忘彻夜读书的情景。可能正因为读书，伟大的列宁才会滔滔雄辩，妙语连珠，他才会振聋发聩地指出："死亡不属于工人阶级！"等等。但话说回来，列宁其实又很平凡，本来就平凡，在如今就更平凡了，这是一个不需要读书也不需要雄辩的时代。在列宁广场的街头，车流驶过时，列娜告诉我们一个俄罗斯人的现代幽默，说列宁挥手的姿势仿佛是要打出租车呢。可想了半天，我一点儿也不觉得这是幽默，因为，你会这样幽默一棵根深叶茂的树而认为有趣吗？

美国诗人惠特曼曾赞美一棵有生命的、活着的橡树，它独自站立着，身边没有任何同伴，但却也长出了许多快乐的叶子。2004 年初夏，在伊市，我发现那座列宁雕像就很像这样的树，六月的河风吹过，那些快乐的叶子比安加拉河右岸的教堂尖顶还要明亮。

木屋往事

在伊市为数不多的几家商店流连，我独看中了一只雕花玻璃杯，它太美了，俄罗斯有幅名画叫《绿色的高脚酒杯》，而这简直就是画中那只的绝配。宋代的晏几道曾有“绿杯红袖”之语，在姜夔的《暗香》词中，绿杯又被称作“翠尊”，所谓“翠尊易泣，红萼无言耿相忆”，多少近于雕琢了，但有人喜欢，如谭献云的《谭评词辩》就对这两句十分激赏，评为“深美”。那么，这种老式的俄国酒杯也是深美的，设若其中斟入少量的红酒，有几根白皙的手指把它不无感伤地端起来，碧绿修长，再加上几许西伯利亚的阳光，那情景，还不真让你变得无言而易泣吗?

我希望能买到两只这样的“翠尊”，但女售货员却用咏叹调似的英语告诉我：“Only one”——仅有一只。他们怎么会仅有一只呢?我觉得好笑，看价格不过七十卢布，恐怕连工艺品都算不上，难道还真成了传世的画了?想别的商店肯定还会有，就放弃了，可后来的情况证明，他们商店里出售的许多东西都是绝版，就连随处可见的套娃，有时也很难凑上对儿。所以可能整个伊尔库茨克，也仅有一只这样的green goblet——绿色的高脚酒杯，这就像他们的郊外仅有一个贝加尔湖，市内仅有一处十二月党人博物馆似的。

所谓十二月党人博物馆（The Decembrist Museum），其实主要是几座木屋建筑，当我们驱车经过时，落霞满天，其中一座淡灰色的木屋正余晖脉脉，如在朝花夕拾般讲述着某个远方的清晨。旁边不远处，还盛开着一座粉红色的小教堂。列娜告诉我们，这就是大名鼎鼎的“沃尔康斯基木屋”。1825 年 12 月——如果那木屋真能讲述，我想它会这样开始——在当时俄国的帝都彼得堡，一场注定要让我昔日的主人及其战友名扬千古的事件发生了，具体时间是 12 月 26 日，但你们不要以为是刚过圣诞节，因为在俄罗斯，我们的圣诞节按俄历计算，要等过了公历新年一周左右呢。但尽管如此，整个事件还是有某种不同寻常的意味，我相信那是上帝的意旨，小教堂可以作证，我的主人沃尔康斯基公爵也是这样说的，否则，世界上怎么会有贵族起义呢？

在木屋眼中，包括其主人在内那些彼得堡的贵族军官，一定是为了信仰而战的，因为他们当时还那样年轻，都是世家子弟、五陵少年，就像是一整套绿色的高脚酒杯，但这些高贵的“翠尊”，却不知何故，非要坚持和粗瓷蓝花碗及村姑般的陶罐站在一起。他们清晨哗变，黄昏喋血，一连几天，涅瓦河都是“半江瑟瑟半江红”。后来，他们就像一个古老的部落被迁移似的，被沙皇尼古拉一世流放到西伯利亚边地，在这个当年还形同小镇的湖城落地生根。

十二月党人早期的劳役生活和后期比较安顿的岁月有所不同，“沃尔康斯基木屋”和相距不远的“特鲁贝斯基木屋”显然都是后期所建，不仅木屋分上下两层，院子里还设有门房马厩。这样的居所，是市郊那些十二月党人最早安身的小木屋所不能比的。那些小木屋虽非杜甫的茅屋，不必担心为秋风所破，但现在多少都已显得力不能支，足让人想见当年的风雪之暴虐。简陋的木窗，大部分是以质朴的绿色和温馨的蓝色为主调，这就是十二月党人的美学吧。当他们从一批高贵的生命沦为一群苦难的灵魂，最需要的就是质朴与温馨。

但总有些东西比质朴更沉重，如他们戴过的镣铐，伐过的松木，采过的乌煤；也总有些东西比温馨更隽永，如他们读过的书籍，抽过的烟斗，用过的茶炊，甚至还有他们写过的诗篇——所有这些符号所表征的意义，我想概括起来不过两点，那就是直面苦难，坚持生活，即使墨面蒿莱，也要歌吟动地。因此十二月党人在最初流放中的形象应该是这样的：他们一边抽着烟斗，一边点燃茶炊；他们不得不放下架子，努力学做好木匠、好矿工、好劳力；他们有时也喝酒，或者流着泪在小木屋给远方的妻子写信。

这些大义凛然的贵胄男儿，在西伯利亚的寒城雪野，该怎样表达对远在京师的妻子的思念呢？几叠俄文书信静静地放在陈列柜里，仅有两封是展开的，字体萧疏而枯劲，其中是否说了几分忏悔，几分哀愁，几分痛切，或者更多的还是真理的阐述、信念的雄辩，我们不得而知，但若以平常情理，发皇心曲，我还是愿引姜夔的《暗香》词，那种上重下复、左曲右折的追忆和怅惘，穿越时代与民族，庶几相通，兹录如下：

旧时月色，算几番照我，梅边吹笛？唤起玉人，不管清寒与攀摘。何逊而今渐老，都忘却春风词笔。但怪得竹外疏花，香冷入瑶席。

江国，正寂寂。叹寄与路遥，夜雪初积。翠尊易泣，红萼无言耿相忆。长记曾携手处，千树压，西湖寒碧。又片片吹尽也，几时见得？

当坚强的党人变成了易泣的“翠尊”，耿耿相忆的“红萼”更早是泪飞如雨。于是妻子们来了，十二月党人的妻子，这些俄罗斯历史上最深明大义、最动人心弦的女人联袂而来。她们从风情万种的彼得堡来，从光彩照人的贵族社会来，从春深似海的主流文化来，她们来得倾城倾国。我们知道大诗人普希金写过《致西伯利亚囚徒》，仅有数行，是献给十二月党人的，但他的长诗《波尔塔瓦》，却是献给他所爱慕的一位十二月党人的妻子，即小木屋的女主人沃尔康斯卡娅公爵夫人的。据说，当这位年轻貌美的将军之女决定放弃在彼得堡的一切，毅然奔赴风雪边城去陪伴她的丈夫时，整个俄罗斯上流社会都为之震撼了，在她去西伯利亚的途中，包括普希金在内的莫斯科文化界还曾为她举办了盛大的欢送宴会，那情境，似颇有“易水萧萧西风冷，满座衣冠似雪”之慨。不知道为什么，公爵夫人在宴会上的致辞并没引起普希金的注意，因为他在两年后写出的《波尔塔瓦》及其他诗作中均未提到此事，但公爵夫人在致辞中所说的那几句朴实无华的话，却被后来的一位诗人涅克拉索夫记住了，并使之流传后世：“西伯利亚是那样遥远，西伯利亚是那样寒冷，但还是有人住在西伯利亚。”

十二月党人是一首诗，十二月党人的妻子是另一首诗。

除了沃尔康斯卡娅公爵夫人，还有特鲁贝茨卡娅公爵夫人。后者居所的特殊标志，是木屋旁还栽有两棵白桦树。站在那座木屋小院，我心中响彻了涅克拉索夫的威名，至少在表现俄罗斯历史的苦难方面，我认为他可能超过了普希金。他献给十二月党人妻子的长诗《俄罗斯妇女》，甚至不乏马克思所赞赏的伦勃朗的强烈色彩。其中最被人称道的一节，是写特鲁贝茨卡娅公爵夫人在幽暗的矿井中见到久别亲人的情景：“在拥抱我的夫君之前，我先把镣铐贴近我的唇边”，——这样的表现，可能只有俄罗斯女性才会有，或只有俄罗斯女性中的公爵夫人们才会有吧——当镣铐贴近真爱的芳唇，那镣铐会不会被刹那间感动，会不会顿时变得柔软，会不会破壁飞去呢？

“八千里路云和月”的流放，挡不住“当时年少春衫薄”的柔情。而镣铐也真就那样破壁而飞了，等着在许多年后化为展品。自从妻子们来到西伯利亚，苦寒之地的边城开始有了冰雪消融的迹象，寒城远眺，大野苍然，小木屋燃起了壁炉和灯火，甚至钢琴的音乐声也随风飘起了。韩愈《听颖师弹琴》的开头，我从小喜爱——“昵昵儿女语，灯火今复明，划然变轩昂，勇士赴敌场”，而对于当年的十二月党人来说，这情景更像是往日重现的悲喜剧，虽然他们仍是戴罪的囚徒，但只要回到木屋，就不啻又回到了往日的帝都家园，还是那样的昵昵儿女，还是那样的软语灯边。妻子们给她们的夫君带来了普希金的诗歌，并一起嘲笑沙皇关于允许改嫁的诏书，说什么破诏书啊，他还算我们的皇帝吗？有一位妻子，还特意给她的夫君带来了精美的白金烟斗，那是荷兰人所制，造型典雅开放，上面还镌刻着风车和郁金香图案。这枚烟斗作为展品，在一堆黄杨木雕的烟斗中显得不同凡响。

以这枚十分“西化”的烟斗为标志，随着妻子们的到来，伊尔库茨克明显进入了“西风东渐”的过程。这些初到伊市的“伊人”们，以俄罗斯妇女传统的勤劳、干练和知识女性特有的启蒙热情，在这里着手开办最初的学校，出版最初的报纸，设立最初的医院，组织最初的学术团体，扶植最初的艺术人才。总之一切都是最初的，如同她们最初的爱情。这样的爱情，就像一枚枚坚贞的烟斗，耿耿追随，殷殷相伴，不离不弃，点燃了伊尔库茨克，温暖了整个西伯利亚；而这样的烟斗，又像一朵朵火红的玫瑰，迎风怒放，傲雪盛开，不凋不谢，芬芳了十二月党人的名字，并让这段最意味深长的俄国往事在黑夜中传遍大地。

读城如读书，诚哉斯言。而对于伊尔库茨克，可以说，自从有了十二月党人和他们的妻子，这个城市才真像一本书了。所以汉语有时把它译成“页尔库茨克”，也不错，意思是书虽不厚，毕竟有那么几页，可圈可点。其实还有第三种译法——叶尔库茨克，我同样喜欢，因为，也许它真的很像一片叶子，譬如古铜色的烟叶，色泽沉厚，回味悠远，不知从何时起，就那样温温润润地垂落在贝加尔湖边，其声磬然，至今回响。

白羽草原

到伊市的第二天，我们乘车去贝加尔湖。

六十俄里的柏油公路，溯晶亮清澈的安加拉河而上，给人的感觉是一条银链闪烁，一条青链蜿蜒，坐在巴士上，时有深呼吸式的流畅起伏，视野旷远而抒情。近三个小时的路程，最打眼的是两边茂密而修长的西伯利亚松和云杉，挽手矗立，风情万种。间或还有列队迎风的白桦林，营造出某种既明亮又迷茫的初恋格调。也有大片的黑麦，被他们的大画家希施金初步画过的样子，因为还没画上撑起麦田的几棵橡树。

安加拉河迎着我们一路奔流，越接近源头，那河面就越开阔，河水也越有气势。列娜向我们介绍，说贝加尔湖素有“西伯利亚明珠”的美誉，还被称作世界“第五大洋”，这里的淡水占世界淡水总量的五分之一，比美国五大湖的淡水加起来还要多。这么多的五，还是明珠，真好。怪不得连安加拉这条名不见经传的蕞尔小河，也显得风情迥异，河水那么清，河风那么爽呢。列娜说，安加拉在俄语中是个阴性词，她实际上是贝加尔的女儿河。为什么呢？我忍不住问。这很好理解呀，她那猫声猫气的汉语透出炫耀，因为有九十九条河都是流进贝加尔湖的，只有安加拉河是从贝加尔湖流出来的，就像女儿总是要出嫁嘛。这样的说法，加上她的语气，让全车的人都开怀大笑起来。不一会儿，我们的巴士就开到了湖与河相接的地方，大湖的边缘已清晰可见。这时列娜又站起来，指着汪洋水面上凸起的一幢大圆石说，看到了吗，这叫“圣石”，就是贝加尔抛出的石头，因为安加拉河不听父亲的话，要跟远方的叶尼赛河去私奔约会，父亲气坏了，就撵出来用石头抛她。这越发好笑了，大家就都挤到车窗前去看那“圣石”，列娜也在旁边跟着笑，那神色就像个很高级的画家，在欣赏自己用寥寥几笔就勾勒出的“贝加尔老人”的形象。

这民间传说中的贝加尔湖，不仅特别有趣，也具有全世界的共通性。你看，他性情暴烈可比莎士比亚的李尔王，而那种刚直和倔强又酷似中国北方的农民，他有众多精壮的儿子，却只有一个宝贝女儿，自然要视为掌上明珠。所以，当女儿不顾礼法，自作主张，要私奔而去，父亲的愤怒可想而知。贝加尔湖，他是一个很要面子的父亲，也是一个很有尊严的老人。相比之下，这出走的女儿则显示了俄罗斯文化独特的性情，那就是对远方的不懈渴望，对边疆的一往情深。美丽的安加拉河，“西伯利亚明珠”的明珠，这样的女性形象在屠格涅夫笔下，在托尔斯泰笔下，在陀思妥耶夫斯基笔下，我想至少能找出两打左右。还有十二月党人的妻子们，当她们从雍容华贵的涅瓦河畔来到独行荒野的安加拉河身边，是否也会从后者勇敢的波光中看到自己义无反顾的影子并汲取到心心相印的精神力量呢？

不用说，贝加尔在俄语中肯定是阳性的词。但实际上它是刚柔兼济、雌雄同体的；既像父亲，也像母亲；既是世界上最幽深、最荒寒的湖，也是世界上最温馨、最纯净的湖。站在一望平远的大湖边上，你会顿感一种双重风格的张力，头上长风浩荡，脚下却是柔柔的轻波；远处的崖岸陡峻峭拔，近处的沙洲却闲闲地散落着白嘴鸦，而待它们飞起时，又仿佛是一群小脸俏皮的海鸥。在有关安加拉河的传说中，海鸥是一个类似“红娘”的角色，说有一天正是海鸥飞来，告诉待在闺中的安加拉，说远方有个叫叶尼塞的小伙子，十分勤劳勇敢，少年英俊，而且属于高贵的北冰洋家族。安加拉就这样被海鸥说动了芳心，从此一去不返，远嫁叶尼塞河，成了北冰洋家族的儿媳。

有人说贝加尔湖应该是海，也不无道理。这一大片古老的水域，真可谓既有湖的风韵，也有海的风神，那湖光山色的秀美中，总似隐现着海雨天风的雄浑，好像在证明它不愧是北冰洋门当户对的亲家。特别是在船上，那种碧波千顷，横无际涯，气蒸漠北草原，波撼远东诸城的气势，让你明知不是海，也得当成海了。我们租用一艘蓝白相间的游船，十多个人坐在带篷的甲板上，围着桌子开始喝起啤酒，男的女的，脸上都洒着西伯利亚金子般的阳光。船主人通过列娜推荐，给我们每人都上了一条鲜美的烤鱼，说绝对是贝加尔独有的特产，形似鲑鱼却不是鲑鱼，名字说了半天，最后被谁音译为“奥妙”（通译为奥木尔鱼），大家都说好，就叫“奥妙”了。船主人看我们高兴，还主动赠送一大瓶黑葡萄酒。我们就这样在贝加尔湖上，吃着“奥妙”鱼，喝着啤酒和黑葡萄酒，后来还唱起了几首苏联及俄罗斯的老歌。

船开得很平稳，歌也唱得尽兴，但我知道，其实大家的心里都隐隐有一点儿战栗，毕竟这是世界上最深的湖啊！据记载，贝加尔湖不仅地震频发，而且多有沉船事故，至今湖底还沉着一艘十九世纪的大船，名“沙皇皇储”号。所以当地居民有个说法：贝加尔湖不归还任何东西。是啊，你让它怎么归还啊？而且它也不屑于归还，什么东西收就收了，沉就沉了，这不可一世的大湖，连“皇储”都敢劫留，你还想让它归还什么？总之想到那深，你就无法不战栗，就像你面对高耸入云的大教堂似的。于是就忍不住去想象整个湖底的形状，还别说，或许它真的像一座哥特式大教堂呢，只不过这教堂是倒过去的，拔天而起，深入地下，但同样值得仰望和敬畏。而如果不是倒过去，而是正过来看，它又恰像一只硕大沉实的绿色高脚酒杯，被西伯利亚的草原和群山紧紧搂在怀里。

在湖上，我们乘船大约游了一小时，回到岸边，再看那泱泱的湖面，似另有一种天地大荒，风露浩然之感。想这大地的酒杯，这碧澄澄，黑沉沉，深不可测的湖，被造化稳稳当当地放在西伯利亚，倒也真是恰如其分。那片辽阔的土地使它显得盛大，而它则使那片土地显得深沉。远看，群山历历；近看，芳草绵绵。在这样的土地上行走，就连我们的脚也似乎感到了愉快，乐不可支地走，打着口哨走，仿佛走在这样的地方，也算没白当一回脚似的。

俄罗斯作家中，拉斯普京是西伯利亚人，他写过《活着，可要记住》，还写过《贝加尔湖啊，贝加尔湖》。他说你要知道这湖水有多么纯净，可以把一枚硬币投下去，在二三百米的深处，都会清晰地辨认出铸造年份。说此地的民风也像湖水一样纯净，世居湖边的埃文基人，他们很少砍伐树木，如果要砍掉一棵小白桦，那可是要忏悔很久很久的。

而早在拉斯普京之前，喜欢旅行的契诃夫也到过贝加尔地区，他描述这里的风光，说它是“瑞士、顿河和芬兰的神奇汇合”。瑞士和芬兰都以“千湖之国”闻名于世，不同之处在于前者的山也美，后者的海也蓝，说贝加尔湖兼具二者的风光之胜，当然没问题，但要说这风光中还有顿河元素，却是有点儿出人意料。河是河，湖是湖，尽管河有时能像湖那样静（小说《静静的顿河》尽人皆知），可湖能像河那样野吗？说不定也能。或许契诃夫想说，河也能作为湖的参照，一个真正的大湖，它不仅可以像海那样气象万千，也可以像河那样奔流不息，从而也可以像马那样，独自穿越在草原与群山之间。

草原，对了，这里的草原倒是真有点儿像顿河草原。特别是有一种白羽草（feather grass），湖风吹过，阵阵涟漪，俨然是另一种湖；海风吹过，波浪起伏，又俨然是另一种海了。列娜向我们介绍，说这里的生态环境是最独特的，世界上独一无二的物种就多达一千种以上，比如著名的贝加尔海豹，著名的胎生贝湖鱼，著名的孔雀蝴蝶，等等，也包括著名的白羽草原。贝加尔周边地域辽阔，据说分布着许多草原，有苦艾草原、三叶草原、灯芯草原，而最著名也最独特的，还是这种白羽草原，它像是大湖吹响的一曲风笛，悠悠扬扬地让人心动。

实际上，我们看到的那片白羽草，不过有几顷地的规模，但草原再小，也是草原，关键是那份悠扬和纯净，水白如草，草白如风，间或还可以看到高大的黑桦与白榆，闲云般地生长着，它们也是贝加尔湖独特的物种。白榆树下，还正有一对新人在举行婚礼，场面庄重而奔放，真像是来自顿河岸边的一簇篝火，在大湖之滨点亮了一种特殊的气质和风情。而远处，淡蓝苍翠的山间，似飘着几缕羊群，像某个难忘的冬天留下的雪痕。

那是苏武的羊群吗？

终于想起了苏武——“几处吹笳明月夜，何人牧羝白云天”，一个中国人，既然到了贝加尔湖边，无论如何也该想起苏武，那个遥远汉代的使臣，杰出的爱国者，历史上最著名的牧羊人，就是在这里，宣告了他的民族气节和巨大耐心，并从而流芳百世的。苏武，字子卿，生于汉武帝元年，卒于汉宣帝神爵二年，即公元前六十年。以此推算，苏武出使匈奴，继而被当作人质留下牧羊，

“雪地又冰天，穷愁十九年”，应该是紧贴公元纪年初始的时候。那时基督教还未诞生，佛教尚在襁褓，荒寒的贝加尔，正是匈奴人营帐千里、铁蹄铮铮的胡天胡地，中国人称为“北海”，虽胡笳声声，却人烟稀少，苏武就是在这“北海上无人处”，哼唱着汉代的牧歌，怀念着汉代的玄鸟，漫山遍野地撒开了他心爱的羊群。

从小熟悉陕北民歌《五哥放羊》，说五哥放羊没有衣裳,不知两千多年前,那位来自大汉朝的放羊的“武哥”有没有衣裳，又有没有一个匈奴女孩，把小袄改了让他穿在里边。那时世界上到处都是牧羊人,希腊的、罗马的、英格兰的、苏格兰的，包括后来的占领者俄罗斯人，那时还远未翻过他们民族的界碑乌拉尔山，也在欧洲一隅的斯堪的纳维亚半岛上牧羊。但牧羊和牧羊是不一样的，整整十九年，把自己雕塑在冰天雪地、风吹草低中的苏武，所代表的是一个文明程度遥遥领先、早已不是以牧业为本的偌大汉帝国，可以说，他放牧的是一种乡愁，一种血脉里的忠诚与信念。他是贝加尔湖乃至整个西伯利亚地区最早的囚徒，在他被劫留这里约一千八百年之后，另一批怀抱信念的囚徒才来到这里，那就是十二月党人。他们是那样的不同，但他们不屈的信念、凛冽的信念又是多么异曲同工。从这个意义上，我想，或许可以把我们的苏武称为“十一月党人”（Novembrist）吧。

只是，苏武不会有自己的烟斗，他的时代还没有文明到吸烟斗的程度，甚至，他的时代还没有培育出玫瑰。这就像十一月的雪飘飘洒洒，十二月的雪纷纷扬扬，总归是有所不同的。

而我却终于买到了一枚烟斗，在湖边的露天市场上。那个市场规模不大，整齐的摊位上主要出售当地的旅游纪念品和工艺品，接近返回时，列娜让我们在此自由购物。转了半天，我给女儿买了两个桦树皮做的首饰盒，还买了一件可有可无的白银花瓶。正要索然离开时，恰好看中了那枚烟斗。它是用白榆树根雕成的，典型的贝加尔土产，造型虽不甚精巧，却憨然古朴，最让我动心的，是上面刻着的“三套车”图案，其实主要凸现的是三匹马，神态轩昂地扑面而来，而车和驭手是几乎看不见的。于是就买下了。其他几个旅伴也跟着买。临上巴士的时候，看我们这样每人手持一枚烟斗回来，并没有买别的更多东西，列娜的表情有点儿失望。过了一会儿，等大家基本都在车上坐好后，她才说：“你们知道米尔钻石烟斗吗？可惜这次不能去，明天我们就要飞莫斯科了。”然后她解释，说那米尔也是一处著名景点儿，也在西伯利亚，原来是个很大的钻石矿，停止开采后供人们参观，形状就像个地下烟斗。过了一会儿，等车开了，列娜像感叹似的又补充说：“我们俄罗斯，可是有世界上最好的烟斗呢。”

我们中不知谁接了一句：“还有最深的湖——北海。”

“北海”这名字真好，是我们中国人给起的，始于汉代，是贝加尔湖的乳名。中国人还给它起过另一个名字“于已尼大水”，始于魏晋，这名字似乎更美。魏晋时什么都讲究美，所以才有“一种风流吾最爱，魏晋文章晚唐诗”之说。

但魏晋时也没有烟斗，竹林七贤肯定不会吸烟斗。

在返回伊市的路上，我觉得手中的烟斗似在静静生长，并变成了一个很大很大的意象。美国诗人史蒂文生说，他在偌大的田纳西州放置了一个坛子；而俄罗斯人，则在偌大的贝加尔湖，乃至整个西伯利亚，放置了一枚烟斗，放在小木屋，也放在白羽草原，仿佛这就足够了。

我要把这枚烟斗带回家，而且，我还要买到绿色的高脚酒杯，无论在莫斯科还是圣彼得堡，一定要买到，并且是两只，回家把它们放在书架上，这样我就等于拥有了两个贝加尔湖，一只倒过去放，是哥特式的湖，一只正过来放，是翠尊式的湖，它们既代表一种历史，也代表一种哲学。有时候，它们还能映出苏武的羊群。

附：作家、学者评论摘编

从《新华文摘》上读到散文《青铜雨》，真是大好文章，文采不凡。高海涛以评论家的身份从事散文写作，故而他的散文理性与感性浑然一体，智性与人性相映成辉。语言精准中带个人色彩，哲思丰沛且地域特点浓郁，希望能看到更多这样的佳作！

——高洪波（著名作家、诗人，中国作协副主席）

曾有好几位作家、评论家向我推荐高海涛先生的散文。读过之后，果然可圈可点，既是乡土散文也是文化散文，融合了本土和域外的两种记忆，写出了一种鲜见的格调和气势。

——陈晓明（著名评论家，北京大学中文系教授、博士生导师）

海涛本来是个用情比较专一的优秀评论家，但新世纪以来，他却似乎突然确定了自己的方向，就像同时爱上了三个女人那样同时执着于评论、散文和译诗，并如河堤决口海水涨潮，接二连三抛出较大一批作品，形成一股海涛拍岸雪浪飞扬之势。

——刘兆林（著名作家，辽宁省作协名誉主席）

“英国批评家利维斯坚信，英语具有强大的救赎力量。而我想证明，我们的母语也同样具有这种力量。”——这是高海涛先生的自许。读他近年发表的散文，我觉得他已相当成就可观地证明了这一点。这是另一种文化散文，或者说表现了散文创作的新趋向，既有世界视野，也有乡土记忆，称得上是“全球本土化”写作的一个样本。

——吴义勤（著名评论家，中国现代文学馆馆长）

我爱读海涛先生的散文，觉得他写人物，字里行间总饱含爱意、宽容和尊重，以旷达的胸怀理解人生；他写景色，又是一派洒脱，情趣深广，机智、灵动而悠然。读他的散文是一种享受，自在随意，旁征博引，在恣肆的铺排中常有对自然与人文的独特发现，总之特别让人有所感动，并在感动中有所收获。

——周大新（著名作家，总后勤部创作室主任，茅盾文学奖获得者）

高海涛是名刊主编，评论家，同时也是散文家。他的修辞叙事另辟一路，也自成一家。可谓细腻处如雨湿杏花，大气处如浪涌高崖，前者如《美国的桃花》《英格兰流年》，后者如《青铜雨》《贝加尔湖与烟斗》。他酷爱英美和俄罗斯文学，又念念不忘童年和故乡那些人与事儿，于是其写作就呈现出这样的文本面貌：一半是海水，一半是火焰；一半是思想录，一半是民歌风。联想空间非常丰富，并在记事和写人中有一种纵深的历史感。

——孟繁华（著名评论家，教授，中国当代文学研究会副会长）

高海涛写评论、译诗歌，学兼中外。他的散文，表现了一种站在荒旱的田野张望远方和星空的精神姿态。《英格兰流年》为中国乡村寻找高贵，《青铜雨》为辽西农民树起雕像，这些作品饱蕴大地的气息，震响人类的心声，传递出强大的思想力度。

——张炜（著名作家，山东省作协主席，茅盾文学奖获得者）

高海涛的散文是学识与才情的互相攀援，扶摇直上，看似不经意的一写，才气毕现。这是学者才能写的，又没有学者的僵硬，随时随地扔出一个新知，出其不意释放一缕诗情。举手投足，每个字符都携带着书香和浪漫。读他的散文有一种特殊的感觉，也许我比较喜欢西方式的浪漫和高贵，在他的文字里，我读到了这个。一种陌生的熟悉，一种熟悉的陌生，一种远方的气息。

——素素（著名作家、散文家，鲁迅文学奖获得者）

高海涛的网名叫“贝加尔海”，可见其情有独钟处。他的散文我虽读过的不多，却总让我有意外的惊喜和感动，像《青铜雨》《美国的桃花》《故乡海岸桃花》《父亲的菜园，母亲的花园》等，但最能代表他风格的，可能还是那篇三折屏式的《贝加尔湖与烟斗》，作者是评论家，但却能以叶赛宁风格的诗意之笔，融俄罗斯崇高美学和中西文化之风韵，塑造了中国人眼中的贝加尔湖，它苦难而高贵，浪漫而忧伤，清澈而神秘，而这些可能正是海涛所追求的文学境界与理想。

——张清华（著名评论家，北京师范大学教授、博士生导师）

没想到评论家写的散文竟如此感性，如此飞扬。高海涛的《贝加尔湖与烟斗》却让我看到了一种触动内心的精神。我无法不仰视那承载着信仰与爱情的贝加尔湖，无法不赞叹那些举着磨难的花环来装扮自己的女人。《美国的桃花》也很独特，让我闻到一种淡淡的忧伤的味道。我喜欢这种淡淡的若有若无的感觉，如果真有就无趣了，但一点儿没有就无味了。其实我最喜欢的还是他的《青铜雨》。雨写得极好，极有灵性，意象好，文字也好，让我在阅读时心里一会儿干裂得疼痛，一会儿又湿漉漉地充满了泥泞。我喜欢这种从心里往外拽的东西。

——马晓丽（著名军旅作家，鲁迅文学奖获得者）

海涛先生长期从事文学研究和诗歌翻译的实践，对其散文创作产生了潜移默化的影响，那就是渗透在作品中的孤独的哲思与优雅的诗性。高海涛徜徉于两个世界，一个是养育其生命的辽西故园，另一个是滋养其心灵的中外文学，两个世界相互补充、相互融合、相互印证，形成了独特的艺术境界和风貌。

——黄发有（著名评论家，南京大学文学院教授、博士生导师）

许多有学识的人写散文只用知识不用心，而高海涛的散文却处处包含着心的参与，因此也能直抵人心，写得宏阔大气，张弛有度。苏珊·桑塔格说好的小说是分泌出来，同样，好的散文也是分泌出来的。我记得高海涛多年前在研讨会上发言，曾引证过托尔斯泰的话：“生命的本质是爱，爱醒了，生命就醒了。”现在读他的这些散文，我觉得他对自己故乡那种刻骨铭心的爱正在醒来，还有对世界文化，特别是对美国文化和俄罗斯文学那种如数家珍般的熟知，仿佛那些艺术里的生命已融在他的血液中，成为他生命的一部分。这一切，都特别令人感动。

——孙惠芬（著名作家、小说家，鲁迅文学奖获得者）

海涛先生近年的散文自成一格，惹人喜爱。如《青铜雨》《英格兰流年》《三姐九歌》《四姐在天边》《故园白羽》《苏联歌曲》《贝加尔湖与烟斗》等众多文本，切入了乡土的命运和情感旋律，在更高层面触摸到了古老而现代的乡愁本质，其丰富的文化学养和睿智的思想识见，让作品的高度、深度、宽度、厚度俱有，生命的通透和艺术的优雅兼出。

——罗振亚（著名评论家，南开大学文学院教授、博士生导师）

高海涛先生在创作上是多面手，他的理论批评宏观严谨，他的诗歌翻译创化出新，而他的散文写作，则是厚积薄发，中西合璧，以一双阅历过世界文化风景的眼睛，重新为逝去的幽暗生活追光，并炫出珍藏其内的灵魂华彩。对他而言，这三种文学写作相成相生，犹如《狗年月》中，君特·格拉斯笔下的向日葵，“把马恩特家菜园同公路隔离开来的那道篱笆旁的向日葵越长越大，它们在相互朝拜……”

——林雪（著名诗人，鲁迅文学奖获得者）

高海涛的《青铜雨》抓住域外体验和乡土记忆两端，展开衔接和互渗，就中使两种文明相互生发，相得益彰，从而为散文随笔的乡土探照，开辟了新的可能。

——古耜（著名评论家、文化学者）

海涛恃才，却不傲物，这方有他批评家心中作为观念基石的乡愁散记——生发于物，扎根于物，烛照于物；海涛奢华，但更务实，这便让他翻译家笔下的异族给养能反哺出汉唐血脉的古雅美文——情感充实，趣味诚实，风格朴实。

——刁斗（著名作家、小说家）

读高海涛先生的散文，你仿佛穿行在广阔的原野之中，俄罗斯、南加州、南伊州、辽西、沈阳、长春、偏远的中国村庄，它们交织在一起，形成一个典雅、沧桑、苦难的共在时空，生命、艺术和生活在其中散发出高贵的光芒。

——梁鸿（学者，作家，中国青年干部学院教授）

在岁月的长河中经历世间百态，感悟缘生缘尽的种种情状，海涛先生把对历史的记忆、现实的沉思都凝聚在他的文化乡土散文中，以慈悲宽厚的情怀，记述辽西大地上芸芸众生的命运沉浮。他用一种哀而不伤的笔调记述生命中的那些无奈，有萧红《呼兰河传》的意蕴。写作对于他而言，正如舒婷在诗句中曾经表达的那样：“也许由于不可抗拒的召唤，我们没有其他选择。”

——白杨（文化学者，吉林大学文学院教授、博士生导师）

在高海涛先生的译作和散文中，文字闪烁着奇异的光芒，并变成了他的寄魂物。于是，故土的怀想，乡愁的弥漫，异国的图景，都通过文字散发出迷人而充满诱惑力的气息，施展出令人沉醉的魔力。作家丰富的体验和对常识的尊重，令其文字结实而紧致，充满了令人采撷的乐趣。《青铜雨》的辽远细腻，《父亲的菜园，母亲的花园》的感念至深，《英格兰流年》的意绪重重，《贝加尔湖与烟斗》系列的纵深远眺……这些文字试图在今天这个“标准化”时代跳脱出来，并以“贝加尔海”诗学的名义向文学致敬。

——卓玛（藏族学者，青海民族大学教授）

高海涛站在世界与乡土之间，这是一般作家办不到的。他们没吃过洋面包，未曾扎根辽西贫瘠的泥土，不如他有如此深厚的西文功力，以及融入生命基因里的对故乡的深情。《青铜雨》使所有写辽西的散文相形见绌，这篇美文美得令人震惊，别人很难超越，作者自己也不太好超越。

——肖士庆（小说家，一级作家）

高海涛的写作是仪式性写作，充满了青铜器般的气韵和境界，几乎他的每一篇散文，都是一场庄严的仪式，每一场仪式都显示了他独有的创意和编排。他怀着对文学的敬畏之心，忠诚地践行着自己的文学理想，营造出一个既雍容华贵又苍凉幽远的气场，只要你搭上一眼，便被吸引，被打动，被震撼。于是，在高海涛的笔下，散文又重新拾回了往昔的高贵。

——王重旭（散文家，报告文学家）

高海涛欣赏维特根斯坦的名言："语言的边界就是存在的边界。"他似乎是站在多种语言的"边界"上，左右逢源、摇曳多姿地想象着他的生活与世界。他以诚挚的内心力量、过人的机敏和幽默、深厚的学养、超强的叙事能力和移情才能，解析事物并加以诗意理解，创造了唯有他才能这样写的一种特殊的散文风格，这在近年散文写作趋于平实的现状中，应该具有十分独特的意义。

——李霞（诗人，评论家，一级作家）

“一种博大的美正在离我们远去”——当高海涛这样描述生活时，他表达了一种重建的姿态，这个辽西少年想栽活他心力所及的万物，并托举着它们一起走向永恒。中国很少有叫人沉醉的才子书，而他的这些散文或足以称之，因为具备了以下元素：生下来就开始的不出声的自言自语；不为人知的狂热和无法减轻的单纯；对许多事情的痴情向往；过分好奇并保持灵魂的活跃；自恋或不肯丝毫降低尺度的标准；纵笔时恰到好处的姿态；对实体的美妙和阴影的幽香有双重的迷恋，再加上不顾一切的爱与美的真切……高海涛的散文很像是一场及时的拯救和挽回。

——蔡晓玲（纳西族学者，丽江师专教授、教授委员会主席）

据说英国盛产绅士，可惜我无缘相会，但我读罢高海涛的一系列散文，总是情不自禁地想到绅士这个词。并由此把贾平凹、余秋雨的散文都归到绅士散文中。

——刘兴雨（文化学者，散文家）

对高老师的散文说喜欢是不够的，那样辽阔的文字，给了我对散文全新的感受和认识。

——娜仁琪琪格（诗人，《诗歌风赏》杂志主编）

“让我说出秘密，说真的，我不会 / 也许某一天会，谁知道呢？”——与英国女诗人罗塞蒂一样，当高海涛在某一天说出自己秘密的时候，他让人们感到了一种高贵和不同凡响。他的散文，用海德格尔的话说是“最在家”的语言杰作，人们从他的散文中看到思想之河泛起的光泽，听到情感之海涌起的涛声，品味到一种陌生遥远的气息，这气息如此切近他的生命秘密，那就是对世界文化的无边眷恋和对故土家园的无尽感怀。

——张翠（青年评论家，锦州师专教授、中文系主任）

《青铜雨》行文妙笔生花，文情并茂，令读者仿佛身临其境。远在南加州，这里也是少雨，今天风和日丽，读罢此文，傍晚我走到后院，不由自主地将手伸了出去，想着辽西那一片土地，也想象着或能接到青铜雨，竟然奇迹般地感到了雨的滋润，原来那一刻恰是院子里的定时自动浇水系统开启时间。伫立良久。南加州少雨，每年只在十一月底到次年三月能真的接到雨。在这渐渐热起来的夏天，真的很盼雨，但我更希望南加州的云和雨能飘过太平洋，飘到辽西去，因为我知道，那里更需要雨。

——高扬（旅美工程师）

当下美学界或者以美为美，或者以丑为美，往往追求美的两种极端。但高海涛却以沉实的笔调告诉我们：平凡的生活劳动就是美，但他又不像车尔尼雪夫斯基那样认为生活是美的从而否定人的主观能动性。他歌颂那些在困境中不屈地执着地追求，用理想照亮生活的人们，包括父亲、母亲、三姐、四姐、十二月党人、十二月党人的妻子等，这些平凡的人们在世世代代的坚忍的生活中，以从容和大度包容一切生活的艰辛，显出了崇高的悲壮的色彩。正是绚烂之极归于平淡，寂寥之际心中轰然。

——阎丽杰（评论家，沈阳大学人文学院教授）

高海涛老师酷爱英美文学，同时也有很深的俄罗斯情结，他的散文中常常流淌着苏俄文学略带隐忍的忧伤，这种对苏俄文学的同情了解有时也体现在他的评论文章中，如《我的苏联祭》和《后中俄文字之交与东北文学的特质》，他曾引用卢卡奇的话来表述苏俄文学对中国的影响：“真正的影响永远是一种潜在的解放。”这句话，我觉得也可以概括他自己近年的散文写作，那种中西合璧的思想力量，不是通常的“旁征博引”所能说明的，实际上是对散文文体的一种解放。

——马琳（青年评论家，复旦大学博士、研究员）

读高海涛老师的散文，感慨无限，他让友情像树一样坚定，让亲情像水一样博大，让爱情像火一样纯净！而他的文字中，一直弥漫着俄罗斯文学的气蕴，在辽西的风土人情、那些遥远细碎的生活中，仿佛都闻见了俄罗斯的干草车、麦田，初春的田野大地，清凉的风，吹过将化未化的泥泞小路，以及远处越来越低云朵的味道，让人于文字间，缓缓化了自己！

——贺颖（青年评论家、诗人）

苏珊·桑塔格曾指认罗兰·巴特的写作是“捍卫感觉，但从未出卖精神”，高海涛也是如此。

如果用“辽西文明之子的诗性创作”来涵盖高海涛的散文行踪，我以为绝非溢美之词。他用自己身体力行的生命经验和阅历，带着融会贯通博采众长引经据典的书卷气息，以其旁逸斜出甚至充满炫技笔法的心游万仞吞吐八荒的气魄文采，为我们营造了一个乡土精神的憩园和乐园，那是民俗和风物的纪念碑，是历史和人性抛锚停靠的港湾与驿站，是提供生命对生命深度造访的九曲回廊，抑或更是董桥说过的“心灵的后花园”。这些文化乡土散文已经突破了地域性，以其情致绵绵的生命意识、精耕细作的探索精神、温文尔雅的书卷气息、恢宏大气的行文风格，走出了当代散文创作的诸多瓶颈，为其注入了新的活水，创造了别样的空间和可能。

——刘恩波（一级作家，研究员，辽宁大学客座教授）

这就是高海涛散文的基调，他总是乐于把中国文化的精神和西方文化的意蕴整合起来，而难能可贵的是，当他这样做的时候，却如“春梦了无痕”，既陌生又自然贴切。他在世界与乡土之间建构自己的艺术想象，如此丰富，如此辽阔，如此激动人心。

——秦朝晖（评论家，学者，朝阳龙翔书院院长）

海涛君的散文，其形糅于华洋之间，也典雅，也灵越；其气合于林语堂、梁实秋的小品，平平出之，舒缓终卷，别有滋味；其神类乎周涛、张承志的边疆写作，有一股苍茫朴笃之韵。

正如他的散文中被多次引用的著名诗作《荒原》一样，作者的生命与灵魂中其实也有一个荒原，但与艾略特“四月是一个残忍的季节”的荒原不同，海涛君的荒原充满人世的温情，充满对世事的宽容，充满对历史的理解，也充满对自我生命的真诚检视与回味——这种从情感到语体的“充满”，使《英格兰流年》厚重丰盈高标独立。

——李掖平（山东师范大学教授，山东省作协副主席，《山东文学》主编）

这是一部十分独特的学者散文集，它兼具美文和学术随笔的特征。作者用文学的语言来讲述普通中国人的故事，“追忆”自己的逝水年华，读来倍感亲切。开篇之作《英格兰流年》更是把我们带到了曾经的大英帝国的辉煌：那里有顶级学府牛津剑桥，更有世界文豪莎士比亚、伍尔芙和艾略特。作者熟谙西方文学，恰到好处地将其融入中文叙述中，中西合璧，情致深远。确实，高海涛那一代作家是读着俄苏和西方文学走上文学之路的，即使在如今后现代主义大行其道之时，深藏在他们思想深处的仍是早年的英美和俄苏文学经典。这部散文集既有着历史的厚重感，同时又融中西文化和文学的比较于诗一般的语言中，应该是当代学者散文的上乘之作。

——王宁（著名学者，清华大学外文系教授，欧洲科学院外籍院士）

图书在版编目（CIP）数据

英格兰流年/高海涛著. —大连：大连出版社，2015.11
（“字码头”读库. 辽宁舰）
ISBN 978-7-5505-0979-5

Ⅰ.①英… Ⅱ.①高… Ⅲ.①散文集－中国－当代
Ⅳ.①I267

中国版本图书馆CIP数据核字(2015)第214941号

英格兰流年
YINGGELAN LIUNIAN

出 版 人：刘明辉
策划编辑：刘明辉 李 岩 张 波
责任编辑：李 萤
封面设计：林 洋
版式设计：张 波
封面绘图：孔昭平
责任校对：蓝双秀
责任印制：阎 骋

出版发行者：大连出版社
地址：大连市西岗区长白街10号
邮编：116011
电话：0411-83620442 0411-83620941
传真：0411-83610391
网址：http://www.dlmpm.com
E-mail：dlszhangbo@163.com
印刷者：大连图腾彩色印刷有限公司
经销者：各地新华书店

幅面尺寸：130mm×195mm
印　　张：11
字　　数：188千字
出版时间：2015年11月第1版
印刷时间：2015年11月第1次印刷
书　　号：ISBN 978-7-5505-0979-5
定　　价：29.00元